W0220381

Laurell K. Hamilton est née en 1963 dans une petite ville de l'Arkansas. Après des études d'anglais et de biologie, elle se tourne vers l'écriture. C'est en 1993 qu'elle crée le personnage d'Anita Blake, auquel elle consacrera un roman chaque année, parallèlement à des novélisations pour séries (*Star Trek*). Portées par le bouche à oreille, les aventures de sa tueuse de vampires sont devenues aujourd'hui d'énormes best-sellers.

Du même auteur, chez Milady :

Anita Blake :
1. *Plaisirs coupables*
2. *Le Cadavre rieur*
3. *Le Cirque des damnés*
4. *Lunatic Café*
5. *Le Squelette sanglant*
6. *Mortelle Séduction*
7. *Offrande Brûlée*
8. *Lune Bleue*
9. *Papillon d'Obsidienne*
10. *Narcisse Enchaîné*
(INEDIT en grand format)

L'Alliance :
Mort d'un sombre seigneur

www.milady.fr

Laurell K. Hamilton

Mort d'un sombre seigneur

L'Alliance

Traduit de l'anglais (États-Unis) par Dominique Mikorey

Milady est un label des éditions Bragelonne

Originally published in the USA by Wizards of the Coast LLC.
Originellement publié aux États-Unis par Wizards of the Coast LLC.

Ravenloft and the Wizards of the Coast logos are registered trademarks of Wizards of the Coast LLC., in the USA and other countries.
© 2006 Wizards of the Coast LLC. All rights reserved. Licensed by Hasbro.

Titre original : *Death of a Darklord – Ravenloft ™ The Covenant*
Copyright © 1995 by TSR, Inc.
© 2006 Wizards of the Coast LLC. All rights reserved.

© Bragelonne 2009, pour la présente traduction.

Illustration de couverture :
© Jon Foster et Matt Adelsperger
© 2006 Wizards of the Coast LLC. All rights reserved.

ISBN : 978-2-8112-0191-3

Note de l'éditeur :
Malgré tous nos efforts, nous n'avons pas pu retrouver les ayants droit de la traduction de cet ouvrage. Nous nous tenons donc à la disposition de toute personne souhaitant nous contacter à ce sujet, à l'adresse des éditions Bragelonne ci-dessous.

Bragelonne – Milady
35, rue de la Bienfaisance - 75008 Paris

E-mail : info@milady.fr
Site Internet : http://www.milady.fr

Chapitre premier

Le crâne qui reposait sur le secrétaire luisait à la lumière du jour. Il était aussi lisse qu'une statue de bronze. Au premier abord, on aurait dit un crâne humain. En l'examinant de plus près, on remarquait des cavités oculaires presque aussi larges que celles d'un oiseau de proie. La forte dentition jaunie, aux bords acérés, comportait sur le devant des crocs propres à déchiqueter la chair.

Calum Maîtrechant se remémora la créature à qui avait appartenu ce crâne. Un être qui tenait du loup et du faucon…, avec quelques restes d'humanité. Cet homme avait été un ami et un compagnon durant son combat contre le Mal. Dans une ultime lueur de lucidité, il avait supplié Calum de le tuer. Gordin Smey avait été un homme de valeur et un bon père de famille. Il avait vaincu beaucoup de monstres avant d'en devenir un à son tour.

Pour ne jamais oublier que le pays de Kartakass pouvait corrompre le meilleur des hommes, Calum avait gardé son crâne en souvenir.

Cloué sous les replis moelleux des couettes comme un quartier de viande rivé à son crochet, Calum était prisonnier de son lit. En contemplant le crâne de son ami mort depuis longtemps, il enviait sa fin rapide.

Pendant quatre-vingts ans, Calum avait survécu à toutes les calamités qui s'étaient abattues sur le pays. Il avait atteint un âge prodigieux, sachant qu'il avait dû se battre contre toutes sortes de malfaisants : des brigands, des monstres, des bêtes sauvages et des sorciers. Mais il n'avait pu se soustraire aux affres de la vieillesse.

Depuis plusieurs mois, il ne parvenait plus à s'asseoir à sa table de travail. Le mal qui le dévorait vivant était si douloureux que le moindre mouvement devenait une torture. Lui qui avait été grand et robuste, se réduisait à présent à un sac d'os informe. Ne se reconnaissant pas dans la fragile créature que lui renvoyait le miroir, Calum l'avait fait retirer de sa chambre. Même s'il se sentait jeune et fort, il savait que les glaces ne mentaient pas. Son corps perclus de douleur se chargeait de le lui rappeler.

Ses meilleurs amis venaient souvent lui rendre visite. Il s'était donc arrangé pour rester allongé sur le côté, de façon à leur faire face sans avoir à bouger. Sa gouvernante lui était d'une aide précieuse. Il lui laisserait sa maison et l'argent qu'il possédait. Après vingt années de bons et loyaux services, elle méritait davantage, mais c'est tout ce qu'il avait. Combattre le Mal n'était pas une activité très lucrative.

Jonathan Ambroise, son meilleur ami, s'était assis près de son lit. Il approchait de la cinquantaine, et sa barbe commençait à blanchir. Une couronne de cheveux ras soulignait son crâne chauve. Il était de bon ton de porter les cheveux longs, mais Jonathan n'avait que faire de la mode. Sa bure brune était d'une extrême simplicité. Plus personne ne portait de vêtements tombant jusqu'aux chevilles, mais Jonathan trouvait cela confortable. Ses yeux bleus et clairs rivés sur Calum, il le regardait d'un air serein, sans une once de pitié ou de dégoût. Calum lui en était reconnaissant; d'un autre côté, cela l'irritait.

Jonathan le regardait comme d'habitude. Calum aurait aimé crier: « Ne vois-tu pas que je suis à l'agonie? » Il s'irritait de ne pas lire sur son visage la douleur que montraient tant d'autres personnes.

Alors pourquoi, ce matin, les larmes de sa gouvernante l'avaient-elles contrarié?

Calum soupira. Il était perpétuellement insatisfait. Il aurait voulu que chacun se rende compte de sa détresse; en même temps, il refusait de la montrer. Il voulait le beurre et l'argent du beurre.

— Je ne suis plus qu'un vieil acariâtre, dit Calum d'une voix rauque.

Jonathan répondit avec le même ton affable que de coutume:

— Mais non, jamais de la vie!

Calum ne put retenir un sourire. Sa colère avait fondu. Il était soudain heureux d'avoir une visite. Ces brusques changements d'humeur étaient-ils dus à la proximité de la mort? Comment savoir? C'était la première fois qu'il mourait...

Dans le fauteuil qu'occupait habituellement la gouvernante était assise une femme, la seule à qui Calum osait se montrer dans son état. Tereza était grande, brune, élancée. Tel un essaim de corbeaux, d'épaisses mèches noires encadraient son visage énergique. Vêtue d'une élégante veste écarlate sur des hauts-de-chausses verts, elle était assise, ses jambes bottées de noir croisées haut. Une épée courte pendait à sa ceinture, identique à celle de Jonathan. Tereza avait brodé le fourreau de motifs aux couleurs chatoyantes.

Comme il n'y avait pas d'autres sièges, Konrad Burn, le plus jeune des visiteurs, était resté debout. Il n'avait pas trente ans. Autrefois, il avait dû être beau. Ses yeux verts étincelaient comme des émeraudes sous ses cheveux châtains noués d'un lacet de cuir. Ses vêtements de peau allaient bien avec son teint hâlé. Il portait une hache sur la hanche et un bouclier sur le dos.

Calum se demandait ce qui avait changé chez le jeune homme. La vie semblait s'être retirée de son visage aux traits réguliers. Il y manquait quelque chose. Dans cette physionomie éteinte, seuls les yeux brillaient, mais de colère rentrée : deux ans plus tôt, sa femme et son compagnon de combat avaient été tués.

Le corps de Calum était à l'agonie, mais son âme voulait vivre. Le corps de Konrad était en pleine santé, mais son âme aspirait à la mort. Konrad était vivant, pourtant il ne faisait que mimer la vie. Calum aurait bien échangé sa place avec celle du guerrier. Le jeune homme aurait-il accepté ?

— Les jumeaux attendent dehors, dit Jonathan. Ils seraient très heureux de te voir.

— Non, répondit Calum. Ils sont trop jeunes pour savoir comment se termine toute vie.

Jonathan lui tapota la main.

— Tu sais bien que cela ne finit pas toujours ainsi, ami.

— Alors pourquoi moi ? protesta Calum, retenant les larmes qui lui montaient aux yeux. J'étais un homme de bien, non ?

— Tu *es* un homme de bien, Calum, répondit Jonathan en serrant la main de son ami.

— Toute ma vie je me suis battu contre le Mal. Il n'en reste rien de tangible.

— Tu es Calum Maîtrechant, un des plus grands bardes du Kartakass. Tu aurais pu devenir le *meistersinger* de n'importe quelle cité si tu l'avais voulu. Tu aurais pu vivre dans le luxe et la débauche, mais tu as préféré servir le pays. Traquer le Mal pour l'anéantir, et protéger les gens.

— Mais qu'ai-je réellement accompli, Jonathan ? Le Mal règne encore sur le pays. La communauté humaine n'est pas près de découvrir ce qui empoisonne le Kartakass. La corruption me survivra, elle croîtra et embellira, tandis que je mourrai.

— Comment peux-tu dire une chose pareille ?

Tereza s'agenouilla près du lit.

— Tu as triomphé des vampires de Yurt, tu es Calum Maîtrechant, le bourreau du monstre de Pel, et le sauveur de Kuhl !

Le regard rivé dans les prunelles sombres de Tereza, Calum sentit son pouls s'accélérer. Un instant, il redevint le jeune Maîtrechant, celui qui avait dompté la sauvagerie et vaincu nombre de monstres.

Une douleur naquit dans son ventre, puis envahit son corps, remontant jusqu'à son cerveau. Rien n'exista plus pour lui que le combat contre cette souffrance. Il avait encore conscience de la main de Jonathan serrant la sienne, mais le reste du monde s'était effacé.

Le souffle court, il haleta et se couvrit de sueur. Jonathan caressa doucement le bras qui s'était abandonné dans sa main. Une larme coula sur sa barbe.

Tereza posa sur Calum un regard ému. Il ne l'avait jamais vue pleurer, et il se félicita qu'elle ne fonde pas en larmes.

Konrad s'éloigna du lit, l'air hésitant.

— Laisse-les entrer. Il faut bien qu'ils te disent adieu, fit humblement Jonathan.

— Non, dit Calum avec effort. Les jeunes gens… ne doivent pas… me voir dans cet état.

— Ils t'aiment, Calum.

— Cela leur fera peur…

Jonathan n'insista pas. Il serra la main de son ami contre sa joue.

— Tu as été un compagnon fidèle, Calum, j'aimerais pouvoir t'aider.

— Veux-tu que j'aille chercher la gouvernante ? demanda Konrad. Elle a dit que le docteur n'allait pas tarder.

Il semblait pressé de partir, comme s'il avait autre chose à faire qu'assister à ce triste spectacle.

— Va, répondit Calum.

Konrad ne se le fit pas dire deux fois.

Soudain, Calum éprouva une haine irraisonnée envers le jeune homme.

La gouvernante entra, un sourire serein aux lèvres. C'était une petite femme replète, au chignon sévèrement relevé, qui savait afficher une bonne humeur toujours égale. Quand Calum avait besoin de sa sympathie, elle la lui donnait. Quand il fallait montrer quelque réserve, elle le sentait. Il aimait son apparence simple et avenante.

Le docteur entra après elle.

— Je regrette de devoir écourter votre visite, dit-il, mais je dois examiner notre ami.

Jonathan serra la main de Calum.

— Je reviendrai bientôt.

Calum le regarda sans rien dire. Tous deux savaient qu'ils se voyaient peut-être pour la dernière fois.

Tereza posa un baiser sur le front de Calum en murmurant quelques mots dans sa langue gutturale et chantante. Bénédiction ou malédiction, peu importait à présent.

Konrad n'était pas reparu. Il se sentait mal à l'aise près des malades. Calum, qui ne désirait pas qu'on le voie dans ce triste état, lui en voulait terriblement malgré tout de n'être pas venu lui dire adieu.

La visite du médecin fut brève. Il laissa un flacon de potion au chevet du mourant et partit hâtivement, raccompagné par la gouvernante.

Le silence qui s'était installé dans la chambre fut rompu par le bruit sec d'un rideau qu'on tire. Un homme grand et mince entra par une porte dérobée. Ses longs cheveux étaient si noirs que le soleil leur conférait un reflet bleuté. Son visage était beau, sa barbe et sa moustache élégamment taillées. Une apparition à faire soupirer les dames les moins romanesques.

D'une démarche pleine de grâce et de nonchalance, il pénétra dans la pièce comme s'il prenait possession de son royaume.

Un flot de soie blanche dépassait de son pourpoint rouge vif brodé d'or, assorti à son pantalon serré dans des bottes noires brillantes. Le chapeau écarlate qu'il tenait à la main était pourvu d'un panache de plumes noires. Des bagues étincelaient à chacun de ses doigts.

— Eh bien, Calum, que penses-tu de ce jeune homme ?

Sa voix de ténor avait un timbre mélodieux : un avantage de la pratique de son art.

Étendu sur le dos, Calum ne tourna que le regard vers le nouveau venu.

— Es-tu là pour me susurrer de nouveau tes mensonges à l'oreille ?

— Il ne s'agit pas de mensonges, mon ami, mais de promesses.

— Que me veux-tu, Harkon ?

— J'ai besoin de ton aide.

— Je ne trahirai pas mes amis.

Les dents blanches de Harkon Lukas brillèrent, illuminant sa ténébreuse figure.

— Je t'ai donné ma parole qu'il n'arrivera rien aux deux autres. Je ne veux que Konrad Burn.

— Pourquoi lui ?

Harkon haussa les épaules avec grâce.

— Il est jeune, robuste, et bel homme. Il peut voyager bien au-delà du Kartakass. Ne me dis pas, toi, un barde, que tu ne rêves pas de t'évader de ta prison et d'aborder les pays dont ton ami Jonathan et sa Vistani t'ont parlé. Il y a des poèmes que je pourrais chanter... Des histoires à raconter... Penses-y, Calum.

— Mais voler son enveloppe de chair ! Qu'adviendra-t-il de Konrad quand tu seras dans son corps ?

— Il prendra le mien, répondit Harkon, tournant autour du lit. Penses-tu que c'est un mauvais marché ?

Calum trouvait Harkon sain et robuste.

— Si tu connais quelque sorcellerie qui te permette d'échanger ton corps contre celui de Konrad sans qu'il en souffre, pourquoi ne pas lui en parler ? Pourquoi ne pas lui demander son concours ?

— Crois-tu vraiment qu'il accepterait ? Notre Konrad si susceptible, si chatouilleux sur son honneur ?

— Mais *qui* accepterait ?

Harkon s'assit au bord du lit. Ce mouvement arracha à Calum une exclamation de douleur.

—Oh! mon ami, t'aurais-je fait mal en m'asseyant? demanda Harkon en se penchant vers Calum, l'air consterné.

Calum n'avait aucune envie que Harkon le touche. Il savait que ce mouvement de sollicitude serait vite balayé par de nouvelles émotions. L'homme était plus changeant qu'un ciel de printemps, et tout aussi fiable.

La main de Harkon retomba sur ses genoux. Il sourit.

—J'ai trouvé un corps pour toi. Un homme d'une vingtaine d'années, grand, fort, en bonne santé, beau garçon. Il est un peu plus petit que toi, plus mince, et peut-être un soupçon plus beau.

Redevenir jeune, avoir une vie devant soi avec l'expérience d'une existence passée... Laisser derrière soi ce corps perclus de douleurs. Vivre! C'était tentant. Harkon le savait.

Calum se passa la langue sur les lèvres.

—Et qu'arrivera-t-il à ce jeune homme quand je prendrai possession de son corps?

—Eh bien, il aura le tien.

—Il mourra d'horrible façon.

—Comme tu es en train de le faire.

—Oui!

—Calum, ne comptes-tu pas rendre son corps à ce garçon, comme je prévois de rendre le sien à Konrad?

Les yeux noirs de Harkon brillèrent d'une lueur moqueuse. Il savait qu'après avoir goûté à la liberté, dans un nouveau corps plein de santé, Calum ne pourrait jamais revenir à son ancienne carcasse agonisante. Il voudrait vivre. Mais à quel prix?

— Personne n'accepterait un tel marché.

— Moi, je t'assure que le jeune homme le fera.

— Comment pourrais-je retourner à la souffrance, une fois que j'aurais goûté à la liberté ? dit Calum en fermant les yeux. Je n'aurais pas la force de faire un tel choix.

— Alors fais-en un autre, Maîtrechant, répondit Harkon.

Calum ouvrit les yeux. Son visiteur était penché sur lui.

— Que veux-tu dire ?

Harkon sourit d'un air entendu.

— Garde le corps, et reste jeune et fort. Débarrasse-toi de cette enveloppe pourrissante.

— Qu'adviendra-t-il du jeune homme ?

— Il mourra.

— Tu le tuerais ?

Le sourire de Harkon s'élargit.

— Je ferais n'importe quoi pour te revoir sur pied, mon ami.

— Tu n'as pas non plus l'intention de restituer son corps à Konrad, n'est-ce pas ?

Harkon émit un rire ronronnant.

— Oh ! Calum ! Tiens-tu vraiment à le savoir ?

Non, il n'y tenait pas. Ils parlaient de choses viles. Aussi viles que ce qu'il avait toujours combattu. Il ignorait pourquoi Harkon se livrait à ces horreurs, mais lui, Calum Maîtrechant, ne déroberait pas la vie d'un autre être humain. Ce serait monstrueux.

Harkon était tout près de lui.

— C'est peut-être notre dernière rencontre, Calum. Non que je me refuse à te rendre visite, mon ami, mais tu risques tout simplement de ne plus être là. Si tu meurs avant que nous ayons conclu ce marché..., murmura-t-il tout près de son visage, je ne pourrai plus rien faire pour toi.

Une vague de douleur déferla dans les entrailles du mourant, s'insinuant jusqu'aux os. Quand elle se retira, Calum murmura, haletant, les yeux rivés aux prunelles sombres de Harkon :

— Que veux-tu que je fasse ?

Harkon sourit.

— Oh ! Trois fois rien ! Vraiment pas grand-chose...

Calum attendit que jaillissent des lèvres de Harkon les mots qui lui diraient comment trahir ses amis et mettre délibérément fin à l'existence de l'un d'eux. Tous deux savaient que Konrad ne pourrait survivre dans le corps de Harkon. Pourtant, Calum voulait entendre ces mots.

Son regard se tourna vers le secrétaire où reposait le crâne poli. Il devait des excuses à cette relique pour l'avoir contrainte à être le témoin de sa chute. Toute son existence, il s'était battu contre ce pays, qui lui offrait finalement quelque chose de trop précieux pour qu'il le refuse. Il voulait vivre. Et il était prêt à payer pour cela, fût-ce au prix de la vie d'un autre être. Fût-ce au prix de son âme. C'était bien peu, en regard d'une seconde chance.

Chapitre 2

Élaine Clairn était agenouillée devant l'âtre de la cuisine. Les enfants se massèrent autour d'elle pour ne pas perdre de vue ses mains tendues vers le feu.

Les doigts d'Élaine se déployèrent en éventail, passant et repassant devant les flammes. Elle riva ses yeux sur le foyer, joignant les mains. Ses poignets s'écartèrent comme les pétales d'une fleur qui éclôt. Du bout de ses doigts, des images jaillirent. Un petit personnage se profila dans les flammes. Le feu était devenu un miroir dans lequel l'homme se mouvait.

Il était vêtu d'une houppelande de fourrure blanche. Ses cheveux d'un blond très pâle lui tombaient jusqu'aux épaules. Au milieu d'arbres que l'hiver avait dénudés, il avançait dans la neige, s'enfonçant jusqu'aux genoux. Élaine murmura :

— Blaine…

Le tricorne maintenu sur la tête par un foulard bariolé, un autre homme apparut. La garde d'une épée à deux mains émergeait de son manteau.

— Thordin !

Les deux hommes passèrent sous un grand arbre qui dominait le reste de la forêt tel un géant au milieu de nains. La foudre l'avait frappé il y a deux ans, mais ses branches servaient encore de point de repère à des lieues à la ronde.

Les branches remuèrent. Elles se balançaient doucement au-dessus des deux hommes. L'une d'elles commença à s'incliner vers eux. Il n'y avait pas un souffle de vent. La branche darda ses rameaux sur Blaine.

Hurlant le nom de Blaine, Élaine plongea les bras dans le feu comme pour le soustraire au danger. Les flammes léchèrent ses manches, ses doigts atteignirent le fond de la cheminée. Des mains la saisirent et la tirèrent en arrière.

— Élaine !

La couverture qu'on jeta sur elle éteignit le feu qui commençait à consumer ses vêtements. Protégée par la magie, sa peau était intacte.

— Élaine, tu m'entends ? Est-ce que tu me vois ?

Elle leva les yeux vers l'homme barbu qui l'interrogeait. Une âcre odeur de brûlé régnait dans la pièce. Du pain fraîchement cuit refroidissait dans un coin. Les odeurs familières de la cuisine montèrent à ses narines, lui prouvant qu'elle était saine et sauve.

Mais ce n'était pas le cas pour les autres…

— Jonathan, il faut aller à leur secours…

— De qui parles-tu ?

— De Blaine et Thordin.

— J'ai vu l'apparition, dit le fils aîné de la cuisinière, qui avait huit ans.

— Qu'as-tu donc vu, Alan ?

— Le grand arbre les a attaqués.

Jonathan regarda Élaine.

— Est-ce vrai ?

— Oui.

Jonathan renonça à dire que c'était impossible.

— Crois-tu les avoir avertis à temps ?

— Je n'en sais rien.

— Que veux-tu que je fasse ?

— Que tu retrouves Blaine et Thordin.

— Mon enfant, avant que nous puissions atteindre le grand arbre, le combat sera terminé.

— Alors ramène leurs corps pour qu'on les enterre.

Il la regarda en hochant lentement la tête.

— Nous le ferons. Alan, va parler à Tereza, et raconte-lui ce que tu as vu. Elle comprendra.

Le gamin fila.

Jonathan fit asseoir Élaine sur une chaise. Mala la cuisinière lui tendit un bol de thé brûlant.

Élaine serra le bol entre ses mains glaciales. Elle avait toujours froid après ses visions ; il lui suffisait de se reposer une heure au chaud pour se remettre. Mais cette fois, elle avait vu la mort de son frère. Non, il n'était pas mort, elle le savait, mais il pouvait être blessé ou mourant, tandis qu'elle sirotait son thé, bien à l'abri. Ce n'était pas le moment de faiblir. Il fallait qu'elle sache ce qui était arrivé à Blaine.

Tereza entra dans la cuisine, déjà emmitouflée dans son manteau. Sans un mot, elle tendit une houppelande à Jonathan. Il s'en couvrit et mit un bonnet sur sa tête.

— Je viens avec vous, déclara Élaine.

Jonathan et Tereza la regardèrent.

— Tu n'es pas encore remise de ta vision, Élaine, dit Jonathan. Tu n'es pas en état de voyager.

— C'est mon frère ! Il est ma seule famille ! Il faut que j'y aille.

— Tu nous retarderas, dit Tereza.

— Jonathan pense que le combat sera terminé avant qu'on puisse leur venir en aide. Si c'est vrai, peu importe que je vous retarde, n'est-ce pas ?

C'était plein de bon sens. Et même plus qu'Élaine le croyait. Si Blaine était blessé et restait étendu dans la neige, il serait trop tard quand ils arriveraient. Le froid achèverait ce que le grand arbre animé avait commencé.

Alors pourquoi son cœur battait-il si fort ? Il fallait qu'elle aille avec eux.

Tereza regarda son mari.

— Jonathan ?

Celui-ci avait l'air embarrassé.

— C'est vrai, on ne va pas attendre ici pendant des heures. Il se peut que les loups les attaquent, qu'ils soient vivants ou non.

— Nous pouvons partir dès maintenant, déclara Élaine.

— Bon, je vais chercher ton manteau, dit Tereza. Quand je reviendrai, tu devras être prête. Nous ne t'attendrons pas.

Élaine essayait de se convaincre que son frère jumeau ne pouvait qu'être mort, mais elle n'y croyait pas vraiment. Elle ne savait que penser. Après une vision, elle ne se fiait plus à ses intuitions. Les sentiments vous jouent des tours. Ils vous font croire ce que vous désirez, et non ce qui se passe réellement.

Tereza revint avec une houppelande de fourrure blanche identique à celle que portait Blaine dans la vision. Élaine se leva de sa chaise, s'appuyant sur le dossier pour tenir debout. Ses jambes se dérobaient sous elle. Comment pourrait-elle marcher, voire tenir sur un cheval, pour aller jusqu'au grand arbre ?

Tereza lui tendit la houppelande, l'invitant à venir la prendre. Jonathan regardait la scène, mal à l'aise.

— Nous n'avons pas le temps de nous livrer à ce genre de facéties, Tereza, dit-il.

— Vraiment pas, répondit Tereza.

Élaine lâcha le dossier de la chaise. Elle réussit à tenir debout. Elle fit un pas, puis un autre, puis un troisième. Son cœur battait à tout rompre. Sa main tendue saisit la cape de fourrure. Tereza posa en souriant la cape sur les épaules de la jeune fille. Son sourire souligna l'éclat de ses yeux noirs.

— Si tu tiens tant que cela à venir, nous pouvons t'asseoir sur un cheval. Inutile de tergiverser plus longtemps.

— Merci, dit Élaine.

— La bravoure est toujours récompensée !

— La vertu se suffit à elle-même, fit Jonathan en riant.

Tereza lui tapota l'épaule.

— Ne crois pas ça.

Emmitouflé jusqu'aux yeux dans son manteau pour se protéger du froid, Konrad entra dans la cuisine.

— Prêts à partir ?

Tereza rabattit la capuche sur les cheveux blonds d'Élaine.

— Allons à la recherche de Blaine et de Thordin !

Le sourire d'Élaine se figea.

— Tu as fait de ton mieux, Élaine. Tu les as avertis du danger.

— Je suis allée vers le feu dès que j'ai capté leur appel.

— Je sais.

Tereza s'enveloppa dans une écharpe bariolée qui ressemblait à celle de Thordin. Élaine et Blaine les avaient tricotées pour les leur offrir.

Élaine avait choisi le rouge et le noir pour Tereza ; pour Thordin, Blaine avait utilisé toutes les couleurs qu'il avait pu trouver. Konrad avait perdu le cadeau de Blaine et portait un bonnet de fourrure muni d'une queue touffue qui s'enroulait autour de son cou.

Mala tendit un paquet à Tereza.

— Avaler quelque chose de chaud est parfois aussi bon qu'un remède, dit la cuisinière.

Quand la porte s'ouvrit, la neige entra en tourbillonnant dans la cuisine. Dehors, mal assurée, Élaine avança lentement. Tereza la soutint jusqu'à l'écurie, où la jeune fille se laissa tomber sur la paille.

— Dans cet état, tu ne pourras pas nous accompagner, dit Tereza.

— Attachez-moi sur le cheval, répondit Élaine, haletante.

Konrad, qui ne faisait confiance à personne, vérifiait les harnais des chevaux.

— Qu'a-t-elle donc ? demanda-t-il.

Élaine se rappela comment il était avant la mort de sa femme. Un homme gai, souriant et confiant. À présent, il semblait ne plus croire en rien. Sa femme avait été tuée dans une embuscade. Personne n'avait jamais su qui était le traître. Élaine sentait que quelque chose était mort en Konrad. Il avait enterré sa joie de vivre en même temps que son aimée.

Tereza aida Élaine à monter sur sa jument, l'animal le plus docile de l'écurie. Couchée sur l'encolure de la bête, la jeune fille tremblait de froid.

Ils sortirent. Le vent mordant fouetta la houppelande de fourrure, s'infiltrant jusqu'à la peau d'Élaine, qui luttait pour respirer. Sous les sabots des chevaux, la neige craquait.

Élaine songea qu'elle allait peut-être mourir de froid. Mais non, le blizzard ne soufflait pas ; c'était tout bonnement l'hiver et il ne faisait pas si froid que ça. Elle tendit une main hors de son manteau. Ses larmes avaient gelé autour de ses paupières.

Elle entrevit les troncs noirs des arbres. Ils étaient arrivés dans la forêt. Avec peine, elle se redressa. Sa houppelande s'ouvrit d'un côté, mais elle ne sembla pas s'en apercevoir. Elle avait vu le grand arbre qui s'élevait majestueusement au-dessus des autres cimes.

Ils étaient presque à destination.

La pleine lune brillait dans le ciel. Le vent saupoudrait de neige les branches noires et soulevait de petits nuages sous le pas des chevaux.

Konrad était parti en avant. Il fut bientôt hors de vue. Élaine n'entendit plus que le bruit des sabots et le frottement des harnais contre la selle.

Blaine était là, tout proche… Elle voulut dire une prière, mais elle ne pouvait plus remuer les lèvres, ni même penser. Plus rien d'autre n'existait que le froid. Ses craintes et ses inquiétudes s'étaient fondues en une petite boule glacée qui irradiait dans tout son corps. Elle *savait* qu'elle allait au-devant de quelque chose de terrifiant, mais elle ne le *sentait* pas. Le froid qui montait en elle ne laissait place à rien d'autre.

Un appel retentit au loin. Les chevaux foulèrent la neige aussi vite qu'ils pouvaient. Élaine s'agrippa à deux mains au pommeau de la selle.

Le grand arbre se dressa devant eux, surplombant la clairière qu'il s'était lui-même créée. Il aurait fallu cinq hommes se donnant la main pour faire le tour de son tronc. Ses racines avaient éliminé les arbustes alentour, supprimant jusqu'aux broussailles. Ses branches étaient aussi grosses que des troncs d'arbres ordinaires.

Les nuages filaient dans le ciel, laissant la clairière baignée par le clair de lune. Une silhouette noire était accrochée dans l'arbre, les bras bizarrement étirés, une jambe pendant vers le sol. L'autre manquait.

Au pied du tronc, une grosse tache assombrissait la neige.

Élaine hurla.

Tereza lâcha les rênes de son cheval. Le son de sa voix fit écho au cri de la jeune fille :

— Que l'été vienne à notre secours !

Konrad sortit des buissons qui bordaient la clairière.

— Ce n'est pas Blaine, et ce n'est pas Thordin non plus.

Élaine le regarda avec des yeux exorbités.

— Qui est-ce ?

— Ils sont là-bas, blessés, mais ils s'en sortiront.

Elle ne le crut pas. Il mentait sûrement. Si Blaine avait été vivant, il serait venu vers elle, blessé ou non.

— Élaine, je suis vivant !

Blaine sortit des buissons, un bras sur les larges épaules de Thordin. Il sourit de toutes ses dents. Il allait bien. Elle fut enfin convaincue.

Élaine se laissa glisser de sa selle et tomba à genoux dans la neige. Elle tenta de se relever pour rejoindre son frère, mais tout tournait autour d'elle. Des taches noires voilèrent le clair de lune. La jeune fille tomba face contre terre. La neige lui emplit le nez et la bouche. Les ténèbres la submergèrent. Elles aussi étaient froides.

Chapitre 3

Enfoui sous un édredon, Blaine s'enfonça dans son fauteuil. Sa manche gauche était déchirée. Sa jambe blessée reposait sur un tabouret. Konrad avait appliqué des onguents sur ses plaies et il les avait bandées. La moindre égratignure pouvait s'infecter très vite, et Blaine croyait plus aux méthodes expéditives des champs de bataille, que pratiquait Konrad, qu'à celles des médecins. Il avait refusé de se mettre au lit, voulant être présent quand Élaine se réveillerait.

Blaine savait qu'elle était toujours très faible après ses visions, mais il n'avait jamais saisi à quel point. Elle était aussi froide qu'une morte, seule sa respiration indiquant qu'elle vivait encore. Bien que ses blessures lui aient coûté beaucoup de sang, sa sœur, plus que lui, était en danger de mort.

Élaine était une réplique parfaite du jeune homme. Malgré des yeux un peu plus verts que les siens, ils se ressemblaient comme deux gouttes d'eau. Ils avaient huit ans lorsque leurs parents avaient été tués. Deux ans durant, ils n'avaient compté que sur eux-mêmes. Puis Jonathan les avait recueillis. Malgré la reconnaissance qu'ils éprouvaient pour lui, ils étaient tout l'un pour l'autre.

L'avertissement d'Élaine était venu à point nommé. Thordin et Blaine avaient pu se mettre à l'abri à temps, mais l'étranger qui les accompagnait n'avait pas réagi au cri d'alarme de Blaine. C'était un villageois de Cortton, venu demander secours à Jonathan.

Thordin et Blaine l'avaient escorté.

Quand l'arbre avait agressé leur compagnon, ils avaient tenté de venir à son secours. Mais où pouvait bien se trouver le point sensible d'un végétal ? Où était le cœur, la tête ? Ils avaient fait leur possible, sans pouvoir empêcher que l'homme meure.

Un soupir monta du lit. La tête d'Élaine émergea des coussins. Elle sourit. C'était le plus beau sourire que Blaine ait jamais vu.

— Tu es vivant, Blaine, dit-elle d'une voix enrouée.

— Comment te sens-tu ?

— Je vais très bien.

Il lui sourit.

— Je ne te crois pas.

— Tu es blessé ! dit-elle en voyant son bras.

— Konrad m'a soigné. C'est pour toi que je me fais du souci, répondit-il en lui caressant le front. Nous avons fait appel à un mage.

Elle fronça les sourcils.

— Tu as failli mourir, Élaine. Tu étais aussi froide qu'un cadavre. Nous avons tout mis en œuvre pour te réchauffer, mais tu restais glacée. Nous nous demandions ce qu'il t'était arrivé. Alors Tereza a envoyé chercher un mage. Même Jonathan a été d'accord.

— D'accord pour laisser entrer un mage dans la maison ? s'étonna-t-elle.

— Nous avions tous si peur pour toi !

— Mais Jonathan n'a jamais permis à un mage de

passer le seuil de sa maison ! Il a failli nous jeter dehors quand il a appris que j'avais des visions.

— Les apparitions que tu génères ne relèvent pas de la magie.

— Je me souviens de cette polémique !

La maisonnée s'était divisée. Personne ne voulait d'une magicienne, mais nul ne désirait non plus jeter deux enfants dehors. Quand Tereza avait pris le parti des jumeaux, Jonathan avait cédé.

Jonathan Ambroise était un chasseur de mages. C'était sa vocation. Il était irréductiblement opposé à la magie. Après avoir admis qu'Élaine ait des visions, il était devenu plus compréhensif. Il acceptait de ne plus qualifier de magie tout ce qui était surnaturel. Sans les trouver néfastes pour autant, il admettait à présent qu'Élaine ait des pouvoirs inhabituels.

Jonathan était reconnaissant à Élaine de lui avoir ouvert l'esprit. Et, même si l'on n'en parlait pas ouvertement, les jumeaux savaient qu'on les aimait.

Quelqu'un frappa à la porte. Sans attendre de réponse, Konrad entra.

— Le mage est arrivé. Élaine se sent-elle assez bien pour marcher, si nous l'y aidons ?

Blaine prit le bras de sa sœur.

— Tu trembles.

— Je n'ai pas froid, mais je me sens très faible. Je ne suis pas sûre de pouvoir descendre.

— Alors je vais te porter.

— Ce sera déjà un tour de force si tu parviens à descendre toi-même, dit Konrad. Je vais porter Élaine.

— Je dois mettre une robe, souffla Élaine.

— C'est vrai, fit Konrad, j'oublie parfois que tu n'es plus une enfant.

Il lui tendit le vêtement.

— Retourne-toi, s'il te plaît.

— Blaine ne peut se servir que d'un bras. Crois-tu vraiment qu'il arrivera à te soulever pour que tu l'enfiles ?

— Je m'habillerai toute seule...

— Tu es trop faible.

— Tourne-toi !

C'était un ordre.

Konrad s'exécuta en soupirant, les bras croisés sur la poitrine, visiblement excédé par ces niaiseries.

Élaine prit appui sur ses mains et serra les dents. La chemise blanche qu'elle portait la couvrait mieux qu'une robe, pourtant là n'était pas la question. Konrad ne comprenait pas pourquoi une épaisse chemise de nuit était moins convenable qu'une robe au col échancré. Mais les femmes étaient ainsi. Du moins Élaine. Inutile de se disputer.

Blaine lui tendit la robe pour qu'elle puisse enfiler une manche. Il tira de son mieux pour faire glisser l'étoffe sur son épaule. Sa jambe le faisait cruellement souffrir. Haletant, il se laissa retomber sur son siège.

— Si vous me laissiez vous aider, nous serions déjà en bas, dit Konrad.

— Non, fit Élaine.

— La pudeur est une vertu, Élaine, mais elle peut tourner au ridicule. Permets que je me retourne.

— Non !

Pour la première fois, Blaine se rendit compte qu'Élaine ne prenait pas tant de précautions avec les autres hommes de la maison. Il était un peu lent à voir ce genre de choses, mais une fois qu'une idée avait germé dans sa tête, elle ne le quittait pas de sitôt. Élaine était amoureuse de Konrad.

Son regard passa du dos tendu de Konrad à Élaine. Konrad était veuf, il pouvait se remarier. Blaine ne l'avait jamais regardé comme un galant potentiel pour sa sœur.

Élaine se laissa retomber sur les coussins et tira la robe jusqu'à sa poitrine. Ses yeux bleu-vert brillaient fiévreusement dans son visage encore très pâle. Ses cheveux blonds ondulaient le long de son cou comme une mantille dorée. D'un coup, Blaine prit conscience que sa sœur était belle. Ce fut un choc. Un choc proche de l'effroi. Comment ne l'avait-il pas remarqué jusque-là ?

Et Konrad, l'avait-il remarqué, lui ? En tout cas, il n'en avait donné aucun signe. Mais Blaine non plus n'avait jamais vu sa sœur sous cet angle.

— Puis-je enfin me retourner ? demanda Konrad avec irritation.

— Oui, répondit-elle.

Le beau visage de Konrad affichait une expression sévère. Attentif à sa sœur, Blaine remarqua le battement de paupières d'Élaine : l'expression de Konrad l'attristait. Que l'opinion de cet homme compte tant pour elle le blessa. Blaine chassa vite ce sentiment. Si l'austère Konrad pouvait rendre sa sœur heureuse, de quoi se plaindrait-il ? Bien sûr, s'il la faisait souffrir, ce serait une autre histoire. Le devoir d'un frère était d'assurer le bonheur de sa sœur…

Konrad tira les couvertures. Sans y être invité, il glissa des mules aux pieds d'Élaine. Ce geste était d'une intimité étrange.

Sans ambages, il noua les lacets de la robe comme s'il avait affaire à une enfant. Les joues en feu, Élaine évita le regard de Konrad.

Il la souleva du lit comme une plume. Elle s'accrocha à son cou et appuya la tête sur son épaule. Pâle et défaite, elle semblait néanmoins heureuse dans les bras de Konrad. Au goût de Blaine, elle s'y sentait beaucoup trop à l'aise…

— Peux-tu descendre l'escalier seul, Blaine ? Sinon, je remonterai te chercher.

— J'y arriverai !

Il y parviendrait, seul ou avec l'aide de quelqu'un d'autre, mais certainement pas avec celle de Konrad.

Konrad s'engagea dans l'escalier sans se retourner. Blaine avait refusé son aide ; il ne lui serait pas venu à l'esprit qu'elle lui aurait été quand même nécessaire.

Appuyé sur sa canne, Blaine se propulsa dans l'escalier. Il attendit un instant que la douleur lui laisse un répit, car sa jambe lui faisait encore plus mal quand il bougeait.

Hors d'haleine, il reprit son souffle et se prépara à sautiller de marche en marche. Il avait été puéril de refuser l'offre de Konrad. Il le payait cher. Mais sa douleur lui appartenait ; c'était son privilège que de ne pas accepter l'aide d'un homme qui faisait briller le regard de sa sœur. Konrad n'avait sans doute même pas compris ce qui se passait.

Blaine se demanda si cela arrangeait les choses ou si ça les compliquait. Probablement ni l'un ni l'autre.

Une main agrippée à la rampe, il fit un premier pas. La douleur se réveilla comme un incendie. Quand il atteindrait le bas de l'escalier, il aurait la nausée et se sentirait aussi misérable qu'Élaine.

Serrant les dents pour ne pas hurler, il attaqua le reste des marches. Une colère sourde, visant Konrad Burn, s'était éveillée dans son cœur.

Chapitre 4

Un homme d'apparence étrange était assis devant l'âtre de la cuisine. Ses cheveux étaient blancs comme neige, sa moustache jaunissante mettait en valeur son nez d'aigle. Ses yeux gris pleins de douceur posés sur Élaine, il lui sourit.

Elle prit place de l'autre côté de la cheminée. Mala apporta du thé et des biscuits, un traitement réservé à tous les hôtes. Mais celui-ci n'était pas reçu dans le salon.

Jonathan se campa au milieu de la pièce, les bras croisés sur la poitrine. Il était sur ses gardes.

Tereza, Konrad et Blaine, assis autour de la table, formaient le public. Ils étaient là pour voir un mage en chair et en os, et pour savourer la réaction de Jonathan face au personnage. Dans les deux cas de figure, ce serait intéressant.

—Je suis le mage Gersalius, et on m'a parlé de tes pouvoirs magiques, Élaine.

—Je ne crois pas qu'il s'agisse de magie.

—De quoi, alors ?

—De simples visions.

—Parle-moi de ces… visions.

—Dois-je te les décrire ?

— Si tu veux bien…

Élaine but une gorgée de thé pour cacher son embarras. Ce mage était… déroutant.

— Que veux-tu exactement ?

— T'aider.

— Comment ?

— Pour quelqu'un qui possède des pouvoirs magiques, tu es bien méfiante.

— Je ne vois pas ce que je pourrais te dire.

— Assez tourné autour du pot, dit Jonathan. Peux-tu l'aider ou non ?

— Maître Ambroise, si tu avais fait appel à un médecin pour soigner Élaine, lui dirais-tu comment procéder ?

— Jusque-là, tu n'as rien fait du tout.

Gersalius poussa un soupir.

— Cette jeune fille a des pouvoirs magiques. Cela saute aux yeux de qui sait regarder.

— Elle a des visions, c'est tout.

Son thé et son biscuit à la main, Gersalius se leva.

— Si tu persistes à débattre de chaque point, je ne pourrai jamais l'aider.

— Bien, alors va-t'en.

— Jonathan !

L'interpellation de Tereza sonna presque comme un avertissement. Il se tourna vers elle.

— Depuis qu'il est là, il parle par énigmes.

— Tu ne lui as guère laissé l'occasion de faire autre chose, Jonathan.

— Élaine n'est pas une magicienne.

— Jonathan, dit Tereza d'une voix ferme, elle a failli mourir. Sa dernière vision aurait pu la tuer. Les visions sont une sorte de magie. Il faut que nous sachions ce qu'il est arrivé.

— Elle n'est pas magicienne.

— Et si elle l'était ?

Jonathan se détourna. Élaine se tassa dans son fauteuil. La renverrait-il ? Perdrait-elle le seul foyer qu'elle ait jamais eu ?

Mala vint se placer derrière elle et lui mit les mains sur les épaules.

— Tu ne la chasseras pas d'ici.

— Si nous sommes indésirables, nous pouvons nous en aller, lança Blaine.

Il se leva.

— Assieds-toi, Blaine. Personne ne veut chasser Élaine, répliqua Konrad.

Élaine se tourna vers la table. Les yeux verts de Konrad étincelaient de colère.

Était-il furieux parce qu'il s'agissait de son départ *à elle* ? Une rougeur lui monta au visage.

Tereza se leva.

— Jonathan, tu ferais bien d'être clair sur ce point.

L'homme ouvrit les mains.

— Oui, bien sûr, Élaine restera ici, quoi qu'il en soit. Elle est chez elle.

Mais il y avait quelque chose de contenu dans sa voix, comme s'il s'interdisait d'en dire davantage. Si elle était réellement magicienne, Jonathan ne s'en accommoderait jamais.

La jeune fille n'avait nulle envie d'être une sorcière. Les visions étaient déjà trop pénibles.

— Assieds-toi, Gersalius, dit Tereza. Jonathan et moi allons vous laisser, afin que tu t'acquittes de ta tâche.

Jonathan allait protester, mais elle le fit taire d'un geste.

— Nous avons à parler, mon époux, et le magicien doit s'occuper d'Élaine.

Elle l'appelait rarement « mon époux » ; quand elle le faisait, une discussion ou une querelle s'ensuivait généralement.

— Puisque tu le dis, femme, répliqua-t-il avec une raideur courroucée.

Il sortit derrière elle.

Gersalius se rassit.

— Je t'en prie, Élaine, raconte-moi une de tes visions.

Élaine regarda sa tasse de thé. Elle n'avait aucune envie de parler au sorcier. Jonathan les avait dûment chapitrés : la magie pouvait être utile, mais elle passait facilement au service du Mal.

— Je n'ai pas l'intention de pratiquer la magie, déclara-t-elle avec douceur.

— Mon enfant, on ne choisit pas la magie. J'ai connu des gens qui *voulaient* la pratiquer, mais il leur manquait le don. On naît avec des pouvoirs, mais on ne peut pas plus les acquérir qu'on ne peut s'en défaire.

— J'ai vu des gens pactiser avec le Mal pour obtenir la magie.

— Cela n'est pas de la magie, Élaine, c'est une abomination.

— La magie reste la magie !

— Ce langage ne vient pas de toi, mon enfant.

— Je ne vois pas ce que tu veux dire.

— Élaine, la magie véritable n'est pas intrinsèquement néfaste. C'est comme une épée. Son acier n'est ni bon ni mauvais. C'est la main qui manie la lame qui décide de combattre pour le Bien ou pour le Mal. L'arme est neutre.

— Mais…

Elle chercha sur le visage du mage les stigmates du démon et n'en trouva pas.

— Tu sens bien que je ne te veux pas de mal.

— Oui.

— C'est la magie qui te permet de savoir si je dis la vérité ou non…

Elle secoua la tête.

— Je ne sais pas toujours reconnaître qui ment de qui ne ment pas.

— En t'exerçant, tu y arriverais.

— Y parviens-tu ?

Il rit.

— La plupart du temps, oui. Mais d'aucuns possèdent de plus grands pouvoirs que les miens. Ils arrivent à me tromper de temps en temps.

— On ne peut se fier à la magie.

— On ne peut se fier à rien, parfois.

Élaine ne parvint pas à retenir un sourire.

— Tu vois, ce n'est pas si terrible.

Élaine ne put refouler la sympathie qui montait en elle et qui se transforma rapidement en angoisse. Jonathan serait-il capable d'accepter une magicienne sous son toit, même s'il s'agissait d'elle ?

Rougissante de plaisir, Mala, que le mage avait complimentée sur ses gâteaux, en apporta une nouvelle assiette.

Le mage la remercia avec grâce. Mala était aux anges. Gersalius était-il réellement charmant, ou bien usait-il d'un de ses tours ?

Il regarda Élaine avec une petite lueur amusée dans les yeux.

—Sais-tu à quoi je pense en ce moment? demanda-t-elle.

—Oui, mais cela n'a rien à voir avec la magie. Ta mimique et ton attitude face à la cuisinière trahissaient ta contrariété. Ton visage est un miroir, mon enfant. Il reflète toutes tes pensées.

—Je ne le crois pas.

—Tu n'as pas envie d'y croire. L'idée que tes pensées et tes sentiments sont si faciles à deviner t'effraie.

Elle allait répondre que non, mais elle s'abstint. Ce n'était pas tant que le mage lise dans ses pensées qui la contrariait, mais que les autres le fassent. Konrad savait-il ce qu'elle ressentait? Était-elle transparente pour lui?

—Je suis une personne particulièrement attentive, Élaine. La plupart des gens ne le sont pas, même ceux qui te côtoient quotidiennement. De fait, j'ai remarqué que les gens qui vous voient grandir vous oublient souvent. Tu sais ce qu'on dit: l'habitude engendre l'invisibilité.

—Je croyais qu'elle engendrait souvent le mépris…

—Oui, peut-être, mais je ne crois pas qu'il te méprise… Et toi non plus!

—Tu lis dans mes pensées.

—Un petit peu, c'est possible. Que tu sois une magicienne novice me rend la chose facile. Les émotions fortes sont plus aisées à capter.

Élaine tremblait. Du thé brûlant gicla de la tasse, tombant sur ses mains. Mala se précipita pour l'éponger.

—Tu t'es brûlée?

Konrad s'agenouilla à côté d'Élaine et appliqua un linge sur sa peau endolorie. Elle ressentit comme un picotement glacé. Il avait mis de la neige dans le linge.

— Le froid est le meilleur remède contre une brûlure légère.

Ses mains pressèrent le linge sur les siennes. Leur contact chassa le froid de son corps affaibli. Avec de la neige contre sa peau, Élaine avait chaud. Elle sentit la fièvre lui monter au visage et sut qu'elle rougissait.

Absorbé par ses soins, Konrad ne regardait que ses mains.

Élaine chercha les yeux du mage. Il avait raison, Konrad ne savait pas ce qu'un étranger avait si aisément remarqué.

— Comment vont tes mains ? demanda Konrad.

Elle le regarda fixement. Sa rougeur s'était évanouie quand elle avait compris que Konrad ne ressentait rien en la touchant. Lorsqu'il l'avait portée dans l'escalier, sentir son corps contre le sien l'avait émue.

Pour lui ce n'avait été qu'un geste comme un autre, pour aider un malade.

— Elles ne me font plus mal.

Pour toute réponse, il hocha la tête et remporta le linge mouillé.

— Raconte-moi tes visions, dit Gersalius avec douceur, comme s'il avait compris ce qui tourmentait la jeune fille.

La première réaction d'Élaine fut la colère. Comment osait-il violer ses pensées ? Elle fut sur le point de lui dire de décamper, mais le regard gris-bleu du mage était si doux, son expression si compatissante…

— Je ne pourrais pas lire dans ton esprit si ce n'était pas si aisé. Tu les laisses apparaître comme le feu envoie des étincelles. Tu brilles, Élaine. Tes dons brillent. Quand on m'a dit ton âge et ton inexpérience, j'ai pensé que tes pouvoirs n'étaient pas bien grands. Sinon, comment aurais-tu pu les contenir si longtemps ?

Son expression était devenue sérieuse. Il se pencha vers elle. Elle en fit autant.

— La force de ta volonté est redoutable, Élaine. Tu ne voulais pas être magicienne, et tu as fait taire ce qui est en toi. Tu l'as rejeté avec une détermination implacable. Si tu utilisais cette volonté-là pour maîtriser la magie, tu deviendrais redoutable. Et tu apprendrais vite.

Elle le regardait dans les yeux. Il chuchotait devant le feu, comme un conspirateur. Son pouvoir l'enveloppait telle une brise impalpable. Une sorte de frisson lui courut sous la peau. Une sensation inconnue, ni glace ni feu, se réveilla en elle, envahit son corps, répondant à l'aura magique du sorcier. Comme un appel à aimer.

Élaine lâcha un soupir. Sans s'en rendre compte, elle avait retenu son souffle. Un fourmillement s'empara du bout de ses doigts comme si la magie lui ruisselait des mains. Il fallait qu'elle touche le mage, pour vérifier si cette sensation se confirmait. Il fallait absolument que sa main touche la sienne. Sa peau réclamait de savoir ce qui se passerait. Ce désir fit monter en elle une peur panique.

Les poings serrés, elle croisa les bras. Ses mains cherchèrent à s'enfoncer en elle. Il lui fallut faire appel à toute la détermination dont avait parlé Gersalius pour résister au besoin de le toucher.

Le mage appuya la tête contre le dossier de son siège.

— Tout dépend des dons magiques qu'on possède. Je crois que ton pouvoir, plus que le mien, réside dans l'imposition des mains.

— Qu'est-ce qui te fait dire ça ?

— Un de mes dons me permet de reconnaître ceux des autres. La plupart des mages perçoivent les pouvoirs et l'énergie potentielle, mais très peu savent identifier le moyen d'expression d'un pouvoir magique.

— Parce que la magie choisit son moyen d'expression ?

— C'est souvent le cas. Si tu avais commencé plus tôt, tu aurais peut-être déterminé toi-même ta manière de pratiquer, mais pas obligatoirement.

Élaine secoua la tête.

— Tu as l'air de dire que les pouvoirs magiques mènent une vie indépendante à l'intérieur de mon corps.

— Je ne l'entends pas ainsi. Ils ne sont pas indépendants de toi, car ils ne disposent ni de pensée ni de sentiment.

Le mage réfléchit un instant, puis il sourit.

— Supposons que tu aies un don pour la couture. Sans le savoir, tu l'as depuis ta naissance. Tu es née pour être couturière, mais tu n'as jamais eu la possibilité d'apprendre ce métier. Pourtant, un jour, tu confectionnes une merveilleuse robe de bal. Une semaine plus tard, tu en fais une autre encore plus belle.

» Si tu avais appris la couture dès ton plus jeune âge, tu aurais pu décider de faire des robes de cérémonie ou des manteaux d'apparat ; comme tu n'as pas fait usage de ton don, celui-ci a choisi tout seul la robe de bal. Peut-être aurais-tu préféré tricoter des châles ou créer des vêtements plus quotidiens, mais c'est trop tard, ton talent a décidé de faire des robes pour les riches.

Il la regarda, curieux de l'effet que produirait sa comparaison.

— Comment se fait-il que tu ne saches plus ce que je pense ? demanda-t-elle.

— Très bien, Élaine, très bien, répondit-il en riant. Quand tu t'es écartée de moi, tu ne t'es pas fermée par ta seule attitude physique, mais aussi par la pensée. C'était très net. Je crois que le fait d'avoir compris si vite que je ne pouvais plus lire dans ton esprit est très prometteur.

— J'ignore comment j'ai fait.

— Pense au moment où tu t'es éloignée de moi. Qu'as-tu ressenti ?

Élaine réfléchit. Avait-elle ressenti quelque chose ? Elle ne s'en souvenait plus. Les yeux fermés, elle tenta de se rappeler. La sensation, sur sa peau, avait disparu quand elle avait reculé. Elle avait rompu le contact avec Gersalius, lui fermant son esprit. C'était rassurant.

Elle ouvrit les yeux et raconta sa découverte au mage.

— Tu comprends très vite ce qui est fondamental. Quelle bonne élève tu ferais !

— Crois-tu que je pourrais être *ton* élève ?

Elle fut stupéfaite de sa propre question. Songeait-elle vraiment à étudier la magie ?

— Plus tu y consacreras de temps, plus vite tu apprendras, et plus tu auras de contrôle sur tes pouvoirs.

— Devrai-je venir habiter chez toi ?

— Tu serais la bienvenue. Je peux aussi m'installer ici. Habituellement, avec une personne aussi douée pour l'étude, j'enseigne à domicile. En des circonstances normales, je n'aime pas avoir à séparer un jeune magicien de sa famille et de ses amis.

Mais les circonstances étaient tout sauf normales. Tous deux le savaient.

— Jonathan ne permettra jamais à un magicien de vivre sous son toit, dit le mage.

Élaine secoua la tête. Elle ne voulait pas voir le problème.

—Je n'en sais rien…

—Si nous devons le convaincre d'accepter la présence d'un sorcier un peu bizarre dans sa maison, ce sera peut-être plus facile après que tu auras acquis quelques connaissances.

De la table où il était assis, Blaine lança une remarque :

—Ça pourrait marcher.

—Et moi qui croyais que c'était un entretien privé, fit doucement le mage.

—Si tu t'installes ici, il n'y aura pas de conversations privées, répondit Blaine, hilare.

—Il y a une petite hutte sur nos terres, dit Konrad. Nous pourrions t'aider à l'arranger et à y installer tes affaires.

—Croyez-vous que Jonathan permettrait à un mage de vivre sur ses terres ? demanda Élaine, scrutant Konrad.

Elle espérait lire sur son visage un signe témoignant de l'intérêt qu'il lui portait. Le guerrier resta impénétrable.

Pourrait-elle un jour épier ses pensées, comme Gersalius épiait les siennes ?

Le mage effleura la main d'Élaine. Ça n'avait rien d'un attouchement magique : juste un bref contact pour attirer son attention.

—À ta place, je n'essaierais pas. On finit toujours par trouver les choses qu'on veut vraiment savoir. Par ailleurs, imagine ce que pensera Jonathan si tu uses de tes pouvoirs sur les membres de la maisonnée.

—De nouveau, tu as lu dans mes pensées !

—Je te l'ai dit, ton émotivité te trahit.

Konrad et Blaine se regardèrent.

— De quoi parlez-vous ? demanda Blaine.

— Si maître Ambroise le permet, j'habiterai dans la petite hutte. Pour une élève pareille, j'irais jusqu'à quitter ma douillette maison, même avec cette neige.

— Je vais en parler à Tereza, dit Konrad. S'il existe une personne capable de le convaincre, c'est elle.

— Crois-tu qu'il sera d'accord ? demanda Élaine.

Elle aurait voulu toucher ses mains ouvertes et lui faire partager son émoi.

Secouant la tête, Gersalius tapota une fois encore la main de la jeune fille. Elle se rembrunit.

— Je ne voulais pas...

— Les pouvoirs magiques non contrôlés ont tendance à *s'emparer* de l'objet de leur désir, lui dit-il tout bas.

Elle rougit jusqu'aux oreilles, furieuse d'avoir laissé paraître ses émotions.

— Cela peut-il me rendre dangereuse pour les autres ?

— Surtout pour toi-même. Mais cela changera, Élaine, avec ou sans exercices.

— Je ne veux pas faire courir de risques aux gens que j'aime, déclara-t-elle. Si Jonathan ne t'autorise pas à venir habiter ici, je m'en irai.

— Je t'accompagnerai, dit Blaine.

— Non, nous ne pouvons pas partir tous les deux.

— Tu sais que je ne te laisserai pas t'en aller seule.

— Personne n'ira nulle part, dit Konrad. Je vais voir Tereza. Peux-tu patienter le temps que cette affaire se règle, maître Gersalius ?

— Volontiers, si je peux avoir encore de ces délicieux biscuits...

Mala accourut avec une assiette pleine.

—L'entêtement de Jonathan ne va pas nous priver de notre Élaine !

—Non, certainement pas, dit Konrad en quittant la cuisine.

—Je ferais bien de l'accompagner, fit Blaine en lui emboîtant le pas. Tu sais que Tereza a beaucoup de mal à me refuser quelque chose.

Élaine regarda le mage.

—Konrad agirait ainsi pour chacun de nous, n'est-ce pas ? demanda-t-elle.

—Je le crains, répondit Gersalius.

—Serai-je un jour capable de lire ses pensées ?

—Cela ne saurait tarder, j'en ai peur.

—As-tu lu dans son esprit ?

—Non, mon enfant, c'est contraire à l'éthique, à moins qu'il s'agisse d'un autre magicien. Ce n'est pas loyal quand l'autre ne peut en faire autant. Comme lire une lettre qui ne vous est pas adressée.

—Tu penses que je n'aimerai pas ce que je risque de découvrir, n'est-ce pas ?

—Tenons-nous-en toujours à la vérité, Élaine Clairn. Oui, je le pense.

Élaine baissa les yeux et se tourna vers les flammes. Une larme roula sur sa joue. Apprendre la magie impliquait plus de pièges qu'elle l'avait imaginé. Un jour, elle saurait sonder les pensées et les sentiments de Konrad. Plus de devinettes, d'espoirs irraisonnés, de craintes injustifiées, juste la vérité. Elle aurait le cœur brisé, tout simplement.

Chapitre 5

Jonathan était seul dans son cabinet de travail. Par la fenêtre, il regardait la cour du château et l'appentis attribué au mage. D'étranges projections jaillirent de la porte et des fenêtres, salissant la neige. Des détritus jetés par une main invisible s'amoncelèrent devant la cabane.

Une lumière dorée filtra par les vitres. Elle ne provenait pas d'une lampe, mais d'un sort. Comment avait-il pu se laisser fléchir ainsi par les siens ? Jamais il n'aurait dû laisser un magicien s'introduire dans ses murs. Ces sorciers étaient faibles, se laissant facilement suborner par le Mal. Tous recherchaient le pouvoir, et les Ténèbres offraient des voies plus aisées que la Lumière. Jonathan n'avait encore jamais entendu dire qu'un mage ait su résister à la tentation.

Élaine. Sa petite Élaine. Au fond de lui, il avait toujours su qu'elle avait ce don, mais il s'était refusé à l'admettre. L'image de la jeune fille glacée gisant dans la neige l'avait décidé : si ses pouvoirs magiques pouvaient la tuer, il fallait qu'elle les maîtrise. Il n'allait pas la mettre en danger de mort à cause de ses préjugés.

Pourtant, il ne pouvait s'empêcher de penser que la magie, même la plus attrayante, corrompait tout ce qu'elle touchait.

Pour s'arracher à sa réflexion, Jonathan détourna les yeux de la fenêtre. Son regard tomba sur la pile de papiers entassés sur son bureau. À côté reposait une lettre dépliée sur laquelle s'étalaient quelques mots d'une écriture vacillante. La main de Calum Maîtrechant avait fini par le trahir. C'était l'écriture d'un vieillard malade, au seuil de la mort. Jonathan frappa du poing sur la table. Ce n'était pas juste !

Secouant la tête ironiquement, il sourit dans sa barbe. Jonathan Ambroise, un chasseur de sorciers, se lamentait que le monde soit injuste ! Qu'importait la connaissance qu'on ait de la vie, certaines choses étaient trop affreuses pour qu'on les accepte ou qu'on les excuse. La douloureuse agonie de Calum, cloué à son lit, en faisait partie. Mais à quoi bon ruminer tout cela ? La lettre demandait une réponse.

Cher Jonathan,

Le village de Cortton est tombé sous l'emprise d'un maléfice. Les habitants ont demandé le secours de la confrérie. Viens-leur en aide, je t'en prie.

Ton dévoué Calum Maîtrechant

Pas d'explication. Cette brièveté n'était pas dans les habitudes de Calum, mais il devait tellement souffrir d'écrire… Néanmoins, la nouvelle était préoccupante.

Calum était son seul contact avec la confrérie. C'était lui qui transmettait les ordres de mission aux autres membres. Jonathan ne connaissait que lui et quelques autres chasseurs, qui recevaient également leurs ordres de sa main. Ce système protégeait la confrérie. Quand un membre était fait prisonnier et torturé, il avait peu de noms à révéler, et personne n'était irremplaçable. Si Calum trépassait avant de déléguer ses pouvoirs, ils seraient tous isolés...

Il soupira. De nouveau, ses pensées le ramenèrent à Élaine. Bien sûr, les êtres doués de magie l'étaient de naissance, il le savait. Elle n'avait pas choisi.

On frappa à la porte.

— Entrez ! cria Jonathan.

Les larges épaules de Thordin apparurent. Son crâne chauve et luisant le faisait sembler encore plus grand. Blaine entra derrière lui.

— Je ne t'ai pas encore raconté ce qui nous est arrivé dans la forêt, lança Blaine en guise d'introduction. L'homme que nous avons rencontré s'appelait Pegin Tallyrand. Il ne s'était jamais aventuré très loin de son village. Il a marché pendant des jours au plus fort de l'hiver pour nous trouver, et nous l'avons laissé se faire tuer.

— Mais non, intervint Thordin, tu as failli mourir pour le sauver.

— Et toi, Thordin, tu n'as rien eu ? Tu n'es pas du genre à laisser passer une occasion d'en découdre.

— C'est vrai. Je me suis battu, mais l'arbre était sacrément fort. On tapait dessus à bras raccourcis sans pouvoir le blesser. Et moi qui croyais que la foudre l'avait tué.

— L'arbre était mort, dit Blaine. Nous nous sommes battus contre une entité qui n'était pas de l'ordre du vivant.

Jonathan regarda le jeune homme avec stupeur. Il ne s'était jamais posé de questions sur son sens de l'observation et sa connaissance de la nature. Comme les visions d'Élaine, l'intuition particulière de Blaine lui paraissait aller de soi.

S'agissait-il aussi d'un pouvoir magique ? Blaine était-il un sorcier en puissance ?

—Comment sais-tu que l'arbre n'était pas mû par une force de vie ?

—Je n'en ai aucune idée.

—Je t'en prie, mon garçon, raconte-moi tout depuis le début, dit Jonathan.

Blaine respira profondément. La douleur lui déchirait la jambe.

—Nous étions à Chebney.

—Alors, cette histoire de monstre, c'était vrai ?

—Que trop, répondit Thordin.

—Un fantôme hantait la maison du *meistersinger*, reprit Blaine, une bête fantomatique à l'haleine venimeuse, qui lui avait volé sa voix et qui chantait dans les couloirs. Au lever du jour, le monstre disparut et le *meistersinger* récupéra sa voix. Il nous a parlé, mais il n'a pas pu chanter.

—Un *meistersinger* incapable de chanter ne peut garder sa place…

Thordin acquiesça.

—C'est pourquoi il nous attendait avec une telle impatience. Il aurait vite été délogé par de jeunes arrivistes. Sans sa voix, il était perdu.

—Cette bête était animée d'un semblant de vie, ajouta Blaine.

—Les fantômes sont les ombres des morts.

—Ce fantôme était jadis un être humain, poursuivit Blaine. J'ai senti son énergie, même si elle était infime. Il ne s'agissait pas que d'un maléfice.

—Un jeteur de sorts serait-il mort récemment ? demanda Jonathan malgré sa répugnance à aborder ce sujet.

— Il semble que le *meistersinger* ait empoisonné son dernier rival, non pour le tuer, mais pour lui prendre sa voix le jour du tournoi. Cela a marché. Il est devenu chef de la cité après la mort de l'ancien *meistersinger*, décédé de façon apparemment naturelle. Le poison a trop bien fait son œuvre. Juste après, la bête est apparue.

— Justice d'outre-tombe, dit Jonathan. Comment vous êtes-vous débarrassés de la bête ?

— Nous avons amené le *meistersinger* à confesser publiquement sa faute. Dès que la vérité a éclaté, la bête ne s'est plus manifestée.

— Est-il resté *meistersinger* de Chebney ?

— Oui. À Chebney, le tournoi n'a pas de règles. Même si le vainqueur a triché, il reste le gagnant, et le chef de la cité.

— Il n'y a pas de justice au Kartakass, dit Jonathan.

— Il n'y en a nulle part, fit Thordin.

— La prochaine fois que le *meistersinger* de Chebney aura besoin de notre aide, nous devrions refuser.

— Il n'en aura plus besoin.

— Les gens corrompus et ambitieux répètent toujours les mêmes erreurs, Blaine. S'il l'a fait une fois, il recommencera.

Thordin acquiesça.

— Il a une belle voix, mais il n'est pas très malin. Je doute qu'il ait retenu la leçon.

— Qu'est-ce qui a poussé Pegin Tallyrand à prendre la route au plus fort de l'hiver pour venir vous trouver ?

— Son village a été frappé d'un terrible fléau. Les morts déambulent la nuit dans les rues, répondit Blaine.

— Ce sont des histoires inventées pour faire peur aux enfants !

— Tu sais bien comment cela se passe, Jonathan, fit Thordin en haussant les épaules. Une épidémie se déclare, et on enterre les morts à la hâte. Ils se réveillent sous terre, appellent au secours. Alors on les prend pour des esprits malfaisants sortis des profondeurs. C'est peut-être aussi simple et aussi horrible que ça.

— Pegin a dit que les zombies ne dégageaient pas d'odeur de putréfaction, et il s'en étonnait. Ces morts ne se sont donc pas décomposés. Si c'était une histoire inventée, les morts auraient dégagé une odeur pestilentielle, peut-être même craché du feu. Pegin aurait enjolivé les choses. Tu sais comment naît ce genre de rumeurs…

» Cet homme possédait un solide bon sens. Il n'a rien d'un illuminé. Il avait enterré sa fille ; une semaine plus tard, elle cognait à sa fenêtre pour entrer.

— Était-il sûr qu'elle soit bien morte ?

— Absolument sûr.

— Combien de personnes ont succombé à cette épidémie ?

— La moitié des habitants du village, répondit Thordin.

— Pourquoi n'est-il pas allé chercher du secours plus tôt ?

— Un barde avait chanté une ode sur toi et la bête de Mandriel. Quand le village a su que tu n'étais pas une légende, on l'a envoyé te chercher.

— Le problème est de taille. J'ai reçu une lettre de Calum. Il nous a confié une nouvelle mission. Je ne peux pas la remettre à plus tard.

— Je veux retourner au village de Pegin, déclara Blaine, l'air buté. Il est mort pour le sauver. Ce sacrifice ne doit pas rester inutile.

Jonathan soupira. Les missions de la confrérie se trouvaient parfois en concurrence avec des tâches encore plus importantes.

— Que dit Calum dans sa lettre ?

Jonathan la lui tendit.

Blaine la lut. La colère déforma ses traits creusés de fatigue. Thordin fit une drôle de mine.

— Qu'y a-t-il ? demanda Jonathan.

— Cortton est le village de Pegin Tallyrand.

— Ce qui veut dire que la confrérie nous envoie à son secours ? fit Blaine.

— Eh bien, nous savons maintenant ce qu'il se passe à Cortton, conclut Jonathan.

— Quand partons-nous ? demanda Blaine.

— Dès que tu auras repris des forces et que nous aurons découvert ce qui a réanimé le grand arbre. S'il se produit des phénomènes magiques si près de chez nous, il faut que nous soyons au courant. Je ne veux pas faire courir de risques à ceux qui resteront ici.

— Et si nous ne trouvons rien, que ferons-nous ?

— Dans trois jours, nous partirons pour Cortton, que nous ayons la clé du mystère ou non. S'il fallait attendre la résolution de toutes les énigmes, nous ne quitterions jamais cette maison !

Chapitre 6

Le cadavre était étendu sur le dos, les bras le long du corps. De taille et d'âge moyens, il avait un visage quelconque, ni beau ni laid. Élaine avait vu assez de morts dans sa vie pour savoir que l'homme était sans doute différent quand il vivait.

Il manquait une paroi à l'abri. Le vent s'y engouffrait, soufflant de la neige sur le cadavre et sur le bois de chauffage empilé contre le mur du fond.

La lanterne que tenait Tereza jetait une lueur sinistre sur le mort. Agenouillé entre elle et Élaine, le mage passa lentement ses longs doigts sur le front, les joues, l'arête du nez puis le menton du défunt.

— Que vois-tu, Élaine ? demanda-t-il.

— Un homme mort.

— Regarde avec autre chose que tes yeux.

Élaine serra autour d'elle les pans de son manteau. Le visage du mage avait pris une expression sombre, étrange, qui n'avait plus rien d'avenant. Soudain, il avait l'air d'un sorcier.

— Allons, Élaine, nous avons parlé de cela tout à l'heure. Tu es une magicienne en train d'éclore, une sorcière, si tu préfères. Dis-moi ce que tu vois, ordonna Gersalius d'une voix qui emplit la cabane.

— Nous n'allons pas y passer la nuit, sorcier, fit Tereza en tapant des pieds pour se réchauffer. Tu lui poseras des questions plus tard, quand nous serons au chaud.

Sans quitter Élaine du regard, Gersalius répondit :

— Il faut qu'elle apprenne.

— Je t'ai demandé s'il t'était possible de découvrir pourquoi le grand arbre s'est réanimé. Tu as voulu voir le cadavre. Le voilà. Maintenant tu joues les mystérieux. Pourquoi les sorciers ne font-ils rien comme les autres ?

Gersalius se tourna vers Tereza. Ses yeux brillaient d'une lueur ardente.

— Tu voulais savoir si c'était un maléfice qui avait tué cet homme. J'essaie de le découvrir, expliqua-t-il patiemment.

— Je t'ai demandé ce qui avait réanimé l'arbre, insista Tereza. Ce qui a tué cet homme, nous le savons.

— Ah bon ? Le sais-tu vraiment ?

— L'arbre l'a déchiqueté, vieillard.

— C'est de cette façon qu'il est mort, mais ce n'est pas ce qui l'a tué.

— Il fait trop froid pour les rébus.

— Et pour qu'on s'interrompe sans cesse, Vistani !

Élaine sursauta. Personne ne parlait impunément à Tereza sur ce ton. Celle-ci inspira profondément et détourna les yeux.

— Tu as raison. Je te prie de m'excuser. Continue.

Élaine fut aussi stupéfaite que s'il avait poussé une seconde tête à la Vistani. Jamais elle ne s'excusait.

— L'amabilité te va très bien, dame Ambroise, dit le mage avec une pointe d'humour dans la voix. Maintenant, Élaine, dis-moi ce que tu vois.

Élaine tremblait. Pourquoi faisait-il si froid, tout à coup ?

— Ta force magique cherche à prendre le contrôle. Maîtrise-la !

— Je ne vois pas comment j'y arriverai…

— Soit tu apprends, soit tu meurs. Tu n'as pas le choix.

— Pourquoi ai-je si froid ?

— Parce qu'on est en plein milieu de l'hiver, fit Tereza.

Gersalius fit un signe de la main.

— Ne nous interromps pas. Ta magie s'exprime par l'intermédiaire de deux éléments, dont l'un est le feu, pour tes visions, et l'autre ton corps. Elle est en train de dévorer la chaleur de tes chairs. Ne la laisse pas faire.

— Je ne comprends pas.

Élaine avait de plus en plus froid. Un ouragan glacé lui dévorait les entrailles.

— D'où vient le froid ? Cherche sa source et dis-moi ce que tu ressens.

Elle s'efforça d'atteindre le froid, tendant une main invisible qui plongea loin, très loin en elle. Au plus profond de son être, il y avait une sorte de caverne. Élaine ne comprit pas vraiment ce que c'était, mais il fallait bien mettre un nom dessus. En prononçant le mot, elle sut que c'était vraiment devenu une caverne. Une grotte de glace dont les couches cristallines faisaient miroir et diffusaient la lumière. Tout n'y était pourtant que ténèbres.

Non, il y avait de la lumière, mais elle n'irradiait pas. Elle restait figée dans les cristaux de glace. Avec un autre sens que la vue, elle reconnut du bleu, du violet, du pourpre et du rose ; elle était ces couleurs. C'était sa force, son énergie à elle.

— C'est là qu'est ton pouvoir, Élaine, mais tu l'as laissé en friche. Il s'est construit son propre royaume, et il a fait son chemin, comme l'eau s'infiltre dans la terre. Il a choisi le froid pour abri. La chaleur est son mortier. C'est très bien d'utiliser le feu et sa lumière comme catalyseur, mais il faut que tu saches ce que tu fais et comment tu le fais. Le comprends-tu ?

Elle sentait toujours le froid, mais il n'était plus aussi présent que la lueur diffuse dans la glace.

— Élaine, réponds-moi.

La lueur s'était éteinte. Elle avait presque réussi à la toucher.

— Élaine !

Le cri lui fit l'effet d'un coup de fouet. Elle sursauta et trébucha. Puis elle écarquilla les yeux et vit le visage du mage à l'envers. Dans la glace, la lueur avait disparu. Elle avait froid, mais plus à l'intérieur.

— Tes forces sont restées trop longtemps livrées à elles-mêmes, Élaine, et elles sont devenues destructrices. Comme un petit sauvage affamé demeuré trop longtemps dans le noir, elles ont leur propre monde. Il te faudra du temps pour les récupérer. Mais c'est faisable. Pour ce soir, il faut les nourrir.

— Comment ?

— Dirige-toi vers un feu, ou vers de la lumière. Tout ce qui peut provoquer tes visions.

Elle tendit une main. Sous l'effet d'une rafale, la lanterne vacilla, s'auréolant d'un tourbillon de neige. Élaine sentit l'approche d'une vision. Sa force demandait à être nourrie.

Elle tourna lentement sa main, paume vers le ciel. Les ombres et la lumière tremblantes devinrent floues devant ses yeux. Sa paume semblait aspirer la lumière, celle-ci s'infiltrant sous sa peau pour gagner la caverne de glace cristalline qui engloutissait sa chaleur.

Un coup de vent éteignit la lanterne. La lumière diffuse des étoiles leur évita de se retrouver complètement dans le noir.

— Regarde le corps, Élaine.

Le visage du cadavre n'était plus le même. Ce qu'il avait été transparaissait à présent sur ses traits. Un homme jovial, qui avait dû avoir très peur. Qu'est-ce qui avait pu l'entraîner aussi loin de chez lui malgré les intempéries ? La réponse à la question était évidente. Il l'avait fait par amour de sa famille, de ses amis, de son village. Élaine vit l'ombre d'un deuil récent sur son visage.

Comment pouvait-elle détecter tout cela et être si sûre d'elle ?

— Ne te pose pas de questions, Élaine, cela gâcherait tout.

Facile à dire... Elle voyait l'homme, tel qu'il était, comme personne ne l'avait connu, ni sa famille ni lui-même. Elle voyait ses qualités et ses défauts, distinguait sa bravoure, sa bonté et sa crainte. Sa terreur l'avait envoyé très loin. Elle l'avait mené à la mort.

Ce n'était pas juste ! *Ce sont les fous et les enfants qui raisonnent ainsi !* dit une voix douce et ferme dans sa tête.

C'était celle de Gersalius.

L'onde que diffusait le cadavre était l'émanation de la vie de Pegin Tallyrand. Une vie honnête et généreuse, qui le ferait regretter de tous. Puis l'onde tournoya autour d'une petite bosse, sur le manteau du cadavre. Ce n'était pas le contenu de sa poche, mais un objet cousu dans l'ourlet du vêtement.

Élaine tomba à genoux, la main tendue. Une étincelle jaillit de l'étoffe, suivie d'une odeur de brûlé. Entre les mains de la jeune fille reposait un petit morceau d'os poli.

C'était une phalange humaine, gravée d'inscriptions incompréhensibles qui luisaient comme dans la nuit.

Gersalius se pencha sur l'objet. Ses yeux étaient phosphorescents. Élaine se demanda si les siens avaient brillé de la même façon. Elle se tourna vers Tereza sans oser lui poser la question, car elle redoutait la réponse.

— Ton expérience de la magie t'a appris quoi ? demanda Gersalius.

— Cet homme ignorait qu'il portait cet objet sur lui.

— Très bien. Autre chose ?

— Cette amulette est l'artefact d'un sort qu'on lui a jeté. Elle est devenue active quand il a touché le grand arbre.

— Pourquoi l'arbre a-t-il déclenché le maléfice ?

Elle réfléchit un instant. Ce qu'elle avait vu était si présent à son esprit que l'image lui semblait collée à ses paupières.

— L'arbre a le pouvoir de donner la mort. Dès l'instant où le talisman est entré en contact avec lui, ce pouvoir s'est *révélé*.

— Le grand arbre était mort. Il a été frappé par la foudre.

— Oui, dit-elle dans un souffle.

— Le sort a réanimé le grand arbre mort dans une intention précise. Quel but, Élaine ?

— Il voulait la mort de Pegin Tallyrand.

— Qui, *il*?

— Celui qui a jeté le sort voulait la mort de Pegin Tallyrand.

— Pourquoi ?

— Il ne voulait pas que Pegin ramène du secours à Cortton. Il, ou elle, craignait Jonathan, le chasseur de mages.

— Comment le sais-tu ?

— L'os sue la peur.

— Est-ce la peur de celui à qui il appartenait ?

— Cela se pourrait, mais le jeteur de sorts a peur aussi.

— N'a-t-il peur que du chasseur de mages ?

— Non. Il a peur de mourir, répondit-elle en serrant la phalange.

Elle sentit une douleur aiguë, puis plus rien. Cette douleur n'était pas la sienne, mais celle de la femme vivante à qui on avait coupé une phalange.

La main de Gersalius se ferma autour du poing d'Élaine.

— Lâche-le. Lâche !

— Je ne peux pas.

— Tereza, viens m'aider !

Le mage et Tereza lui ouvrirent les doigts. L'os tomba, s'émiettant dans la neige. De la paume ouverte d'Élaine coulait un filet de sang. Son visage ruisselait de larmes.

— Ta force magique se nourrit de lumière et de chaleur, dit Gersalius. Certaines se repaissent d'autre chose…

— De quoi ?

Le mage effleura du pouce la paume blessée de son élève.

— De sang.

Chapitre 7

Jonathan était assis à son bureau, bras croisés sur la poitrine. Il savait qu'il avait l'air renfrogné, mais il s'en moquait. S'il n'y avait qu'une seule bonne raison d'être de mauvaise humeur, c'était bien celle-ci.

Tereza était adossée au mur d'en face, les bras également croisés, en colère. Dans la lumière de la lampe ses longs cheveux noirs brillaient comme de la fourrure et les riches couleurs de ses vêtements rougeoyaient. Les traits durs de son visage semblaient figés entre ombre et lumière. Jonathan souffrait de la voir ainsi, mais ce qu'elle demandait était impossible.

— Non, Tereza, je ne peux pas le tolérer, dit-il d'une voix ferme et raisonnable.

Il avait raison, et elle finirait bien par l'admettre.

— Tu n'as pas vu Élaine dans la cabane ce soir, Jonathan. Maintenant qu'elle sait qu'elle est une magicienne, sa magie est devenue plus forte, plus rapide. Si Gersalius n'avait pas été là, elle aurait de nouveau frôlé la mort.

— D'après ce que tu m'as dit, si le sorcier ne l'y avait pas incitée, elle n'aurait pas essayé cette… magie.

— Non, mais la vision suivante l'aurait mise en danger. Au moins, maintenant, elle sait la contrôler, un peu.

Tereza s'écarta du mur et se mit à faire les cent pas dans la petite chambre. Son énergie emplissait tant l'espace que la pièce semblait se rétrécir. Elle était si vivante, si physique, si pleine d'émotions. Jonathan était bien conscient qu'elle le complétait, son impétuosité compensait ses prudents calculs, elle était le cœur et lui le cerveau, il était l'expérience et elle la jeunesse. Alors même qu'il se dressait contre elle, une partie de lui voulait accepter ses arguments simplement parce que c'était elle. Mais non, pas cette fois. Par les dieux, il ne céderait pas!

Elle s'arrêta devant lui, les mains sur les hanches.

— Avant cette nuit, j'aurais été d'accord avec toi. Mais Gersalius doit venir avec nous à Cortton.

— Non, dit-il en secouant la tête.

Un mot simple; pourquoi ne le comprenait-elle pas?

Tereza se remit à faire les cent pas, comme si la chambre était une cage.

— Alors Élaine doit rester ici, avec le mage.

— Non.

— Pourquoi pas? demanda-t-elle, bouillante de rage.

— Je ne fais pas assez confiance au sorcier pour le laisser seul chez nous. Il pourrait ensorceler toute la maisonnée, Élaine y compris, avant que nous soyons rentrés.

— Tu y crois vraiment?

Elle se tenait de nouveau face à lui, le sondant de ses doux yeux sombres. La colère s'écoulait hors d'elle. Tereza ne pouvait jamais rester fâchée longtemps, tout du moins, pas contre lui. Mais en vérité, cette toute nouvelle sagesse était bien plus dangereuse. Tant qu'elle tempêtait il pouvait simplement combattre. Mais comment argumenter contre la raison?

Il se détourna de ce regard perçant. Qu'il soit incapable de le soutenir était mauvais signe. Il perdait sans trop savoir pourquoi.

— Tu sais bien que nous ne pouvons pas emmener un sorcier avec nous. Je suis le chasseur de mages. Je ne peux pas en trimballer un avec moi pour m'aider.

— Il ne serait pas là pour t'aider, Jonathan, mais pour s'assurer qu'Élaine ne se tue pas par inadvertance.

— Ça ne peut pas être aussi grave. Elle s'en est sortie toutes ces années.

Tereza secoua la tête, ce qui fit onduler ses cheveux noirs.

— Je t'ai raconté ce qui s'est passé cette nuit. Elle se comportait comme une étrangère, Jonathan.

Lorsqu'elle se retourna, il vit sur son visage une chose à laquelle il ne s'attendait pas : de la peur.

Il s'avança vers elle sans s'en rendre compte et la prit par le bras.

— Tu as vraiment peur de notre petite Élaine ?

— Elle ne nous ferait jamais de mal exprès, dit-elle en posant doucement la main sur la sienne. Je le sais. Avant cette nuit, je ne m'inquiétais que de sa propre sécurité, mais maintenant…

Elle s'agenouilla en lui tenant la main et leva les yeux vers lui.

— Elle va devenir une puissante magicienne, Jonathan. On n'y peut rien. (Il ouvrit la bouche pour la contredire, mais elle lui effleura les lèvres du bout des doigts et ses protestations moururent.) On n'y peut rien, Jonathan. Après ce que je viens de voir, j'en suis certaine. Tout ce que nous pouvons faire, c'est l'aider à devenir une puissance du bien et nous assurer qu'elle ne fasse de mal ni aux autres ni à elle-même par accident.

— Il n'existe pas de bonne magie, dit-il en repoussant sa main. Toute magie est maléfique.

— Alors Élaine est maléfique, répondit-elle doucement. Mais tu n'y crois pas. Nous l'avons élevée pendant huit ans. Tu sais que son cœur est bon. Tu le sais.

Jonathan échappa à son étreinte et à l'odeur de sa peau. Sa beauté ne l'emporterait pas sur son bon sens. Il marcha jusqu'à la fenêtre et contempla la cour froide en contrebas.

La lueur d'un feu éclairait l'appentis du sorcier. Jonathan frappa du poing contre le mur près de la fenêtre.

— La magie corrompt tout ce qu'elle touche. J'en ai eu la preuve des centaines de fois.

Il la sentit s'approcher. Elle irradiait une irrésistible puissance. L'amour et la passion peuvent être aussi brillants que n'importe quelle étoile.

Elle saisit ses épaules dans ses puissantes mains, et se pressa contre son dos.

— On ne peut rien changer à ce qui est arrivé à Élaine. Nous ne pouvons que la protéger de notre mieux, comme le feraient n'importe quels parents.

Il appuya son front contre la vitre gelée. Un sorcier dormait juste en dessous, derrière les murs robustes que Jonathan avait construits. Un mage derrière ses lignes de défense. Un outrage.

— Laisser Élaine aux soins de Gersalius, ou les amener tous les deux avec nous. Ce sont les seuls choix qui s'offrent à nous, mon amour.

Le souffle de sa voix était doux et chaud sur sa nuque.

Il se raidit. Les bras de Tereza entourèrent sa taille, et il appuya ses mains contre les siennes.

— Ils viendront avec nous.

Elle le serra plus fort. Pourquoi ce simple geste valait-il le coup de perdre une douzaine de batailles ?

— Peut-être qu'on devrait demander au sorcier d'examiner Blaine.

— Que veux-tu dire ? demanda-t-elle en se serrant contre lui.

— Sa capacité à sentir les animaux, les plantes ; il a dit que l'arbre était mort, même lorsqu'il les a attaqués, il savait qu'il était mort. Tu m'avais dit que la magie d'Élaine avait détecté la même chose.

— Tu penses que Blaine est aussi un mage ? dit-elle prudemment.

— Je ne sais pas.

— Mais tu crains que ce soit le cas ?

— Je crains d'avoir abrité des serpents en notre sein sans le savoir.

— Tu ne peux pas croire que les jumeaux sont maléfiques, Jonathan, dit-elle en resserrant son étreinte. Tu ne peux pas.

— Je ne sais plus en quoi croire, Tereza. Si tu m'avais dit il y a deux jours que j'autoriserais un sorcier à entrer dans ma maison…

Il n'acheva pas sa phrase. Elle l'embrassa doucement dans la nuque.

— C'était très courageux de laisser entrer Gersalius.

— Je ne peux pas laisser Élaine mourir à cause de mes préjugés. Ce serait un mal en soi.

Tereza le fit se tourner vers elle.

— Tu es un homme bon, Jonathan Ambroise.

— Vraiment ? Si Élaine n'est pas maléfique, qu'en est-il des autres sorciers que j'ai détruits toutes ces années ? Certains étaient-ils bons ? Est-ce que ma vanité m'a rendu responsable du meurtre d'innocents ?

Elle lui serra le bras.

— Non, ce n'est pas la magie qui leur a valu la mort. C'est la mauvaise magie. Toutes ces années, j'étais avec toi, je ne t'ai jamais vu persécuter quelqu'un qui n'avait pas commis un acte terrible.

— J'aimerais en être certain.

— À Cortton, quelqu'un a invoqué une peste qui a décimé la moitié du village. Les morts marchent dans les rues, festoyant sur la chair des vivants. C'est le mal, Jonathan, et il n'y a qu'un homme qui puisse l'arrêter. Le chasseur de mages. Tu traqueras ce scélérat et feras en sorte qu'il soit arrêté.

Elle n'était qu'à quelques centimètres au-dessus de lui : la sincérité se lisait sur son visage, elle gardait les yeux plantés dans les siens.

— Gersalius acceptera-t-il de venir avec nous persécuter l'un des siens ?

— Si Gersalius refuse de nous aider contre un nécromancien, c'est qu'il n'est pas non plus un tuteur approprié pour Élaine.

Elle pensa à quelque chose qui la fit sourire.

— Si le sorcier accepte de venir, c'est une preuve que même un mage n'approuve pas le meurtre et l'invocation des morts.

Il savait qu'elle disait ça pour le réconforter. Si Gersalius reconnaissait que c'était mal, c'est qu'il n'était probablement pas maléfique, et si un mage acceptait la présence de celui qui ne cessait de les persécuter, c'est que Jonathan n'avait pas tort de les chasser. Mais, et si Gersalius ne venait avec eux que pour espionner l'autre sorcier ? Et s'il utilisait son ascendant sur Élaine pour tous les corrompre ? Et comment pouvait-il, lui, Jonathan, accuser Blaine d'être aussi un sorcier en puissance ? Mais si Blaine l'était vraiment, ne courait-il pas le risque que sa magie émerge à n'importe quel moment ? Blaine n'était-il pas aussi en danger qu'Élaine ?

Jonathan secoua la tête. Tereza le serra de ses bras puissants, essayant de le réconforter. Il s'accrocha à elle, acceptant la chaleur offerte, mais il n'était pas consolé. Trop de doutes restaient en suspens. Trop de ses certitudes étaient devenues aussi fragiles qu'une fine couche de glace.

Il était le chasseur de mages, mais maintenant, pour la première fois, il se demandait s'il n'était pas aussi un meurtrier. Ce soir-là, et pour de nombreuses nuits à venir, il revivrait les événements passés. Il chercherait le mal chez ceux qu'il avait contribué à détruire. Il se remémorerait chaque mission pour déterminer si le magicien était réellement maléfique ou simplement malavisé, s'il y avait eu un moyen d'éviter de les tuer ou d'amener les autres à les massacrer.

Seulement quelques semaines auparavant, si Tereza lui avait parlé d'une autre personne faisant ce qu'Élaine avait fait dans la cabane, quelqu'un présentant une telle quantité de magie incontrôlable, il l'aurait fait emprisonner pour voir si elle présentait un danger pour les autres. Il n'aurait jamais autorisé qu'un autre mage s'en approche pour l'aider et l'éduquer.

Jonathan serra sa femme, humant le parfum de sa peau, la chaleur de son corps. Il s'accrochait à elle comme un noyé. La culpabilité commença à s'insinuer dans son esprit, à nourrir ses doutes. La culpabilité et les doutes ; deux choses que le chasseur de mages n'avait jamais craintes, jusqu'à ce jour.

Chapitre 8

Plus ils se rapprochaient de Cortton, plus la neige était haute, arrivant jusqu'au ventre des chevaux, qui avançaient péniblement. Cela n'était pas pour déplaire à Élaine. Avec l'animal capricieux qu'elle montait, elle risquait à tout moment de vider les étriers. Le doux tapis amortirait sa chute.

Blaine chevauchait à côté d'elle, les rênes dans une main, l'autre désignant le paysage.

— N'est-ce pas magnifique ?

Les buissons ruisselaient de stalactites étincelant sous le soleil. Aussi loin qu'on puisse voir, c'était une lumineuse féerie de glace scintillante.

— Oui, c'est très joli, répondit la jeune fille sans entrain.

— Élaine, qu'est-ce qui ne va pas ?

— Rien. C'est ce cheval. Il est trop fougueux…

Une branche qui dépassait du taillis fit tomber sa capuche et lui égratigna le visage. Sa main gantée tâta sa joue en feu. Une tache de sang macula le cuir blanc. Brusquement, Élaine s'empourpra.

— Va chercher Gersalius.

— Mais pourquoi ?

— Vas-y, te dis-je.

Blaine partit en soulevant des tourbillons de neige bombardés par le soleil. Cette débauche de lumière miroitante aveugla Élaine.

Elle détourna les yeux. Son regard se posa sur un buisson qui brillait comme de l'argent. Son éclat s'infiltra jusque dans sa tête. Elle ne vit plus qu'une radiation argentée. Impossible de fermer les yeux, ni de les détourner.

— Élaine, m'entends-tu ?

C'était la voix chaude de Gersalius.

— Oui.

— Que vois-tu ?

— Une sorte de grande clarté.

— Décris-la.

— Elle est très lumineuse, et argentée.

— Serait-ce le reflet du soleil sur la glace ?

— Je n'en sais rien.

— Vois-tu autre chose que cette clarté ?

Elle secoua la tête. La brillance trembla comme un miroir déformant. La nausée la prit à la gorge.

— Serait-ce une de tes visions ?

— Cela n'y ressemble pas.

— Tu commences à bien maîtriser tes énergies magiques, Élaine. Avant, tes visions surgissaient d'elles-mêmes ; maintenant, elles ne se manifesteront plus que si tu les laisses faire.

Elle sentit une pression derrière ses yeux. La clarté se répandait à l'intérieur de son crâne, blanche, chaude, froide.

— Ton pouvoir magique demande à intervenir, Élaine. Laisse-le faire.

— Je ne sais pas comment m'y prendre.

— Concentre-toi sur la clarté. Donne-la à ton énergie magique. Laisse-les s'entremêler. C'est ce que tu as toujours fait, mais à présent, tu agis volontairement. Tu prends conscience de ce qui se passe. Rien n'a changé.

Dès qu'elle se concentra sur la clarté, elle retrouva la vue. Elle vit le taillis couvert de glace. Le soleil faisait jaillir des étincelles d'argent. Elle se concentra sur un rameau, songeant à la façon dont la glace avait ajouté ses reflets bleutés à la blancheur. Une petite bosse s'était formée dans la glace qui nappait le rameau. Elle la sentit sous ses doigts.

Non, ce n'était pas possible. Elle ne pouvait ni la voir, ni la sentir, puisqu'elle ne la touchait pas, se trouvant sur le dos de son cheval.

Elle sentit le bois froid sous la glace, la vie qui y subsistait, attendant le printemps et la chaleur pour éclore. Elle s'empara de cette chaleur. Son corps la reçut comme une vague brûlante. Sa vision était nichée dans cette onde…

Un homme gisait dans la neige. Élaine n'en avait jamais vu de semblable. L'ovale de son visage aux pommettes très hautes était beau, mais il y avait autre chose que la délicatesse de ses traits. Sa peau argentée avait presque l'aspect de la neige. Ce n'était pas un humain. Était-ce un monstre ? Un merveilleux monstre ?

Une femme était agenouillée à son côté. De longs cheveux bruns encadraient son visage délicat. Elle affichait la même étrangeté que lui, mais sans sa pâleur extrême. Ses yeux brillaient comme du cuivre incandescent.

Elle porta une fiole aux lèvres de son compagnon. Prenait-elle soin de lui ? Était-il en danger ?

La femme regarda quelque chose qu'Élaine ne pouvait voir. Ses étranges prunelles s'agrandirent. Elle s'arc-bouta malaisément dans la neige et sortit un poignard du fourreau accroché à sa ceinture.

Élaine voulut voir ce qui l'avait effrayée. Pour la première fois au cours d'une vision, elle tourna son regard, et le porta sur ce qui faisait peur à la femme. Tout d'abord, elle crut qu'il s'agissait d'un loup. La créature se dressa en tendant des bras griffus. Un nuage de vapeur jaillit de sa gueule aux mâchoires hérissées de crocs.

Le sang dessina une mosaïque écarlate sur la neige. Aux pieds de la bête, un homme se tordait de douleur. Derrière elle, des loups de la taille de poneys attendaient leur tour.

— Non ! fit Élaine. Laisse-le tranquille.

La bête tourna la tête vers le ciel comme si elle avait entendu. Elle chercha d'où venait la voix. En vain.

Mais elle n'attaqua pas la femme.

— Blaine, va les rejoindre. Viens à leur secours.

— Où sont-ils ? répondit-il.

La main d'Élaine indiqua une direction. Elle entendit le cliquetis des harnais et le sifflement des lames sortant de leur fourreau.

— Vite ! dit-elle.

La bête se dirigea sur la femme. Les loups avancèrent. L'énorme créature se retourna vers eux avec un grognement rageur. La queue entre les jambes, les loups s'aplatirent sur la neige. Ils rampèrent devant la bête humaine, auprès de qui ils semblaient presque ordinaires.

Élaine tourna les yeux vers la femme agenouillée près du gisant. Celle-ci se dressa et brandit son poignard. Sa main tremblait.

La bête bondit sur elle et lui décocha un coup de patte. La jeune femme poussa un cri et recula.

Où était Blaine ? Pourquoi ne venait-il pas à leur secours ?

L'homme à l'étrange visage fit un lent mouvement, comme s'il se réveillait. Les griffes de la bête s'abattirent sur cette proie plus vulnérable. La femme se précipita sur la bête et la frappa avec son arme. Le sang jaillit, la créature recula en rugissant. Son bras saignait abondamment. La femme sembla surprise de l'avoir blessée.

Des crocs étincelèrent sous les babines retroussées. Un formidable grognement monta de la poitrine de la bête. Elle s'était amusée de cette proie facile. Maintenant, c'était terminé.

Elle décrivit un cercle autour de la femme. Si celle-ci lui tournait une seule fois le dos, c'en était fini d'elle.

La femme n'abandonna pas son compagnon blessé. Elle resta debout près de lui, tandis qu'il tentait d'émerger de sa torpeur.

La bête agita les bras ; les loups avancèrent. Où était Blaine ? Il serait bientôt trop tard !

Les loups bondirent en grondant. Le museau pointé vers le ciel, la bête avait poussé un hurlement.

Élaine cria, la main tendue comme si elle pouvait protéger les deux étrangers.

Énorme masse compacte de poils, de crocs et de griffes, les loups avançaient comme un nuage noir… qui explosa en une nuée d'étincelles mauves. Les loups tombèrent les uns sur les autres à quelques pas de l'homme blessé. Une lueur bleu pervenche se forma devant les inconnus.

La bête s'approcha, écartant les loups gisant sur son passage. Elle leva une patte vers le ciel. Les étincelles mauves s'accrochèrent au bout de ses griffes et retombèrent en arcs-en-ciel bleutés sur la neige.

La bête pivota lentement sur elle-même, scrutant la lisière des arbres. Elle se retourna à maintes reprises vers les inconnus. La femme s'était servie d'un sort pour lui échapper, mais la bête ne s'intéressait plus à elle. Elle humait l'air, cherchant quelque chose. Soudain, son regard tomba sur Élaine. La jeune fille comprit que la bête l'avait repérée.

Elle fut brutalement arrachée de sa selle. Quelqu'un la frappait. Gersalius la soutenait. De nouveau, la main de Jonathan allait s'abattre sur ses joues.

Élaine se protégea des deux mains.

— Elle va bien, dit le mage, inutile de continuer à la gifler.

— C'est toi qui m'as dit de le faire, protesta Jonathan, sur la défensive.

— Oui, je sais. Élaine, comment te sens-tu ?

— J'ai eu une vision. Pourquoi avez-vous brisé ma concentration ? Je ne saurai jamais ce qui est arrivé à la femme. Pourquoi m'avez-vous réveillée ?

— Une sorte de grande chose sombre t'a découverte, Élaine. Je sentais qu'elle te cherchait. J'ai crié, j'ai essayé de briser l'illusion avant qu'elle te trouve.

— Mais de quoi parles-tu ?

— L'homme-loup n'est pas un simple monstre. Il est plus maléfique qu'il y paraît.

— Comment connais-tu son existence ?

Ce fut Jonathan qui répondit :

— Ta… vision était projetée sur toutes les surfaces réfléchissantes. Nous l'avons regardée dans le miroir déformant de la glace.

Il y avait dans sa voix quelque chose qui frappa Élaine. La désapprobation. Ses yeux exprimaient le souci et… la crainte. Elle enfouit son visage contre l'épaule de Gersalius. Jonathan ne devait pas la voir pleurer.

— Si elle peut tenir à cheval, partons au secours des autres, dit Tereza.

Entendant Jonathan s'éloigner, Élaine se redressa. Elle ne se rappelait pas être tombée de cheval, mais elle ne ressentait ni épuisement ni froid.

— Jamais je n'ai eu une vision aussi longue, dit-elle.

— Ce n'était pas qu'une vision, répondit Gersalius. Tu réussis mieux que ça, parce que tu apprends à maîtriser tes pouvoirs.

Tereza arriva, tenant la jument d'Élaine par la bride.

— Ce n'est pas le moment de se laisser aller, Élaine. Les autres sont partis devant. Ils sont peut-être blessés et ils ont besoin de ton aide.

Élaine hocha la tête et empoigna le pommeau de la selle. Le cheval ne tenait pas en place. Gersalius la poussa pour l'aider ; profitant de l'élan, elle enfourcha sa monture. Tereza prit la tête du groupe et Jonathan la suivit. Gersalius resta à l'arrière.

Élaine secoua les brides. Son cheval fit un bond en avant. Elle poussa un cri d'effroi mêlé de surprise. L'animal partit au galop. Sautant par-dessus un tronc, il dépassa Tereza et poursuivit son chemin à une allure d'enfer. Élaine comprit qu'il était vain de tirer sur les rênes. Elle n'était plus maîtresse de sa monture et le maudit animal avait pris le mors aux dents. Il galopait de plus en plus vite.

Le vent âpre lui fouettait le visage. Les arbres défilaient devant ses yeux à une vitesse vertigineuse. Cramponnée à la selle, Élaine entendit les bruits d'un combat que le vent portait à ses oreilles. Des grognements, des cliquetis de métal, des cris rauques.

Le cheval courait vers le vacarme. Une large rivière au cours rapide coulait entre des berges escarpées tapissées de neige. Terrifiée, Élaine sentit sa monture se raidir sous elle pour se préparer à sauter. Jument et cavalière s'envolèrent au-dessus de la rivière.

Élaine atterrit dans les branches d'un arbre et dégringola au pied du tronc. Elle s'écrasa lourdement sur le sol.

La respiration coupée, elle resta prostrée, incapable de remuer un membre. Il ne lui restait plus qu'à mourir. Ce maudit cheval avait fini par avoir sa peau.

Chapitre 9

Il y eut un craquement dans les buissons. Élaine voulut se retourner, mais elle était incapable de bouger. Si une bête se jetait sur elle pour la dévorer, elle ne pourrait pas se défendre. Cette pensée la mit hors d'elle.

S'enfonçant dans la neige jusqu'aux genoux, Blaine avança, épée et bouclier brandis. Deux loups tournaient autour de lui. Aucun n'avait remarqué Élaine.

Un loup passa à l'attaque. Blaine lui flanqua un coup d'épée. Avec un hurlement, l'animal retomba sur le dos, maculant la neige de sang frais. Avant que Blaine ait eu le temps de se retourner, l'autre loup l'attaqua par-derrière et le projeta sur le sol, l'écrasant de tout son poids. Ses mâchoires étincelantes de crocs cherchaient à le saisir à la gorge.

—Non ! cria Élaine.

Sans lâcher sa proie, le loup tourna ses yeux dorés vers elle.

Élaine tenta de se mettre debout. Le loup blessé clopina dans sa direction. Les babines retroussées, l'autre leva la tête puis continua à s'occuper de Blaine. Le jeune homme avait réussi à lever une épaule. Le fauve le mordit sauvagement. Blaine poussa un hurlement.

Élaine chercha désespérément un moyen de se défendre. Une branche gisant sous la neige ferait l'affaire. Le loup blessé se ramassa sur les pattes arrière, prêt à bondir. Un autre cri de Blaine s'éleva. Elle n'eut pas le temps de s'en émouvoir. Le loup blessé chargeait.

Il s'embrocha sur la branche qu'elle tenait devant elle comme une épée. Emportée par le choc, elle bascula en arrière, la bête sur elle. Éventré par la branche, le loup lui laboura le visage et les bras de ses pattes griffues.

La lame d'une épée fit siffler l'air glacé. La tête du loup tomba dans la neige, inondant de sang le visage d'Élaine. D'un bras, elle tenta de se protéger. La branche tomba sur le sol ; le loup s'effondra sur elle.

— Élaine ! Élaine !

C'était Blaine.

Elle avait du mal à ouvrir les paupières. Ses cils étaient poisseux de sang. Il la serra contre lui.

— J'ai pensé que tu risquais de te tuer avec ce cheval, dit Tereza en essuyant sa lame, mais je ne me doutais pas que vous vous battiez contre des loups.

Élaine voulut répondre, mais il n'y avait rien à dire.

— Où sont Konrad et Thordin ?

— Je suis là.

Thordin émergea d'entre les arbres, une guirlande d'oreilles de loups à la main. Ses trophées maculaient la neige d'une traînée de taches rouges.

— Où est Konrad ? demanda Jonathan.

— La bête qui mène la horde s'est rabattue entre les arbres dès que nous sommes arrivés. Je n'ai encore jamais vu une créature aussi énorme battre en retraite de la sorte. Konrad et moi l'avons pourchassée, mais notre tâche est d'assurer la protection des voyageurs, non de courir après la gloire.

L'angoisse étreignit Élaine.

— Konrad est tout seul avec cette bête. Il faut aller à son secours.

— À l'heure qu'il est, ma fille, soit il reviendra avec une queue de loup à la main, soit…, fit Thordin.

— Tu dois lui venir en aide !

— Eh bien oui, ma fille ! Mais je t'ai entendue crier. Konrad a de meilleures chances de s'en sortir seul que toi. Et que ton frère, répondit Thordin en souriant.

Comment osaient-ils tous sourire alors que Konrad risquait sa vie ? Il pouvait être tué sans qu'elle en sache rien. Cette pensée lui noua la gorge.

— Ne t'inquiète pas, Élaine, tout se passera bien, dit Blaine en grimaçant de douleur.

Elle souleva la houppelande de son frère et découvrit sa blessure à l'épaule.

— Peux-tu remuer le bras ? demanda Thordin.

Sans attendre la réponse, il saisit le coude de Blaine et le fit bouger dans tous les sens. Le front couvert de sueur, Blaine serra les dents.

— Ça fait mal, mais ça ne t'empêchera pas de te battre.

Un craquement de branches annonça l'arrivée d'un cheval. C'était Konrad, apparemment indemne. En voyant Élaine, il ouvrit de grands yeux et mit aussitôt pied à terre.

Sa trousse de secours à la main, il se précipita vers la jeune fille et entreprit de localiser ses blessures en lui palpant le crâne. Jamais ses doigts ne l'avaient touchée avec une telle force. Elle se demanda s'il fallait qu'elle parle ou non.

Ce fut Blaine qui résolut la question.

— Ce n'est pas elle qui a saigné. Elle n'est pas touchée, dit-il. Tu n'es pas blessée, n'est-ce pas ?

— Je ne crois pas.

Konrad la regarda enfin.

— Alors tu n'as rien ? dit-il, l'air incrédule.

Élaine aurait souhaité le contraire. Elle allait lui répondre lorsqu'elle s'aperçut que ses joues et ses bras picotaient atrocement.

— Des égratignures, constata Konrad en pointant un index sur le loup décapité. C'est lui ?

— Oui.

Il prit Élaine fermement par le menton et nettoya ses égratignures avec un linge mouillé.

— Qu'est devenue la bête que tu as pourchassée ? demanda Thordin.

— Je l'ai perdue de vue, dit le guerrier sans lever les yeux.

Il s'absorbait toujours dans ce qu'il faisait, que ce soit au combat ou quand il prodiguait des soins. Il en était de même pour le chagrin d'avoir perdu sa femme.

Élaine comprit que le trait qu'elle préférait chez Konrad était celui qui l'éloignait le plus d'elle.

Les yeux dans les siens, elle se rendit compte qu'il ne la voyait pas. Il ne l'avait sans doute jamais réellement vue. Cela lui fit plus mal que tous les coups qu'elle avait reçus.

Konrad souleva son bras ensanglanté. Les griffes avaient déchiré l'étoffe de part en part. Il était difficile de dire si le sang venait des estafilades ou du loup abattu.

— Tu te trouvais sous cette bête quand elle a été décapitée ?

— Oui.

— Qui a tué ce monstre ?

— C'est moi, fit Tereza.

Konrad continua à appliquer des onguents partout où il pouvait.

— Pourquoi diable l'abattre quand elle était sur Élaine ?

— Le loup était en train de la tuer, répondit Tereza, de la colère dans la voix. Si tu ne t'étais pas rué sur ta bestiole, tu aurais pu servir à quelque chose.

Konrad rentra les épaules comme s'il avait reçu un coup de fouet. Qu'est-ce qu'il lui arrivait ? se demanda Élaine. Pourquoi cette remarque le touchait-elle tant ? Les doigts de Konrad étalaient de l'onguent sur ses joues. Brusquement, l'explication sauta aux yeux d'Élaine.

Il avait pourchassé la bête comme si c'était elle qui avait tué son épouse. Pourtant, Béatrice n'avait pas été abattue par un loup. Il se sentait coupable de les avoir laissés, de ne pas les avoir secourus, comme avec sa femme. Pourquoi l'avait-il abandonnée ?

Les yeux verts de Konrad la regardèrent enfin. Ils contemplaient son visage et la voyaient réellement, comme elle le désirait tant. Mais elle y lut de la pitié et non de l'amour. Ses pensées lui sortaient littéralement des yeux. Elle avait avalé le sang du loup. Ce n'était pas un animal ordinaire, et la meilleure façon de devenir un loup-garou était d'ingérer le sang d'un de ces monstres.

Élaine le regarda avec des yeux agrandis d'horreur.

— Non, ce n'est pas possible.

La compassion qu'exprimait le visage de Konrad l'accabla. Cette pitié, c'en était trop. Pourquoi pas de l'amour ? Des larmes amères brûlèrent ses joues écorchées.

— Qu'est-ce qui ne va pas ? demanda Blaine.

— As-tu avalé du sang, Élaine ? demanda Jonathan.

— Oui, répondit-elle avec effroi.

— Allons, c'était un simple loup ! fit Tereza.

— De cette taille, en compagnie d'un loup-garou ? dit Jonathan en secouant la tête.

— Non, répéta Tereza, c'était un loup d'une espèce courante. D'une drôle de nature, soit, mais pas un loup-garou.

— Comment peux-tu le savoir ? demanda Jonathan.

— Pourquoi serait-ce un loup-garou ?

— Et si c'en est un quand même ? fit Konrad.

Tous regardaient Élaine.

— Blaine a été mordu. Est-il en danger, lui aussi ? demanda-t-elle.

— J'ai un onguent pour empêcher la contamination par les plaies, mais si tu as avalé du sang, il n'y a plus rien à faire.

— Il doit bien exister une potion, dit Tereza.

— Ceux qui avalent ce type de sang *veulent* devenir des loups-garous. Il n'existe pas de potion pour les guérir de ce qu'ils recherchent.

— Il y a un moyen de connaître la vraie nature de ces loups, fit Gersalius.

— Et les voyageurs ? demanda Jonathan. Sont-ils en sécurité pendant que nous nous prélassons ici ?

— Mais oui, répondit le mage.

— Jonathan, s'il y a une chance de savoir si Élaine est contaminée, il faut la saisir, lança Tereza.

— De la magie pour se garantir de la magie !

— Tu ne vas pas recommencer, Jonathan ! Fais ce que tu dois, sorcier !

— Je vais rejoindre les voyageurs, annonça Jonathan en s'éloignant.

Le cœur serré, Élaine le suivit des yeux. Haïssait-il la magie plus qu'il ne l'aimait elle ?

Gersalius sortit un miroir de sa poche et posa dessus une poudre blanche tout en murmurant. Le son de ses paroles donna la chair de poule à Élaine. L'air devint aussi étouffant qu'avant un orage. Hormis elle, personne ne semblait ressentir quoi que ce soit. On entendit un léger claquement, puis Gersalius remit son miroir dans sa poche en déclarant :

— Des loups ordinaires.

— Il en faut plus pour me convaincre, dit Tereza. Tu marmonnes un galimatias en mettant du sel sur un miroir et tu t'attends qu'on te croie ?

— Regarde de plus près les trophées de Thordin, répondit le mage.

Thordin leva la guirlande d'oreilles coupées pour que les autres la voient bien. Il y avait parmi elles deux oreilles humaines.

Gersalius sourit.

— C'est un tour de magie. Rien de très spectaculaire, mais ça fonctionne.

Élaine regarda les deux oreilles humaines, l'air effaré.

CHAPITRE 10

Un des deux morts était vêtu d'une armure complète. Autour de lui, quatre loups étaient étendus dans la neige. Quatre bêtes tuées par l'épée et non par des flèches. L'homme avait été un vaillant guerrier.

Le second mort devait avoir à peu près le même âge que Blaine et Élaine. Ses cheveux bruns et bouclés étaient coupés trop court, mais son visage rieur restait charmant. Deux loups gisaient à ses pieds. L'un transpercé par deux flèches, l'autre par une épée. L'homme avait dû avoir à peine le temps de la dégainer quand le deuxième animal s'était jeté sur lui et l'avait tué.

Seuls la femme et son étrange compagnon étaient vivants. Ils se trouvaient au même endroit, protégés par le sortilège. Il avait repoussé les loups ; à présent, c'était eux qu'il emprisonnait.

Gersalius s'agenouilla devant la barrière de lumière rosée presque imperceptible qui isolait les deux inconnus. Il promena ses doigts le long de sa surface scintillante. Des étincelles violettes se matérialisèrent dans le rideau de lumière.

— Je ne parviens pas à lever le sortilège, dit Gersalius. Averil, il faut que tu m'aides.

— Comment ? répondit la femme aux yeux de soleil couchant.

Élaine évita son regard. Aucun être humain n'avait d'yeux pareils. Pour le reste, c'était une personne ordinaire, et même jolie. Ses cheveux châtains prenaient la couleur du cuivre sous le soleil d'hiver. Ses traits étaient fins, son corps semblant menu comme celui d'un oiseau. Sous son épais manteau noir, sa simple jupe brune était accompagnée d'une chemise blanche et d'un talisman suspendu à une chaîne d'or.

L'homme, toujours étendu dans la neige, avait perdu un bras. Le membre arraché gisait près du rideau de lumière. Sa peau très pâle irradiait de scintillements dorés. Ses cheveux, en revanche, brillaient comme de l'or. Il avait les mêmes yeux que la femme.

Averil était sa fille.

Elle avait fait un garrot au moignon de son père. Sans cela, il serait mort comme les deux autres.

— Comment pourrait-elle t'aider ? demanda l'elfe à Gersalius.

Élaine avait entendu parler des elfes, mais elle n'en avait jamais rencontré. Il lui semblait plus facile de supporter l'étrangeté de l'homme que d'affronter le regard d'Averil, incongru dans un visage humain ordinaire.

— Si Averil imposait les mains de votre côté du rideau de lumière pendant que j'en fais autant du mien, nous pourrions peut-être rompre le charme.

— Tu nous as sauvé la vie, Gersalius. Pourquoi ne peux-tu pas défaire ce que tu as fait ? demanda Averil.

— Je n'ai jamais revendiqué ce sortilège.

— Ce n'est pas toi qui as jeté ce sort ? demanda Jonathan.

— Non.

— Ce n'est pas moi non plus, dit Averil.

— Qui, alors ? fit Jonathan, méfiant.

— Élaine, répondit le mage en souriant à la jeune fille.

— Non, je n'ai rien fait. Je n'ai aucune connaissance de ce genre de sorts. Comment pourrais-je l'avoir lancé ?

— Qu'as-tu fait pendant ta vision, juste avant que les loups attaquent ?

— Je ne voulais pas que les inconnus soient tués sous mes yeux. Je crois que je voulais empêcher cela. Je me souviens d'avoir tendu la main pour toucher la femme, et venir à son secours.

— C'est ce que tu as fait.

— Je ne vois pas comment.

— Cependant, tu l'as fait, Élaine, et maintenant, il faut lever le sort.

— Moi ?

— Oui.

— Alors pourquoi as-tu demandé à Averil de t'aider, et non à moi ?

— Parce que j'ai pensé que tu serais contrariée d'avoir jeté un sort sans le savoir. Si Averil et moi échouons…

— J'ai compris. Alors, comment vais-je faire ?

Élaine avança vers le rideau de lumière. Celui-ci brilla, projetant sur la neige une lueur d'un violet très doux.

— Ton sortilège réagit à ta présence, dit Gersalius. Touche-le.

Élaine tendit les mains. Un fourmillement les envahit. Son visage baigné de lumière violette prit un aspect surnaturel. Ses mains firent jaillir devant elle une gerbe d'étincelles qui l'aveuglèrent. Elle respira profondément.

Avec l'air qui emplit ses poumons, le charme s'infiltra sous sa peau. Elle l'absorba comme une potion amère.

Il avait disparu.

Élaine se retrouva face à Averil et à son père. Elle se sentait pure et fraîche, comme si elle s'était baignée dans une eau limpide.

Les yeux dorés d'Averil étaient rivés sur elle.

— Depuis combien de temps étudies-tu la magie ?

— Trois jours.

— Trois jours ? Si peu de temps pour une telle maîtrise ! Après des années, je ne parviens toujours pas à jeter un sort.

— Gersalius est un bon professeur.

— Je n'y suis pas pour grand-chose, elle a des dons. Élaine s'est mise récemment à l'étude, mais elle pratiquait déjà…

L'intensité du regard d'Averil n'était pas due qu'à son étrangeté. Élaine détourna les yeux.

— On peut étudier pendant des siècles, mais avoir des dons comme ça…, dit Averil. Cela ne s'achète ni ne s'apprend.

— Tu es une bonne magicienne, ma fille, intervint l'elfe.

— Mais je n'aurai jamais la facilité qu'elle a, et que mère avait.

— Ta mère avait un grand talent, soupira l'elfe, mais ce que l'un accomplit grâce à ses dons, l'autre y arrive au prix d'un travail laborieux. N'est-ce pas, magicien ?

— Ce n'est que trop vrai. Les gens comme Élaine sont rares au Kartakass.

— Au Kartakass ? s'étonna l'elfe. C'est près d'ici ?

— Ce n'est pas vraiment ça…, répondit le mage.

Thordin approcha d'eux.

— Il semblerait que vous ne soyez pas d'ici, dit-il sur un ton grave.

— Dans quel pays sommes-nous ? demanda Averil. Nous n'avons pas franchi de frontières.

— Je crains bien que si, répondit Gersalius.

Averil aida son père à se mettre debout.

— Il est arrivé quelque chose, n'est-ce pas ? demanda-t-il.

— Oui, mon ami, répondit tristement Thordin. Vous êtes dans un pays à nul autre pareil.

— Comment peux-tu affirmer cela, alors que tu ne sais pas d'où nous venons ?

— J'en suis aussi sûr que mes cauchemars.

— Tes cauchemars ?

— Bienvenue au Kartakass, dit doucement Thordin.

Chapitre 11

L'elfe, Silvanus Brilliantine, leva le bras qui lui restait.

— S'agit-il d'une longue histoire ?

Thordin échangea un regard avec Gersalius.

— Oui, ce sera plutôt long.

— Alors allons voir mes amis avant que la nuit nous surprenne en ces lieux maudits.

— Tu ne crois pas si bien dire, fit Thordin.

— Comment ça ?

— Ce *pays* est maudit.

— Mes meilleurs amis sont morts. Pour l'instant, cela me suffit.

Il se dirigea vers le cadavre en armure. Les yeux fermés, la tête basse, il s'agenouilla et posa la main sur la poitrine du mort.

Thordin prit une expression bizarre, un mélange d'amertume et d'étonnement. Gersalius avait l'air résigné de quelqu'un qui s'attend à être déçu sans pouvoir l'empêcher.

— Que fait-il ? demanda Élaine.

Tereza secoua la tête.

— Je n'en sais rien, dit-elle en regardant le mage. Toi, tu le sais. Dis-le-nous.

— N'aurais-tu jamais vu de prêtre ? s'étonna

— Non, elle n'en a jamais vu, répondit Thordin. Du moins, jamais un vrai.

— Que veux-tu dire, par un « vrai » prêtre ?

— Il tente de réveiller ces morts, répondit le mage. Il n'y parviendra pas.

— J'ai vu mon père le faire maintes fois. Pourquoi pas maintenant ?

— À cause de ce pays, qui s'y oppose…

— On ne va pas le laisser créer des morts-vivants, déclara Jonathan. C'est la magie la plus noire qui soit. Qu'il arrête, ou il sera emprisonné.

— Il ne s'agit pas de mort-vivant, Jonathan, dit Thordin. Il croit pouvoir rendre la vie à ses amis morts.

— Il est fou, cracha Konrad.

— Non, j'ai déjà vu réussir ça dans le pays d'où je viens, dit Thordin.

— Les sorciers peuvent-ils faire revivre les morts ? demanda Élaine.

— Pas les sorciers, les sages, corrigea Gersalius.

— Personne ne peut ramener les morts à la vie, répliqua Tereza.

— Je t'ai dit que les guérisseurs soignaient les blessures par imposition des mains, dit Thordin.

— Oui, mais c'est différent, objecta Tereza.

— Non, ça ne l'est guère, fit Gersalius. Je comprends selon quel principe ça fonctionne, même si l'aspect pratique m'échappe.

Élaine observa l'elfe. Il se passait quelque chose qui ne ressemblait pas à l'explosion de magie que Gersalius lui avait fait découvrir. Une sensation plus douce, plus discrète lui courait sous la peau. Les pouvoirs latents d'Élaine cherchaient

Chapitre II

Thordin approcha d'eux.

— Il semblerait que vous ne soyez pas d'ici, dit-il sur un ton grave.

— Dans quel pays sommes-nous ? demanda Averil. Nous n'avons pas franchi de frontières.

— Je crains bien que si, répondit Gersalius.

Averil aida son père à se mettre debout.

— Il est arrivé quelque chose, n'est-ce pas ? demanda-t-il.

— Oui, mon ami, répondit tristement Thordin. Vous êtes dans un pays à nul autre pareil.

— Comment peux-tu affirmer cela, alors que tu ne sais pas d'où nous venons ?

— J'en suis aussi sûr que mes cauchemars.

— Tes cauchemars ?

— Bienvenue au Kartakass, dit doucement Thordin.

à sortir de son corps, comme si ce qu'elle percevait n'était pas venu de l'elfe, mais de bien plus loin.

— Nous devrions l'arrêter, dit Thordin. La prêtresse qui est venue me voir a essayé pendant des mois. Elle a sombré dans un désespoir tel qu'elle a attenté à ses jours.

— Certains prennent l'échec plus mal que d'autres, fit Gersalius.

— Mais il emploie la magie, dit Élaine.

— Que veux-tu dire, mon enfant ?

— Ne sens-tu rien ?

— Non. Dis-moi ce que tu sens.

— Une sensation diffuse fait son chemin. La magie ne vient pas de l'intérieur de moi, mais de l'extérieur. Comment est-ce possible ? Tu m'as dit qu'on avait la magie en soi à la naissance.

— Oui, mon enfant. Même un guérisseur doit avoir un talent inné pour son travail. Mais il peut faire appel à l'aide divine. Ce que nous autres, pauvres magiciens, ne pouvons faire.

— J'ai connu des mages qui s'alliaient aux puissances des Ténèbres, dit Jonathan. Ils cherchaient le pouvoir *hors* d'eux-mêmes.

— Chez les magiciens, comme dans n'importe quelle profession, maître Ambroise, il y a des bons ouvriers et des mauvais.

Jonathan allait répliquer quand Tereza poussa une exclamation. Tous les regards se tournèrent vers elle, puis vers l'elfe. Le corps en armure avait bougé. Ses mains battirent sur la neige.

— C'est impossible, fit Jonathan, exprimant l'opinion de tous.

—Je vous ai dit que mon père le faisait, rappela Averil.

Le corps inspira et expira bruyamment. Il poussa une sorte de cri, puis la main gantée s'éleva doucement vers la visière du heaume et chercha à la relever.

Averil retira le casque. Le visage qu'ils découvrirent n'avait rien de celui d'un mort. Les traits anguleux, doté d'une grosse moustache blanche, le miraculé avait des cheveux coupés très court.

—Silvanus, dit l'homme, mon ami, tu m'as fait revenir.

Le sourire de l'elfe le transfigura. Élaine en oublia l'étrangeté pour ne plus voir que l'amour qu'il exprimait.

—Ce ne pouvait être notre dernière aventure, Frédric.

—Où est notre jeune ami ?

—Il a été tué.

—Sans appel ? Oh non, pas lui ! dit l'homme, sur le point de pleurer.

—Non, sa mort n'est pas sans appel, Frédric, le rassura l'elfe en se relevant.

Il se dirigea vers l'autre cadavre. Des larmes roulèrent sur les joues de Thordin. Gersalius le réconforta en lui tapotant l'épaule.

L'elfe trébucha. Élaine se précipita pour le soutenir. Ses yeux dorés rencontrèrent les siens. Des rides nouvelles apparurent sur son visage.

—Merci, dit-il à Élaine qui l'aidait à s'asseoir sur la neige.

—Tu ne peux pas faire ça, dit Gersalius. Je ne suis pas guérisseur, mais je sais que tu es gravement blessé. Tu risques ta vie.

— Je suis le guérisseur de Bertog. Je n'ai pas le droit de refuser mon assistance à ceux qui en ont besoin, répondit l'elfe avec une telle conviction qu'il était impossible d'argumenter.

Thordin prit le mage par le bras.

— C'est un prêtre, un guérisseur authentique, dit-il avec une sérénité qu'Élaine ne lui avait jamais vue.

— Il n'aurait même pas dû rappeler le premier mort à la vie, dit Gersalius. Il risque plus que sa vie, et tu le sais.

— Il prend *ses* risques.

— Non, car il ne les connaît pas.

— Que veut dire le sorcier, Thordin ? intervint Jonathan, visiblement impressionné.

— Le pays corrompt tout ce qui entre en contact avec lui. Tu le sais, chasseur de mages.

— Il corrompt toute magie, oui.

— Il corromprait même le poison le plus virulent. Jusqu'à maintenant, j'aurais juré qu'aucun prêtre n'était assez puissant pour pouvoir faire appel à l'aide divine au Kartakass.

— S'il peut rappeler les morts à la vie, il est sûrement immunisé contre ce pays, dit Thordin.

— Tant mieux si c'est le cas, sinon, il faut qu'il sache ce qu'il risque. S'il ne comprend pas, ce ne sera pas un vrai choix.

L'elfe se pencha sur le mort.

— Dussé-je risquer mon âme, je ne peux faire moins.

— Et si c'était exactement ce que tu es en train de faire ? dit Gersalius.

L'elfe regarda le mage. Élaine le sentit se raidir.

— Eh bien, je prends le risque, en toute connaissance de cause, et librement.

— Tu ne comprends pas. Tu ne peux pas comprendre.

— Laisse-le tranquille, sorcier, dit Jonathan, il a choisi.

— Comme tu voudras, chasseur de mages, mais ce n'est pas en quelques heures qu'on se prépare à une vie au Kartakass.

L'elfe se libéra doucement du bras d'Élaine.

— Merci de ton aide.

Il mit sa main sur la poitrine du cadavre. Cette fois, il n'y avait pas d'armure pour cacher ce qui se passait.

L'elfe pencha la tête. Un rideau de cheveux dorés voila son visage.

D'une source invisible, quelque chose jaillit, emplissant l'atmosphère. Une force extérieure se fondit à l'étincelle de magie nichée dans l'elfe. Élaine sentit le phénomène comme s'il se passait en elle.

La poitrine du cadavre se souleva ; on aurait dit qu'un fil la tirait vers le haut. Il ouvrit de grands yeux bruns et se leva, tel un dormeur réveillé en sursaut.

— Où suis-je ?

L'elfe sourit béatement puis tomba contre les jambes de l'homme qu'il venait de ressusciter.

Élaine crut entendre Gersalius murmurer :

— Je l'avais bien dit.

Chapitre 12

Les toiles battaient au vent. Sous les tentes, les deux hommes qui venaient d'être rappelés à la vie étaient allongés sur des couvertures de fourrure.

Silvanus gisait dans un coin, inanimé. Il n'avait pas remué un doigt depuis qu'il avait été porté dans le camp.

Le plus grand des deux hommes, Frédric Vladislav, tira sa couverture de fourrure jusqu'à son cou.

— Il n'est pas convenable qu'une femme me voie ainsi. Surtout si elle n'est pas mariée.

Une cicatrice zébrait sa clavicule. Ses yeux avaient la couleur d'un ciel d'orage et sa grosse moustache blanche allait bien avec ses larges épaules. Comparé au paladin, Thordin paraissait fluet.

— Je ne me serais pas dévêtu si le guérisseur m'avait dit qu'une jeune femme viendrait me voir.

— C'est une… infirmière. N'est-ce pas ce que tu as dit ? demanda Randwulf.

Konrad posa ses onguents et ses bandages près de l'elfe inanimé.

— Oui, elle m'a souvent aidé à faire les pansements, dit-il sans lever la tête.

Élaine y vit la preuve qu'elle n'avait aucune importance particulière à ses yeux. Elle n'était qu'un instrument, relégué au rang des herbes médicinales.

— Ce n'est pas la première fois que je vois le torse d'un homme, maître Vladislav, dit-elle en saisissant la couverture.

— Tu n'as pas encore vu mon torse nu. D'autre part, ce n'est pas la seule chose nue qu'il y a sous cette couverture, dit l'homme en rougissant jusqu'aux oreilles.

Élaine sourit malgré elle.

— Serais-tu assez effrontée pour trouver ça drôle ? Es-tu infirmière ou cantinière ?

— J'ignore ce qu'est une cantinière.

— Je serais heureux de te l'apprendre, dit l'autre homme avec une gouaille qui fit rougir Élaine.

— Oh ! Tu veux parler d'une femme de mauvaise vie, fit-elle.

— Je croyais que tu faisais des pansements, dit Randwulf.

— Je n'ai soigné que des gens de ma famille.

Appuyé sur les coudes, le jeune homme la contemplait. Son torse musclé était couvert de cicatrices. Ses couvertures glissant de manière menaçante, Élaine se détourna.

— Prends garde, jeune crétin, dit le paladin. Tes cicatrices n'impressionneront guère l'infirmière qu'elle est.

— Si vous ne laissez pas Élaine s'occuper de vos pansements, je le ferai moi-même, déclara Konrad, mais pendant ce temps, je ne pourrai pas m'occuper de votre ami, qui est encore inconscient. Après ce qu'il a fait pour vous, j'attendais plus de compréhension.

Frédric se hissa sur un coude.

— Est-il réellement souffrant ?

— Il a perdu un bras et il a lancé un sortilège comme je n'en ai jamais vu. Il est complètement épuisé, si ce n'est pire.

— Reste à son côté. Je permets à ton infirmière de nous soigner, à moins qu'elle préfère que quelqu'un d'autre le fasse. Elle ne semble pas très à l'aise avec deux étrangers nus, blessés ou non.

— Élaine s'en tirera très bien, dit Konrad sans même se retourner.

Il la traitait à peu près comme un chien fidèle. Son désarroi devait se lire sur le visage de la jeune fille, car Frédric déclara :

— Si tu veux qu'un homme te remplace, je le comprendrai parfaitement. Je ne crois pas que ton ami mesure ton embarras.

— Si Konrad pense que je m'en tirerai très bien, je m'exécuterai, répliqua Élaine avec une pointe d'irritation.

— Eh oui, certaines personnes finissent par ne plus voir les êtres qu'elles côtoient, répondit-il.

Qu'un étranger puisse remarquer aussi aisément ce qu'il se passait entre Konrad et elle vexa Élaine.

— Veux-tu me montrer tes blessures ? dit-elle, gênée par le doux regard perspicace de Frédric.

— Je veux bien.

Le ton simple et digne du paladin la rasséréna. Elle se mit au travail.

Impressionnée par une cicatrice fort proche de son cœur, Élaine ne put maîtriser sa curiosité.

— Celle-ci était mortelle, dit-elle.

— Oui, c'est Silvanus qui m'a tiré de là.

— Combien de fois l'a-t-il fait ?

— C'est la troisième aujourd'hui.

Frédric avait donc trépassé trois fois, au moins temporairement. C'était inouï…

Élaine baissa précautionneusement la couverture jusqu'au ventre plat et musclé et la remonta brusquement. Lacéré par les griffes, l'abdomen était en bouillie.

Des lambeaux de tissus sanguinolents boursouflaient les viscères mis à vif. Les loups en avaient dévoré une partie. Impossible de guérir d'une blessure pareille.

Élaine posa la main sur les amas rosâtres. Elle sentit sous ses doigts l'élasticité de la chair renaissante.

— Comment se fait-il que Silvanus n'ait guéri qu'une partie de tes plaies ? La magie choisirait-elle la blessure fatale ? Le sortilège ne serait-il pas assez puissant pour guérir à la fois atteintes bénignes et mortelles ?

Frédric rit.

— Je n'en sais rien, jeune fille. Je ne suis pas prêtre. J'ai vu Silvanus accomplir des choses incroyables, mais je ne lui ai jamais demandé comment il faisait.

— Élaine, peux-tu venir une minute ? appela Konrad.

Il examinait l'épaule de Silvanus. La peau du moignon avait repris une teinte dorée.

— Il cicatrise ? demanda-t-elle.

— Je crois.

— En quoi puis-je t'être utile ?

— J'ai besoin d'un avis.

Konrad leva vers elle un visage grave. Ses yeux verts exprimaient la perplexité, voire l'incertitude.

— S'il s'agissait d'une amputation normale, je cautériserais la plaie pour arrêter le sang et empêcher l'infection. Tâte la blessure.

La peau du moignon était douce comme celle d'un bébé, la chair ferme sous ses doigts.

— La blessure est guérie, dit-elle.

— Alors, dois-je cautériser ou non ?

— Non. Cela ne ferait qu'aggraver les choses…

— Tu as raison. Mais cela dépasse tellement mes modestes compétences, que je ne sais pas comment m'y prendre.

— Soigne les lésions à vif et laisse celles qui sont en cours de cicatrisation.

— Tu es sûre ? As-tu pansé les deux autres ?

— Je ne me suis pas encore occupée de Randwulf.

Konrad lui avait demandé son avis et il l'avait accepté. Il lui faisait confiance. S'il n'était pas amoureux, du moins avait-il du respect pour elle. Elle n'allait cesser d'espérer pour autant.

L'amour est ainsi. Une fois qu'il a pris naissance, il est difficile à tuer.

À contrecœur, Élaine se pencha sur le second blessé. Les deux bras derrière la tête, il la regardait, mi-amusé, mi-insolent.

Ses avant-bras portaient les marques de sévères morsures, mais elles n'étaient pas dangereuses. Élaine tira la couverture jusqu'aux cuisses de Randwulf. Une cicatrice livide zébrait sa hanche, mais elle ne trouva pas de lésions récentes.

— Retourne-toi, s'il te plaît.

Randwulf fit un petit sourire ironique et s'étira comme un chat, fort content de lui. Elle l'aurait volontiers giflé. En soupirant, il finit par se mettre sur le ventre, gardant la tête tournée vers Élaine.

Elle n'en crut pas ses yeux. De face, les cheveux de Randwulf, tombant sur ses épaules, avaient caché ce qui apparaissait maintenant... Un loup lui avait broyé la nuque. Les crocs avaient laissé de petites plaques rouges autour de sa colonne vertébrale brisée.

La blessure était à vif, mais le sang ne coulait pas, comme si une force invisible le retenait. Si elle nettoyait la plaie, se remettrait-il à jaillir ? Dans ce cas, pourrait-elle l'arrêter ? Que faire, face à une guérison magique ?

— Est-ce si affreux ? demanda Randwulf.

L'expression horrifiée d'Élaine inquiétait le beau jeune homme.

— Ce n'est pas tant l'apparence de la blessure mais sa gravité qui me surprend. Ton épine dorsale est brisée. Comment pourrais-tu guérir de ça ?

— Aucune idée.

— Est-ce la première fois que tu... meurs ?

— La première fois, oui !

— As-tu eu peur ?

— J'ai eu peur quand les loups me tenaient entre leurs crocs. J'ai senti derrière moi le souffle bruyant de l'énorme bête humaine et je crois que j'ai crié. Une douleur indicible m'a parcouru le corps, puis je n'ai plus rien senti du tout. Pas de douleur, mais un glissement vers la mort.

Atterrée, elle le regarda sans rien dire.

— Élaine, je voudrais te parler, lança Konrad en se dirigeant vers l'entrée de la tente. Allons dehors.

Le vent glacé lui fit l'effet d'une gifle. Elle se cramponna à sa capuche et suivit la cape tourbillonnante de Konrad derrière la tente qui ployait sous les rafales. Dos au vent, il la protégea de ses bras.

— Si nous désinfectons les plaies, ne risquent-elles pas de se remettre à saigner ? La magie qui les a en partie guéries exige peut-être que nous adaptions nos soins.

— Je n'en sais rien.

— Tu t'y connais mieux que moi en magie, insista-t-il.

Son visage était tout près du sien.

— Il n'y a que quelques *jours* que j'étudie la magie, Konrad. Ce n'est pas moi l'expert, mais Gersalius.

— Je ne peux pas laisser ces deux-là tout seuls. Pourrais-tu demander au mage ?

— Je peux aussi rester près d'eux pendant que tu consultes Gersalius.

Retourner dans la tente avec Randwulf était la dernière chose qu'elle souhaitait. Le récit de sa mort l'avait plus troublée encore que son effronterie.

— Non, si leur état s'aggrave, je suis le plus à même de leur prodiguer des soins. D'ailleurs, le mage parlera plus librement avec toi.

— C'est vrai…

— Alors va le voir. Je t'attends ici.

— Je me dépêche.

Il hocha la tête et se dirigea vers l'entrée de la tente. Élaine songea qu'il lui avait par deux fois demandé son opinion en une journée. Un record qui tenait du miracle. Qu'est-ce qui arrivait à Konrad ?

Chapitre 13

La tente de Gersalius était plus petite que les autres. Des panneaux de bois sculptés encadraient le seuil. Les motifs bizarres n'évoquaient rien pour Élaine.

— Gersalius, c'est moi, Élaine ! J'ai à te parler.

Les panneaux sculptés continuèrent à se balancer tandis qu'elle attendait dans le vent glacé.

— Gersalius ? S'il te plaît, si tu es là, réponds-moi !

Dépitée, Élaine se dirigea vers le feu du camp.

Blaine faisait rôtir des saucisses pour le dîner.

— As-tu vu Gersalius ? demanda-t-elle.

— Je crois qu'il est avec Thordin.

Thordin partageait une tente avec Konrad. Élaine entendit le murmure de plusieurs voix d'hommes. Elle appela le mage :

— Gersalius, tu es là ?

Le rabat s'écarta. Thordin passa la tête dehors.

— Viens, Élaine, entre. Nous allons nous serrer pour te faire une petite place.

Elle se glissa dans l'étroite ouverture.

Assis sur une pile de couvertures, Gersalius, un bol à la main, lui sourit.

— Quel bon vent t'amène, Élaine ?

Thordin lui tendit un bol de thé.

— Merci, dit-elle en réchauffant ses mains à la chaleur de la porcelaine.

— Comment vont les blessés ? demanda Thordin.

— C'est à ce sujet que je suis venue. Konrad et moi n'avons jamais assisté à des guérisons magiques. Nous ne savons pas comment procéder.

— Un prêtre se sert de l'imposition des mains. La plaie se referme et la guérison a lieu, répondit Gersalius.

— Est-elle définitive ?

— Oui.

— Mais ces blessures-là ne sont pas complètement refermées…

— Explique-toi avec précision, Élaine. C'est de la plus grande importance.

— Les plaies sont-elles supposées guérir complètement ? demanda-t-elle.

— Oui, répondit Gersalius.

— Pas toujours, corrigea Thordin.

Le mage se tourna vers le guerrier :

— Soit le sortilège fonctionne, soit il échoue.

— Cela fait longtemps que je me bats, et cela bien avant d'arriver au Kartakass, dit Thordin. Un prêtre peut soigner une blessure, mais quand j'en avais plusieurs, toutes ne guérissaient pas. Elles allaient mieux, mais certaines continuaient à saigner, d'autres ne s'améliorant qu'en partie. Kilsendra, la prêtresse qui était avec moi, m'a dit que tout acte de guérison a un impact déterminé. Ce pouvoir agit tant qu'il le peut, puis il cesse d'être actif. Il faut parfois plusieurs tentatives avant de guérir totalement.

— Il est vrai que je ne me suis pas risqué très loin dans ce domaine. Ma petite boutique de magie fournissait surtout du matériel ; quant à mes tours de magie, soit ils fonctionnaient, soit ils échouaient. Quand les composants du sortilège étaient insuffisants, il ne marchait pas, voilà tout.

— Pour la guérison, cela ne fonctionne pas ainsi, du moins d'après ce que m'a dit Kilsendra.

Élaine avala une gorgée de thé et se tourna vers Thordin. Il semblait en savoir plus long que le mage.

— Quand une plaie ne guérissait pas complètement, que faisiez-vous ?

— Je ne vois pas ce que tu veux dire.

— Traitais-tu la plaie pour la nettoyer ? Faisais-tu un pansement ?

— Je crois. Pourquoi pas ?

— Il y a des blessures sans hémorragie. Konrad craint qu'elles se remettent à saigner, et que nous ne puissions arrêter le sang.

— Pourquoi ne pourriez-vous pas l'arrêter ? demanda Thordin.

— Je comprends son souci, dit Gersalius. Si ce qui empêche le sang de couler est d'ordre magique, en intervenant, on risque de détruire le charme. Dans ce cas, peut-on encore arrêter le sang par des moyens ordinaires ?

— C'est ce qu'il voudrait savoir...

— Je ne me souviens pas qu'un problème semblable se soit présenté, dit Thordin. Je ne suis pas guérisseur.

— Comment faisait ton amie prêtresse, avec les plaies en partie guéries ? demanda Gersalius.

— Kilsendra pratiquait une deuxième, voire une troisième imposition des mains. Parfois, elle devait attendre un jour ou deux pour recouvrer ses forces, mais c'était elle qui nous soignait.

—Et les blessures ?

—Nous n'y touchions pas. Nous attendions que Kilsendra puisse intervenir.

—Ainsi tu ignores ce qui arriverait si on prodiguait des soins ordinaires à une blessure traitée par magie, dit Gersalius.

Thordin secoua gravement la tête.

—Je dois dire que je n'en sais rien. Élaine, le prêtre elfe est-il toujours inconscient ?

—Non, il dort. Le moignon de son bras est guéri, donc nous n'aurons pas à le cautériser.

Gersalius faillit s'étrangler en buvant son thé.

—Je ne m'aventurerais pas à brûler les plaies. Cela pourrait contrarier la guérison.

Élaine se sentit soudain glacée. Que serait-il arrivé s'ils avaient prodigué les soins habituels ? Auraient-ils condamné les trois hommes à garder leurs blessures pour toujours ? Konrad avait dit que les brûlures étaient ce qu'il y avait de plus douloureux. Le bras de l'elfe aurait été un moignon hideux, qui aurait fait l'effet d'une difformité native plutôt que d'une amputation.

—Que devons-nous faire ? demanda-t-elle.

—Rien, répondit Gersalius. Attendre que l'elfe se réveille.

—Et si une plaie se met à saigner ? Si les blessés s'évanouissent ? Devons-nous leur administrer des plantes, ou est-ce trop risqué ?

—Faites tout ce que vous pouvez pour les maintenir en vie, dit Gersalius, en vous bornant au minimum.

— Je suis d'accord avec toi, approuva Thordin.

— Très bien, je vais rapporter vos avis à Konrad. Merci pour les conseils et pour le thé, dit Élaine en écartant le rabat de la tente.

Dehors, le froid était toujours aussi vif. Elle regarda un moment le ciel, où défilaient des nuages blancs. Il allait sans doute neiger. Mais le vent ayant cessé, un orage pouvait aussi éclater. Il était rare de voir la foudre pendant une tempête de neige, mais il arrivait tant de choses extraordinaires… Quoi qu'il en soit, l'air était lourd et menaçant.

Elle songea à demander à Blaine s'il sentait la même chose. Mais à quoi bon ? Si c'était une vision qui s'annonçait, cela s'amplifierait. Sinon, l'impression disparaîtrait. Elle se hâta de rejoindre Konrad.

Quand elle entra dans la tente, il lui fit signe d'approcher.

— Que se passe-t-il ? chuchota-t-elle.

Konrad avait la main sur la carotide de l'elfe.

— Son cœur bat irrégulièrement.

— C'est peut-être normal chez les elfes.

— Non. Avant, son cœur battait normalement. Maintenant, les pulsations sont faibles et espacées. Vois par toi-même.

Sous ses doigts, Élaine sentit quelques battements précipités, puis une séquence plus calme. Au bout d'un moment, le rythme redevint stable.

— Le pouls est régulier, dit-elle.

— Je n'aime pas ça. Son cœur était parfait jusqu'à présent. Je me demande ce qui cloche. Pourquoi ne se réveille-t-il pas ? Au début, je le croyais inconscient suite à ses blessures et à son intervention magique, mais maintenant... je ne sais plus.

— Thordin et Gersalius ne trouvent pas anormal que l'elfe continue à dormir.

— Qu'ont-ils dit au sujet des plaies ?

— D'en faire le moins possible. Quand l'elfe se réveillera, il pourra imposer les mains autant de fois qu'il faudra pour les guérir.

— Un don prodigieux, soit, mais à condition qu'il se réveille, murmura Konrad.

Elle dut se pencher pour l'entendre.

— Silvanus ne va pas bien ? demanda Frédric, qui s'était soulevé sur un coude.

Randwulf, étendu de tout son long, tourna la tête pour les voir.

— Que se passe-t-il ?

— Son cœur bat à un rythme inégal, annonça Konrad sans mâcher ses mots.

Randwulf se dressa brusquement sur son lit, faisant glisser ses couvertures à terre. Il semblait effrayé.

— Il ne va pas mourir ? dit-il, les yeux pleins de larmes.

— Je n'en sais rien, répondit Konrad.

— Tu es le guérisseur qui le soigne, tu dois le savoir ! fit Randwulf.

— Son bras se stabilise tout seul. Je n'ai jamais vu de guérison magique, et je crois que le problème vient de là.

— Un de vous deux y connaît-il quelque chose ? demanda Élaine.

Randwulf secoua la tête.

— Non, répondit Frédric, mais Averil est initiée.

— Je croyais qu'elle était magicienne, dit Konrad.

— Oui, mais elle fabrique des potions qu'elle vend, expliqua Frédric.

— Des potions…, répéta Konrad. Élaine, va chercher cette fille. Qu'elle vienne avec ses potions. Dépêche-toi.

Chapitre 14

Averil s'agenouilla près de son père. Élaine remarqua qu'elle n'avait pas de souliers. Elle avait couru dans la neige avec ses chaussettes de laine. La main sur la poitrine de l'elfe, elle regarda Konrad.

— Son cœur bat avec force. Son teint est parfait. Pourquoi m'a-t-elle dit qu'il n'allait pas bien ? fit-elle en levant un regard accusateur sur Élaine.

— Garde la main sur son cœur, et tu verras que les battements sont hésitants, dit Konrad. Le problème, c'est que cela se produit de plus en plus fréquemment.

Averil secoua la tête.

— Je ne sens rien.

Assis dans leurs fourrures, Randwulf et Frédric les regardaient.

— Il n'a encore jamais eu de problème de cœur, dit Frédric.

— Non, jamais, renchérit Averil.

L'irritation brillait dans ses yeux d'or.

Il y eut un moment de silence. Élaine redouta que Konrad passe pour un imbécile. Mais elle avait constaté la même chose que lui.

Averil se raidit. Une exclamation jaillit de ses lèvres.

—Vous aviez raison, lâcha-t-elle dans un soupir.

Sa main quitta le torse de son père et caressa sa joue. Son geste était si tendre que les autres en eurent le cœur serré.

—Je ne comprends pas. Il n'a jamais rien eu au cœur. Comment cela a-t-il pu arriver ?

—Ça vient peut-être de l'effort fourni pour rappeler les deux hommes à la vie, suggéra Konrad.

—Non. Les guérisseurs sont capables de se soigner, aussi bien qu'ils traitent les autres. Son cœur se serait rétabli de lui-même.

—Mais là, ce n'est pas le cas, répliqua Konrad.

—Je le vois bien ! cracha la jeune femme. Désolée, je n'ai aucune raison d'être aussi brusque. Mais tout ça est inexplicable.

Elle ouvrit son sac et chercha parmi ses fioles. Elle en sortit une qu'Élaine connaissait déjà.

Dans sa vision, elle avait vu Averil la porter aux lèvres de Silvanus.

Averil releva la tête de l'elfe et approcha la fiole de sa bouche.

—Il est inconscient, objecta Konrad, il pourrait s'étrangler.

—Je vais lui masser la gorge pour aider le liquide à descendre. Je l'ai déjà fait quand il était en danger. Frédric, tiens-lui la tête, s'il te plaît.

Le paladin posa la tête de Silvanus sur ses genoux. Les cheveux dorés de l'elfe se confondirent avec les poils fauves de la fourrure.

—Je vais entrouvrir ses mâchoires pendant que tu verses, proposa Konrad.

— D'accord, dit Averil. Allons-y, guérisseur.

Silvanus avala les gouttes de liquide. Un moment plus tard, il battit des paupières, puis il ouvrit les yeux sur le visage souriant de Frédric.

— Bonjour, vieux frère, dit le paladin.

L'elfe sourit. Son regard fit le tour des personnes qui l'entouraient et son sourire s'élargit lorsqu'il reconnut Averil, qui tenait sa main dans les siennes.

Élaine était stupéfaite. Konrad préparait des potions, mais aucune n'avait une telle efficacité. Quelques gouttes avaient suffi à réveiller un homme qui, à présent, parvenait à sourire.

— Comment te sens-tu, père ?

— Je ne saurais le dire.

— Mais encore ? Tu ne sembles pas avoir de fièvre.

— Non, ce n'est pas la fièvre, dit-il en toussant à fendre l'âme.

— Aidez-le à se relever.

Frédric le hissa à sa hauteur et le tint dans ses bras de colosse jusqu'à ce que la toux cesse.

— De l'eau, souffla Silvanus d'une voix cassée.

Élaine puisa une coupe d'eau dans la jarre. Averil la lui prit des mains et la tendit à son père. Il recommença à tousser, mais plus faiblement.

— Oh père, qu'est-ce qui ne va pas ?

— Je n'en sais rien. Je me sens dans un état bizarre.

Averil se tourna vers Konrad :

— Tu es guérisseur. Que lui arrive-t-il ?

Élaine le savait, mais Konrad l'ignorait.

— Je suppose que c'est une réaction à son intervention magique…

— Il m'a déjà guéri plusieurs fois, dit Frédric, et il n'a jamais été dans cet état.

— Oui, il est prêtre-guérisseur, dit Randwulf, donc il soigne les gens. C'est un peu comme si je tirais à l'arc et que je me blesse en le faisant. Ce serait ridicule.

— Randwulf est sans doute plus près de la vérité qu'il le croit, dit Élaine.

Tout le monde se tourna vers elle.

— Continue, l'encouragea Konrad.

Soudain, Élaine se sentit toute bête. Et si elle se trompait ? Elle regarda ces visages tendus. Silvanus paraissait doux et patient.

Et si elle avait raison ?

— Gersalius et Thordin disent que la guérison magique ne peut marcher au Kartakass. Même l'imposition des mains ne devrait pas donner de résultats. Mais Silvanus a rappelé des morts à la vie. Se pourrait-il qu'il soit capable de guérir au détriment de sa santé ?

L'idée semblait tirée par les cheveux. Une simple conjecture. Élaine sentit le rouge lui monter au visage.

— Ça ne tient pas debout, dit Averil sur le ton irrité auquel Élaine s'attendait.

— Non, ma fille. Écoutons ce qu'elle a à dire.

L'écouter, pensa Élaine, c'était tout. Elle n'avait qu'une théorie. Malgré sa mine désappointée, Averil n'insista pas.

Silvanus tendit une main à Élaine. Elle la prit. Les idées se bousculaient dans sa tête.

— Ne te force pas, fit doucement l'elfe.

Que voulait-il dire ?

— Je ne me force pas du tout.

— Détends-toi. Vide ton esprit.

— Je ne vois pas ce que tu veux dire…

Les yeux dorés de l'elfe paraissaient encore plus grands. Le soleil couchant les embrasait et leur éclat éblouit Élaine. S'il n'avait pas tenu sa main, elle serait tombée.

— Tu es souffrant, prononça-t-elle d'une voix lointaine. Je sens quelque chose qui t'entoure, et qui pénètre ma peau… Je sens…

— Ma force vitale, Élaine, c'est elle que tu sens.

Bien sûr, c'était cela. La main de l'elfe écrasa la sienne. Puis il tomba à la renverse, abandonnant sa main inanimée dans celle d'Élaine. Sa force vitale fluctuait au même rythme que les battements de son cœur, mais cette énergie impalpable semblait faiblir plus vite.

— Ton cœur fonctionne très bien, dit-elle.

— Bien sûr, nous l'avons senti.

Le ton d'Averil était surprenant. Élaine sursauta et regarda la jeune fille. Ses yeux ressemblaient beaucoup à ceux de son père, mais ils étaient aussi très différents.

— Élaine, dit Silvanus.

Quelque chose se formait entre eux, un phénomène de même nature que l'accumulation d'énergie qu'elle avait sentie quand Silvanus avait rappelé Randwulf à la vie.

— Si mon cœur ne souffre de rien, qu'y a-t-il donc ?

Ses mots la guidaient à travers un invisible labyrinthe.

— Ta force de vie est atteinte. Quelque chose la dévore.

— Qu'est-ce qui me dévore, Élaine ?

La voix était aussi douce que la pression sur sa main était forte. Elle était consciente du pouvoir qui s'était libéré, mais seule une étincelle de ce pouvoir brillait en elle.

— Tirerais-je ma force de toi en ce moment ?

— Non, Élaine.

— Alors d'où…

En posant la question, elle eut la réponse. Elle sentit le sol remuer sous ses pieds comme si un géant s'y réveillait d'un long sommeil.

— De la terre, murmura-t-elle.

Elle n'était pas sûre que les autres aient entendu, mais elle savait que Silvanus avait compris. Qu'elle parle ou non, il savait.

Au même instant, elle prit conscience d'autre chose. Le pays haïssait le prêtre. Cette sensation était si forte qu'elle gémit.

— Élaine, tout va bien ? s'enquit Konrad en la prenant par l'épaule.

— Ne me touche pas !

La rudesse de son ton la surprit elle-même. La haine s'était étendue jusqu'à elle. Konrad ne l'aimait pas. Comment osait-il… ? Élaine secoua violemment la tête comme pour se réveiller d'un mauvais rêve.

— Tu restes toi-même, Élaine, dit Silvanus. Ton pouvoir augmente, mais tu ne te perds jamais en lui.

La voix de l'elfe chassa la haine et fit la clarté dans son esprit. C'était ce pouvoir que Kartakass abhorrait. À sa façon, le prêtre était plus fort que le pays.

— Konrad, il ne faut pas me toucher en ce moment.

Sa voix était légèrement irritée, et il s'en étonna.

— Que s'est-il passé ?

— Élaine tente de me guérir avec ses mains, dit l'elfe.

— Mais elle en est incapable, fit Konrad.

— Non, répliqua l'elfe.

Sa confiance augmentait la sienne. Elle croyait ce qu'il croyait. La source de son pouvoir était la haine et l'envie, mais *elle* n'était pas cela. Elle était toujours Élaine Clairn, du Kartakass. Ce pays l'avait bercée, nourrie et réchauffée dans ses tristes bras depuis toujours.

Elle les laissa se refermer sur elle, consciente pour la première fois que la terre était porteuse d'autre chose que de la prochaine moisson. Elle aurait pu s'en effrayer, mais il n'en était rien. Cette absence de peur aurait dû aussi l'alarmer.

Elle sentit son corps pulser de vie. Plus que jamais, elle prit conscience des vibrations de sa chair. Une force coulait en elle comme une rivière, ruisselant dans le Kartakass.

— Regarde-moi, Élaine. Que ressens-tu ?

Elle voyait Silvanus, sentait le contact de sa peau et de ses os contre les siens. Un frémissement dans l'eau qui coulait sur elle et en elle. Un lambeau de Ténèbres qui s'était accroché à lui quand il avait tenté des guérisons sur la terre de Kartakass.

Élaine tendit la main vers ces Ténèbres, tirant son pouvoir de la force même qui avait cherché à le détruire. Elle n'atteignit pas son cœur, mais la puissance qui s'était enroulée autour de lui.

La main d'Élaine se posa au-dessus de la poitrine de l'elfe, parce que là était son point faible, mais ce n'était pas son cœur qu'elle cherchait à atteindre. C'était sa force de vie, l'eau invisible qui le protégeait. Les Ténèbres étaient un trou par lequel l'eau coulerait jusqu'à ce qu'il ne reste plus qu'une enveloppe vide.

Si ça avait été un trou, Élaine aurait essayé de le boucher. Si ça avait été une tache, elle l'aurait nettoyée. Mais c'était quelque chose qu'il fallait cueillir, un lambeau de Ténèbres destiné à aspirer la vie par bribes.

Élaine tira vers elle ce lambeau de Ténèbres et l'intégra à la force invisible qui entourait son corps. Elle coula jusqu'au sol. La terre du Kartakass l'avala sans un murmure.

Élaine posa la main sur la poitrine de Silvanus. Elle sentit le cœur de l'elfe sous sa peau. Elle fit passer la force invisible de sa main au cœur de Silvanus.

L'elfe respira profondément. Élaine retira les doigts de sa poitrine. Il sourit et elle lui sourit à son tour. Elle lui lâcha la main et s'écarta.

Elle était redevenue elle-même, autonome et consciente de la force invisible. Elle captait le lointain frémissement de vie du Kartakass. La sensation s'atténua peu à peu, la rendant tout à fait à elle-même. Le dernier sentiment qu'elle éprouva fut une sorte de plaisir.

Le pays avait obtenu satisfaction.

Chapitre 15

Pour les réchauffer, Jonathan tendit ses mains vers les flammes claires qui brillaient dans l'âtre. Il aurait bien voulu parler avec Tereza des pensées qui l'agitaient. Mais il était inutile de l'ennuyer avec ça. Elle savait combien il méprisait la pratique de la magie. Mais ce qu'il avait vu aujourd'hui, c'était tout autre chose... Des morts rappelés à la vie !

Quelqu'un se dirigeait à pas lents vers le feu de camp. Il reconnut la silhouette encapuchonnée dans sa houppelande blanche. Élaine.

C'était vraiment la dernière personne qu'il avait envie de voir. Elle attendait, debout devant lui, l'air hésitant, comme si elle se sentait indésirable. L'expression douloureuse des yeux bleu-vert fit mal à Jonathan. Jamais il n'avait eu l'intention de la blesser ! Pour elle, il était allé jusqu'à trahir ses convictions les plus profondes. Il lui avait sauvé la vie ; aurait-il mis en péril quelque chose de plus précieux encore ?

Jonathan lui tendit la main. Elle la prit en souriant et s'assit à côté de lui. Un bras protecteur entoura ses épaules comme lorsqu'elle était enfant.

Élaine se blottit contre son père adoptif en poussant un petit soupir. Il se la rappela à dix ans, quand il lui racontait les jolies histoires sur la beauté du monde que tous les parents répètent à leurs enfants.

— Tout ça est-ce bien réel ? demanda-t-elle.

— Qu'est-ce qui est réel ?

— Cet elfe, qui a ressuscité les deux hommes ? Je n'arrive pas à croire ce que j'ai vu.

— Si je n'en avais pas été témoin, je n'y croirais pas non plus.

— Savais-tu que Gersalius est un étranger, comme Thordin ?

— Non, je l'ignorais, dit Jonathan.

— Crois-tu que l'elfe arriverait à guérir Calum ?

Jonathan resta muet. Il avait été si troublé par ces histoires de magie qu'il en avait oublié son vieil ami. Élaine, qu'il considérait comme corrompue par la magie, avait pensé à Calum. Jonathan eut honte de sa méfiance maladive.

— Je n'en sais rien. Thordin prétend que l'elfe peut soigner les plaies et les fractures, mais il n'a pas parlé des dégradations dues à l'âge.

— Mais peut-être l'âge importerait-il peu à Calum, s'il n'était obligé de subir de telles souffrances ?

Elle posa un regard confiant sur Jonathan. Peu à peu, son expression enfantine se figea. Elle se raidit, et planta ses yeux dans les siens.

— Me haïrais-tu ?

— Jamais je ne te haïrai, Élaine, tu le sais bien.

— Je sais que tu hais tout ce qui touche à la magie. Je suis en train de devenir une magicienne et c'est ce que tu détestes en moi.

Jonathan tourna son regard vers les flammes.

— Dis-moi la vérité. Pas de demi-mesure !

— Tu m'es aussi chère que si tu étais mon propre enfant.

— Ce n'est pas ce que je t'ai demandé.

— Je préférerais que tu ne sois pas magicienne, Élaine.

— Je sais. Cela te fait-il horreur ? Veux-tu que je renonce ? Je ne voulais pas en arriver là, mais je ne supporte pas de voir la haine dans tes yeux quand tu me regardes, Jonathan. Je préférerais m'en aller que de voir grandir cette peur en toi.

— Peur ? Je ne...

— J'ai vu le visage de Tereza l'autre nuit dans la cabane, et le tien après que j'ai eu ma vision. Tous deux, vous aviez peur de moi.

— De ton nouveau pouvoir, mais pas de toi, dit-il en la serrant contre lui. De toi, jamais.

— Je sais que tu ne dis pas la vérité, affirma-t-elle d'une voix étranglée. Je lis tes pensées comme dans un livre.

Il la repoussa avec brusquerie. La gorge nouée, il ouvrit la bouche et cracha :

— Sorcière !

Les yeux d'Élaine brillèrent de larmes.

— Tu as répondu à ma question, dit-elle en se levant. Quand nous rentrerons de Cortton, je ferai mes bagages et je partirai avec Gersalius. Nous habiterons chez lui. Je ne crois pas qu'il sera contrarié si je lis dans ses pensées.

Il voulut la rappeler, lui dire qu'il regrettait... Il regrettait vraiment. Mais toute sa vie, il s'était battu contre la magie. Il ne pouvait rien y changer. Si elle lisait dans ses pensées, c'était sans espoir.

Il se rassit et rajusta sa cape. Tereza s'approcha de lui.

— De quoi as-tu parlé avec Élaine ?

Elle s'agenouilla pour réchauffer ses mains près du feu. Jonathan ne répondit pas immédiatement. Il ne voulait pas avouer à sa femme qu'il était un imbécile. Et pourtant, si quelqu'un connaissait ses faiblesses, c'était bien elle. C'était même surprenant qu'elle soit restée avec lui.

— Réponds-moi, Jonathan ! Elle pleurait quand elle est partie.

— Elle m'a demandé si je la détestais à cause de sa sorcellerie.

— Et tu as dit « oui » ? dit-elle l'air révolté.

— Bien sûr que non ! répondit-il furieux.

— Alors que s'est-il passé ?

La colère se lisait sur son visage, son regard était accusateur sous ses sourcils froncés.

— Elle a lu dans mes pensées. Je peux mentir en parlant, je peux même mentir avec mes yeux et mes attitudes… Mais dans mes pensées, Tereza… Qui peut mentir dans ses pensées ?

Elle se releva si brusquement que sa cape survola le feu, faisant virevolter des étincelles. Elle se mit à aller et venir comme une bête en cage, chacun de ses mouvements semblait dicté par la colère.

— Et qu'a-t-elle dit après avoir lu dans tes pensées ?

— Elle a dit…

Les mots refusaient de sortir. Les dire tout haut les rendrait réels. S'il en parlait à qui que ce soit, Élaine partirait et il n'aurait pas l'occasion de s'excuser et de la supplier de rester.

Elle se planta de l'autre côté du feu, les mains sur les hanches.

— Jonathan, qu'a-t-elle dit ?

— Je vais arranger ça. Je vais lui parler.

— Jonathan…

Elle se tenait là, comme un pilier de feu, la cape au vent.

— Elle s'en va, n'est-ce pas ?

Jonathan voulait se détourner des reproches qu'il lisait dans le regard de sa femme, mais il se retint de bouger et de cligner des yeux pour éviter de perdre du terrain. Toute sa vie il se souviendrait de la déception de Tereza. De son mépris.

— Je lui ai dit qu'elle m'était aussi chère que ma propre enfant.

— Mais tu n'as pas réussi à dissimuler ta haine de sa magie, dit-elle en détachant chaque mot pour les lui cracher au visage.

Il ne l'avait jamais vue aussi furieuse, tout du moins pas contre lui. Elle lui faisait peur.

— Elle savait que je détestais la magie. Ce n'est pas ce qui la dérangeait le plus.

— C'était quoi alors ?

— C'est le fait que nous craignions ses pouvoirs. Voilà ce qu'elle ne peut supporter.

— Nous ?

— Elle a dit que tu avais peur d'elle après la nuit dans la cabane.

Tereza regarda un instant au loin puis se tourna de nouveau vers Jonathan. Sa colère s'évanouit.

— Elle a raison.

— Je sais, répondit-il doucement.

Ils se regardèrent par-dessus le feu crépitant. Une branche céda avec un bruit mat et s'enfonça dans les flammes en faisant jaillir des étincelles. Le craquement était aussi fort que des voix chuchotant dans la pièce d'à côté.

— Que va-t-on faire, Jonathan ?

— Peut-être qu'on pourrait demander de l'aide au sorcier, dit-il en secouant la tête.

— Tu ferais ça ? Demander de l'aide à un sorcier sur une question si personnelle ?

— Pour qu'Élaine reste avec nous, je ferais n'importe quoi.

Tereza sourit, et Jonathan se détendit. Il avait la sensation qu'on venait de lui accorder un sursis pour une peine de mort. Tereza lui avait pardonné.

Elle contourna le feu pour passer ses bras autour de ses épaules, laissant reposer son menton sur sa tête.

— Si aucun de nous veut qu'elle parte, elle restera.

Il ne répondit pas, et ce silence était presque comme un mensonge. Il avait vu le visage d'Élaine, l'avait sentie le repousser. Si elle pouvait lire dans leurs pensées, des pensées qu'ils ne contrôlaient pas… Mais il ne dit rien. Il ne voulait pas se disputer avec Tereza cette nuit. Il avait trop besoin de son étreinte pour risquer de la perdre.

— Élaine a demandé si le guérisseur elfique pouvait soigner Calum.

Tereza se raidit. Il savait qu'elle retournait l'idée dans son esprit.

— Pourrait-il réellement sauver Calum ?

— Il a ramené les morts, Tereza. Je le crois capable de n'importe quoi.

Elle s'agenouilla, serrant toujours Jonathan dans ses bras.

— S'il peut sauver Calum… nous devons l'envoyer le voir immédiatement.

— Il a perdu un bras aujourd'hui. C'est une terrible blessure. Tu crois vraiment qu'il est suffisamment en forme pour voyager seul avec les siens dans le froid pendant des jours ?

— On pourrait y aller avec lui.

— Calum nous a chargés d'une mission. Si l'elfe, Silvanus, ne peut pas le soigner, Cortton sera le dernier maléfice que nous combattons à la demande de Calum. Je ne peux pas le décevoir maintenant.

— Mais s'il peut vraiment être soigné ?

— Demain, nous pourrons parler à Silvanus de la maladie de Calum. Il n'est peut-être pas capable de soigner ce qui n'est pas dû à une blessure, surtout une maladie de vieillesse.

— Ma mère était plus âgée que Calum et elle est morte tranquillement dans son sommeil. La vieillesse ne doit pas obligatoirement apporter de telles souffrances.

— C'est bon à entendre, dit-il en tapotant sa main.

— Tu n'es pas vieux, dit-elle en souriant tout à coup.

— Je ne suis plus jeune.

— Ce n'est pas la même chose que d'être vieux, répondit-elle en le serrant plus fort.

Il ne discuta pas ; il n'en avait pas envie. Voir le puissant corps de Calum ravagé par la douleur et l'âge avait rendu Jonathan conscient de sa propre mortalité comme jamais aucune bataille ne l'avait fait auparavant.

— On discutera avec Élaine demain, dit Tereza.

— Oui, demain, répondit-il en acquiesçant.

Demain ils parleraient avec Élaine. Demain ils parleraient avec le guérisseur. Demain, peut-être, Silvanus leur dirait qu'il était capable de sauver Calum Maîtrechant. Mais même après ce que Jonathan avait vu aujourd'hui, il n'y croyait pas vraiment. C'était aussi irréel qu'un rêve. Il se méfiait de tout ce qui promettait de réaliser les souhaits de son cœur. Les pouvoirs du guérisseur étaient aussi de la magie. La magie promettait souvent d'assouvir les désirs d'une personne, puis trouvait un moyen de le tromper. Il craignait de pouvoir obtenir ce que son cœur désirait à condition de laisser des monstres le dévorer.

— Allons nous coucher.

Tereza l'aida à se relever. Ses genoux s'étaient raidis à force de rester assis aussi longtemps dans le froid, malgré la proximité du feu. Quelques années auparavant, le froid ne lui aurait pas occasionné des douleurs dans les os.

Elle l'embrassa doucement sur la joue, comme si, elle aussi, pouvait lire dans ses pensées lugubres.

— Tout ira mieux à la lumière du jour, mon cher mari. Je te le promets.

Il sourit, pour qu'elle sache qu'il la croyait. C'était un mensonge. Un mensonge qu'il avait dit avec les yeux. Peut-être que s'il s'entraînait suffisamment, il pourrait tromper Élaine aussi. Le fait qu'elle lise dans les pensées lui compliquait la tâche, mais peut-être que le sorcier aurait une solution pour ça.

Serait-il capable de supporter qu'un sorcier, n'importe quel sorcier, lui jette un sort ? Il n'y croyait pas. Mais il espérait le contraire. Pour le bien d'Élaine, il espérait.

Chapitre 16

Harkon Lukas observait le campement. Enveloppé dans sa cape rouge sombre, il portait un couvre-chef de la même couleur, qui aurait été parfait dans une salle de bal. Le vent glacé ramenait ses longs cheveux noirs contre son visage et agitait les plumes blanches de son chapeau.

Depuis que Konrad avait pris son tour de garde, Harkon espionnait. Personne n'avait vu son étrange silhouette avancer à la faveur de l'ombre. Thordin, qui avait pris la relève de Konrad, ne l'avait pas découvert non plus. Il y avait des avantages à régner sur un pays. Cela conférait certains… privilèges.

Harkon aurait pu aimer le Kartakass, s'il n'en avait pas été prisonnier. Mais le pays était trop petit pour satisfaire ses ambitions… et ses appétits. Il pouvait retenir les gens dans les limites de son territoire, mais il n'avait pas la capacité de s'en libérer. À son endroit, le sort ne ménageait pas son ironie…

Le vent rendait l'air sec et mordant. Il y huma des effluves… de bonté. Ces tentes abritaient plus d'un bipède vertueux. Du sang frais avait débarqué au pays…

Ce n'était pas lui qui avait attiré ces gens par ici. Quelquefois, le pays *cueillait* quelqu'un ailleurs, sans aucune logique. En tout cas, lui n'en voyait aucune.

Harkon serra dans sa main l'objet qu'il portait sous sa tunique. C'était une amulette magique qui permettait à son propriétaire d'échanger son corps contre celui d'une autre personne, avec ou sans son consentement. Il avait surpris un homme en train de l'utiliser, l'avait tué et s'était emparé de l'objet. Cela pouvait toujours servir.

La veille, il avait dû fuir devant Konrad Burn. Le guerrier était un superbe combattant ; Harkon aurait été contraint de le blesser pour sauver sa peau, et il n'avait pas l'intention d'abîmer le corps qu'il comptait investir. Il avait donc pris la fuite, abandonnant ses loups à la boucherie.

Un grondement monta de sa poitrine. Il ne lui manquait que le pelage et les crocs, mais tout un chacun aurait reconnu en lui un loup-garou. Harkon n'avait jamais été un être humain. Habiter le corps de Konrad Burn en ferait-il un homme ? Perdrait-il sa faculté de transformation ?

Il n'en savait rien, mais il y avait tant de choses qu'on ignorait ! Le jeu en valait la chandelle. S'il était libre de voyager à travers le monde, son pouvoir ne connaîtrait pas de limites.

À l'idée de ses futures conquêtes, son beau visage s'éclaira d'un sourire. Le meurtre le déridait toujours.

Bien que cela ne se voie pas, Konrad Burn était à moitié vistani. Grâce à cela, il pouvait voyager partout où bon lui semblait. La mère de Jonathan Ambroise étant également vistani, son fils jouissait du même avantage. Mais Ambroise était trop vieux. Tant qu'à devenir un humain, Harkon tenait à vivre le plus longtemps possible.

Se réincarner dans un corps de Vistani pur aurait été possible, mais ils étaient protégés par le pays lui-même.

Leur nuire aurait été trop risqué. Le Kartakass était sous sa coupe, mais il ne permettrait pas qu'il s'en prenne aux Vistani.

Pourquoi le pays avait-il *aspiré* ces gens ? Ils transpiraient la bonté. Cette odeur attirait le Mal.

Harkon avait envie de festoyer, de se mettre les os de ces vertueux bipèdes sous la dent et d'en sucer la moelle. Rien de tel que la moelle fraîche pour réchauffer un loup-garou au plus fort de l'hiver.

Et puis, tout était allé de travers. Le pays en avait-il décidé autrement ? Il ne saurait jamais si le Kartakass avait conscience de ce qu'il faisait.

Les deux hommes les plus brillants avaient été tués. Du fin fond de la forêt, il avait senti ce qu'avait fait le prêtre. Une lueur blanche éblouissante lui avait envahi le crâne. Même en fermant les yeux, il n'avait pu s'y soustraire. Elle avait alarmé tout ce qui fleurissait de malfaisant dans le pays.

Si Harkon ne s'en était pas mêlé, toutes les créatures du Kartakass auraient fondu sur ces hommes. Ils n'auraient pas fait une lieue. Mais son nouveau corps se trouvait parmi les voyageurs. Harkon n'aurait pas permis qu'il arrive quelque chose à Konrad Burn. Il serait son futur abri…

Le loup-garou sondait la nuit. Il fallait rester sur ses gardes, avec toutes ces maléfiques créatures du Kartakass, attirées par la bonté comme les phalènes par la flamme, où elles se brûleraient inévitablement les ailes.

Harkon avait fait comprendre qu'il punirait quiconque s'en prendrait à ces hommes. Mais il y avait dans ce pays des créatures chez qui l'attrait du meurtre dominait la crainte du châtiment. Harkon serait aimable avec les intrus, et dès qu'il aurait obtenu le corps qu'il convoitait, il laisserait le pays les dévorer à sa guise.

Pour l'heure, dans la neige jusqu'aux genoux, Harkon Lukas était de méchante humeur à force de les observer par ce froid glacial.

Le barde du Kartakass veillait sur le sommeil de Jonathan Ambroise, le chasseur de mages.

Aimant l'ironie quand elle était aux dépens des autres, Harkon rit sous cape. Il raconterait peut-être au chasseur de mages ce qui les avait protégés au cours de leur voyage. Il aurait la joie de le voir béer de stupeur, puis il le dévorerait.

À cette idée, un grognement sourd lui échappa. Quelle partie de plaisir en perspective ! Un pauvre loup-garou aurait droit à une satisfaction vénielle tout en ourdissant un complot d'envergure.

Une petite cruauté gratuite lui remontait toujours le moral.

Chapitre 17

Le matin suivant, le soleil était d'un blanc éclatant, annonciateur de neige. Le cheval d'Élaine revint au camp sans le moindre signe de remords pour avoir failli briser le cou de la jeune fille. Il y avait un éclat dans ses yeux qui disait qu'il serait ravi de réessayer. Élaine avait espéré que les loups l'auraient dévoré.

Thordin mettait du ragoût dans d'épais morceaux de pain qu'il avait façonnés en forme de poches. C'était une invention de son pays d'origine. Il les appelait « sandwichs kangourous ». Lorsque Élaine était beaucoup plus jeune, elle avait demandé ce qu'était un kangourou, et sa description avait été si drôle qu'elle ne l'avait pas cru. Porter ses bébés dans une poche, vraiment… C'était une fable pour captiver les voyageurs qui ne pourraient jamais en vérifier la véracité. Mais elle, comme tous les autres, respectait scrupuleusement l'appellation « sandwichs kangourous ».

Élaine était assise sur une bûche près du feu à côté de Blaine. Il en était à son deuxième sandwich. Silvanus et Averil, assis en face, observaient le petit déjeuner.

— Comment allez-vous ce matin ? demanda Élaine.

— Je me sens moi-même de nouveau, répondit Silvanus avec un petit hochement de tête.

Konrad avait convaincu les étrangers de ne rien dire à Jonathan au sujet du nouveau pouvoir d'Élaine, de peur qu'une capacité magique supplémentaire incite le chasseur de mages à la renvoyer. Élaine n'avait parlé à personne de sa conversation avec Jonathan, la veille au coin du feu. Elle pensait ne pas pouvoir baisser davantage dans son estime, ni lui dans la sienne.

Frédric et Randwulf étaient allongés près du feu, emmitouflés pour se protéger du froid. Konrad avait pansé leurs blessures qui saignaient toujours. Silvanus était trop faible pour les soigner la veille, alors Élaine s'était portée volontaire, mais l'elfe pensait qu'elle manquait d'expérience. Il l'avait aidée à le soigner. Aucun des deux guerriers n'aurait pu le faire.

Frédric prit une petite bouchée du sandwich kangourou et la fit rouler dans sa bouche. Lorsqu'il eut fini de le goûter un large sourire s'étira sur son visage.

— C'est délicieux !

Il mangea le reste en trois bouchées tout comme Randwulf. Leurs blessures n'avaient pas entamé leur appétit.

L'elfe et sa fille mangèrent plus lentement, mais semblèrent apprécier le repas. Tous ceux qui avaient goûté la préparation de Blaine de saucisses aux herbes et à la farce grise accompagnées de gâteaux cailloux étaient reconnaissants pour ce repas plus simple mais plus comestible. Thordin ne prétendait pas être un grand chef, mais il pouvait cuisiner n'importe quoi et le rendre savoureux. Au cours de trop longs voyages, il valait mieux ne pas demander ce qu'il y avait dans le ragoût. Il existait des viandes qui, malgré leur arôme plaisant, retournaient les estomacs qui en connaissaient l'origine.

Élaine jeta un coup d'œil à Silvanus. Il avait changé.

Une évolution survenue pendant la nuit que ses yeux voyaient, mais que son esprit ne comprenait pas. De quoi s'agissait-il ? Quelque chose avait changé dans son apparence. Non qu'elle soit devenue experte en matière d'apparence d'elfe, et surtout pas de celui-là.

Silvanus mangeait les sandwichs d'une seule main, sans peine. Thordin les avait-il préparés en sachant que les blessés pourraient les manger facilement ? Probablement. Thordin était prévenant et courtois lorsqu'il le pouvait et de façon discrète.

— C'est lequel que tu regardes fixement ? demanda Blaine à voix basse, le visage tout contre ses cheveux.

Elle sentit une chaleur remonter dans son visage et se sentit rougir. C'était comme d'admettre sa culpabilité, même si elle savait qu'elle était innocente.

— C'est malpoli de regarder fixement les gens, répondit-elle.

Elle détourna les yeux pour regarder par terre. Peu importe ce qui s'était passé entre eux, Silvanus restait un étranger et elle l'avait observé. Ce serait terrible si, comme Blaine, il s'en était rendu compte.

— Alors qu'est-ce que tu regardais ? demanda Blaine avec le rictus qu'il affichait lorsqu'il voulait la taquiner.

— Il y a quelque chose de différent chez l'elfe ce matin, mais je n'arrive pas à déterminer quoi exactement.

Blaine jeta un coup d'œil à l'elfe de l'autre côté du feu. Averil vit son regard et lui sourit. Il lui rendit son sourire, pas contrarié du tout d'avoir été surpris en train d'observer une jolie fille.

— Vous faites une belle paire tous les deux à chuchoter au coin du feu.

La voix la fit se retourner brusquement. Le sorcier était derrière eux. Il s'était approché tel un chat, silencieux dans la neige.

—Je ne voulais pas vous faire peur, dit-il en souriant.

Élaine voulut dire que ce n'était pas le cas, mais son cœur battait la chamade et elle n'osa pas parler.

—Je n'ai jamais entendu un homme se déplacer ainsi. Aussi silencieux qu'un espion, dit Blaine.

—Quand on vit assez longtemps on apprend quelques trucs utiles, répondit le sorcier avec un haussement d'épaules.

—Ce n'était pas un truc, dit Élaine doucement.

—Et ce n'était pas de la magie non plus, répondit le sorcier.

Elle fronça les sourcils. Elle ne le croyait pas.

—Nous sommes tous nés avec des dons, Élaine, des capacités innées. Dans mon enfance, on m'appelait Gersalius Patte de Velours. J'ai songé à devenir voleur, mais ma mère promit de me couper les oreilles si je déshonorais la famille! (Le mage éclata de rire.) Elle proférait toujours des menaces terribles, mais elle ne nous a jamais donné une chiquenaude.

Thordin tira une saucisse de la braise et la tendit au mage. La petite troupe s'était rassemblée autour du feu de camp.

—On dirait que tes vieux os souffrent moins de ce voyage que les miens, dit le guerrier.

—Il n'y a pas que l'âge. Je n'ai pas bougé de ma douce chaumière pendant des années.

—Je ne t'ai jamais entendu te plaindre, dit Thordin.

—Se plaindre de ses maux ne les chasse pas, mais éloigne à coup sûr les amis.

—C'est vrai!

Élaine se pencha vers le mage.

— Il me semble que l'elfe a changé, mais je ne saurais dire en quoi, chuchota-t-elle.

— Tu es observatrice. Son bras s'est allongé.

— Que veux-tu dire ?

— Son bras repousse, répondit le mage.

— Mais il a été arraché ! Il n'en a plus !

— Tu l'as vu de tes yeux rappeler deux hommes à la vie. Pourquoi son bras ne repousserait-il pas ?

Élaine était convaincue que les deux hommes n'étaient pas réellement morts, et que l'elfe les avait tout bonnement guéris. C'était déjà assez miraculeux. Mais un bras arraché qui repousse ! Pourtant, il s'était allongé pour de bon…

Elle eut envie de regarder sous l'étoffe si la peau était lisse et rose, et si l'os tendait la chair comme un bourgeon. Le regard de Silvanus rencontra le sien.

— As-tu une question à me poser, Élaine ? demanda-t-il en souriant.

Son calme l'impressionna.

— Ton bras ne serait-il pas en train de repousser ? demanda-t-elle timidement.

L'elfe sourit.

— Oui, il repousse.

— Est-ce que ça fait mal ?

— Non, mais ça chatouille terriblement.

— Comment est-ce possible ? Je veux dire… est-ce l'os qui se forme d'abord, ou bien la chair ? Pousse-t-il comme une nouvelle branche sur un arbre ?

Elle brûlait de toucher l'extrémité du moignon. Par pudeur, elle baissa les yeux, craignant que Silvanus ne devine ses pensées. Il aurait pu s'en froisser.

— Veux-tu le voir ?

La taquinait-il ? Non, son expression était pleine de douceur et d'aménité.

— Oui, j'aimerais le voir, s'entendit-elle répondre, surprise de sa propre audace.

Elle apprenait la magie, mais la guérison… Oui, elle voulait aussi apprendre à guérir.

Blaine la regarda d'un air bizarre. Elle ne lui avait jamais parlé de ça. Mais elle n'en savait rien elle-même. Tout était si merveilleux, et en même temps, si effrayant.

— Je t'expliquerai plus tard, chuchota-t-elle à l'oreille de son frère. Je n'ai pas envie d'en parler devant Jonathan.

— Est-ce une autre sorte de magie ? demanda-t-il.

Elle hocha la tête.

— Il faudra vraiment qu'on en parle plus tard, dit-il gravement.

— Je te le promets.

Jonathan approchait, son capuchon rabattu.

— Qu'as-tu donc ? fit Blaine, intrigué.

— Rien. Jonathan est malheureux par ma faute.

— À cause de la magie ? Ne te tracasse pas, tout s'arrangera. Il s'y habituera.

Elle se demanda s'il tentait de la réconforter ou s'il était vraiment sincère.

Silvanus détacha le cordon qui fermait la manche de sa chemise.

— Que fais-tu ? s'étonna Jonathan.

— Élaine voudrait voir mon bras. Sa croissance l'intéresse, répondit l'elfe avec naturel.

— Ton bras ? Que veux-tu dire ?

— Mon bras repousse.

— Un nouveau miracle, c'est trop pour moi avant le déjeuner.

Silvanus sourit et continua à remonter sa manche. Jonathan eut un geste de répulsion.

— Je t'en prie, je n'ai aucune envie de voir ton… bras blessé pendant le repas.

Un silence de plomb suivit cette déclaration.

— Jonathan, le prêtre est notre hôte, protesta enfin Thordin.

— Il reste le bienvenu, mais je crois que dans aucun pays, on n'exhibe ses plaies à table.

C'était un argument, et Jonathan marquait un point, mais il aurait peut-être mieux valu ne pas l'invoquer. Inutile de mettre un hôte dans son tort.

Silvanus inclina légèrement la tête.

— Je n'avais pas l'intention de t'offenser.

Averil aida son père à refermer sa manche.

Élaine était rouge de honte.

— C'est moi qui ai demandé à voir son bras, dit-elle, les yeux dans ceux de Jonathan.

— Alors il fallait aller sous la tente. Je ne comprends pas pourquoi tu tiens tant à voir ça.

— Tu te moques éperdument que son bras ait été arraché. Ce qui t'embête, c'est qu'il repousse. Parce que cela relève de la magie !

Jonathan la regarda l'air impassible.

— Tu as peur de la magie, insista-t-elle.

— Qu'attends-tu donc de moi, Élaine ? dit-il avec lassitude.

Brusquement elle sut ce qu'elle voulait : qu'il soit honnête avec lui-même et les autres. Élaine commençait à comprendre qu'il n'était peut-être pas capable de dépasser ses propres représentations du Bien et du Mal. Son cœur se serra, les larmes lui montèrent aux yeux.

—Je dois finir de guérir les blessures de Frédric et de Randwulf, dit Silvanus.

Jonathan et Élaine le regardèrent comme s'il venait de faire irruption entre eux. L'intrusion pouvait être salutaire… ou dommageable.

—Je comptais les soigner dehors, mais si cela vous incommode, nous nous retirerons sous la tente, poursuivit l'elfe.

—Non, fais comme tu l'entends, dit Jonathan. J'ai été injuste. Je ne suis pas habitué à la magie. Cela me met mal à l'aise.

—Merci, Jonathan. Je les soignerai devant le feu, ils seront plus au chaud que sous la tente.

Jonathan prit le pain fourré de viande que lui tendit Thordin et s'installa, le dos tourné, de l'autre côté du feu. Un coup d'œil suffit à Élaine pour remarquer l'expression de son visage. Il faisait des efforts qui lui coûtaient cher.

Jonathan croisa le regard d'Élaine. Elle lui fit un petit sourire. Il sourit en retour.

Curieuse d'apprendre comment guérissaient les plaies, elle se tourna vers le prêtre pour ne pas perdre un seul de ses gestes et approcha de lui. Pas question de manquer ce qui relevait du miracle.

Silvanus prit le bras bandé de Frédric de sa main valide puis posa la main sur la plaie.

Élaine sentit un courant d'énergie courir le long de son corps ; la sensation était différente de ce qu'elle avait éprouvé auparavant, comme s'il y manquait quelque chose.

Les épaules de Silvanus se voûtèrent. Il tremblait sous l'effort.

—Enlève ton pansement, dit-il.

—Qu'est-ce qui ne va pas, Silvanus ? demanda Frédric.

—S'il te plaît, enlève tes bandages…

Frédric n'insista pas et s'exécuta.

La plaie n'était pas guérie.

—Silvanus, que s'est-il passé ? s'exclama-t-il, stupéfait.

—Randwulf, défais ton pansement au poignet, dit l'elfe pour toute réponse.

La blessure du jeune homme ne saignait plus, mais elle était encore à vif et se présentait fort mal.

Silvanus tâta du bout des doigts les plaies causées par les morsures. Randwulf grimaça de douleur.

La main appliquée sur une lésion, l'elfe se concentra. De nouveau, l'air vibra d'un courant magique qui semblait ne pas pouvoir se polariser. Quelque chose clochait. Sans savoir pourquoi, Élaine comprit que l'opération aurait dû se dérouler autrement. La mine qu'arboraient le prêtre et le blessé en disait assez long. Ils étaient atterrés.

Averil approcha de son père et lui mit la main sur l'épaule.

—Père, je t'en prie…

Il repoussa sa main, et s'effondra sur le sol. L'ourlet de son manteau toucha le feu. Élaine se précipita sur l'étoffe fumante pour l'éteindre. L'elfe releva la tête.

—Je n'y arrive pas… Je ne peux pas les soigner, dit-il d'une voix étranglée. Sorcier !

—Oui, je suis là, mon ami, répondit Gersalius, plein de compassion.

—Tu as dit qu'au Kartakass, je n'aurai pas le pouvoir de guérir. Pour quelle raison ?

— J'ignore pourquoi, mais je sais que c'est ainsi. Thordin, tu étais ami avec une prêtresse venue dans ce pays. Savait-elle pourquoi elle ne parvenait pas à exercer son pouvoir ?

— Kilsendra a raconté qu'elle n'arrivait plus à entrer en contact avec sa divinité, répondit Thordin à contrecœur.

Silvanus secoua la tête.

— C'est impossible. Bertog ne peut être séparé de ses prêtres. Non, ce n'est pas la raison.

— Je ne peux rien te dire d'autre, dit Thordin, je ne suis pas guérisseur.

Silvanus tourna vers Élaine ses yeux dorés. Ils reflétaient la sérénité et la patience. Elle devinait ce qu'il n'osait pas lui demander et elle n'avait aucune envie de dire non. Oui, elle voulait vraiment savoir, savoir si elle avait le pouvoir de guérir…

— Montre-moi, déclara-t-elle d'un ton ferme.

Silvanus répondit par un sourire qui lui fit chaud au cœur.

— Pose la main sur la plaie de Frédric.

— Qu'est-ce que tu dis ? s'exclama Thordin. Élaine n'est pas guérisseuse.

— Tu te trompes. Hier, elle a contribué à me soigner.

— Élaine, c'est merveilleux, fit Gersalius, rayonnant.

— Pourquoi ne nous as-tu rien dit ? s'étonna Thordin.

Élaine lança un coup d'œil à Jonathan, qui écoutait sans broncher. La peur le dévorait autant que la curiosité.

— Oh oh ! fit Thordin entre ses dents.

Bien décidés à ne pas tenir compte du chasseur de mages, tous tournèrent leur regard vers le prêtre.

— Tâte la plaie, Élaine, explore-la. Mémorise tes sensations, dit Silvanus.

Partagée entre le désir de toucher et la crainte de faire souffrir le blessé, Élaine hésita.

— Cela va lui faire mal…

— Un peu, mais tu es novice, et tu dois connaître la nature de la blessure avant de la guérir. Il faut que tu prennes le temps de bien la sentir. Frédric sait supporter la douleur. Il ne t'en voudra pas.

— Si tu me guéris, ma fille, je louerai ton nom haut et fort.

— Et si j'échoue ? dit-elle, toujours hésitante.

— Eh bien tu auras essayé, et je louerai ton nom pour cela, répondit Frédric en souriant.

Elle lui rendit un sourire contraint et posa les doigts sur les chairs labourées où les crocs avaient laissé des creux et des bosses sanguinolentes.

— Si je te fais mal, dis-le, je m'arrêterai.

— J'ai connu plus terrible que la main d'une dame sur une égratignure.

La guérison partielle effectuée par Silvanus lui avait rendu l'usage de son bras, mais la plaie était loin d'être propre.

Élaine éprouva le besoin d'enfoncer ses doigts plus profondément dans la chair.

— Silvanus, je crains de lui faire trop mal, dit-elle.

— Te souviens-tu du moment où tu as exploré mon énergie vitale ? Tu dois explorer la blessure de la même façon. Reconnaître sa profondeur, les lésions des muscles et les fractures des os. Ce que tu as fait hier est beaucoup plus difficile, car on ne peut tenir une aura entre ses mains, ni même la visualiser. Ici, la morsure est concrète, et ta peau entre en contact avec elle. Quand tu posséderas une connaissance superficielle de la plaie, tu la pénétreras. Mais pas avec les doigts. Hier, tu as eu la sensation de tenir mon cœur entre tes mains, n'est-ce pas ?

— Oui, c'était exactement cela.

— Explore cette blessure jusqu'à ce que tu sentes tes mains se fondre avec les chairs et cherche les lésions.

Élaine pressa ses doigts sur les marques de crocs. Frédric poussa une sorte de grognement.

Sans se laisser arrêter par sa réaction, Élaine poursuivit son exploration. De nouveau, elle sentit la force monter en elle. L'étrange sensation d'être investie de toute l'énergie du Kartakass l'envahit.

Les yeux clos, les mains au-dessus de la plaie, elle la fouilla de plus en plus profondément. C'était comme si ses doigts traversaient les tissus et les os, dont elle notait la consistance.

— Y a-t-il des lésions internes ? demanda Silvanus.

La voix du prêtre la fit sursauter.

— Il y a des contusions, sans plus. Rien de cassé.

— Bien. Maintenant, il est temps de refermer la plaie.

— Comment faire ?

— Tu dois agir de l'intérieur vers l'extérieur pour pouvoir ressouder les chairs.

— Mais comment vais-je m'y prendre, puisque j'ai les doigts dedans ? Ne vaut-il pas mieux que je la ferme et que je bouche les trous, comme quand on fabrique une poterie ?

— Si cette image te parle davantage, d'accord. Je ne connais rien à la sorcellerie, mais je sais que chaque guérisseur a sa manière. Certains ne se fient qu'à leur sensation. Tant que cela fonctionne, peu importe de savoir *pourquoi*.

Élaine tendit les mains vers le bras de Frédric. Les bouts de ses doigts coururent le long de l'os et de son enveloppe de muscles sanguinolents. Elle ouvrit les yeux pour regarder, et vit ses mains posées sur le blessé. Elle aurait dû ne rien voir du tout.

— Ne te laisse pas distraire, dit doucement Silvanus, qui s'était approché d'elle. Concentre-toi sur tes sensations profondes, et n'oublie pas que tu es là pour guérir, et non pour regarder.

Élaine se sentit rougir. Elle avait musardé dans la blessure sans agir ; elle s'était bornée à jouir de ses sensations.

Frédric la dévisageait avec perplexité.

— Je suis désolée.

— Non, Élaine, ne te laisse pas distraire, même par la pitié. Concentre-toi sur la blessure. Tu ne vois et ne connais qu'elle.

Elle respira profondément et se concentra sur les contusions qu'elle sentait sous ses doigts.

Les tissus se refermèrent comme les parois d'une faille se recollent. Les doigts d'Élaine reposaient à présent sur le bras de Frédric.

Elle regarda la plaie.

— C'est fait ! dit-elle d'une voix qui trahissait sa propre surprise.

Frédric tendit son bras et l'examina sous toutes les coutures.

— Pas une cicatrice !

L'elfe lui prit le bras et l'étudia.

— Bertog soit loué ! C'est comme s'il n'y avait rien eu !

— J'ai connu un guérisseur capable de ça, dit Thordin, mais c'était un vieux sage du temple.

— Quant à moi, je n'ai rencontré que deux prêtres qui en étaient capables, répondit Silvanus. Frédric, as-tu des douleurs ?

— Rien du tout ! J'ai l'impression d'avoir un nouveau bras.

— À mon tour, maintenant, dit Randwulf.

— D'abord, dis-moi comment tu te sens, Élaine, demanda Silvanus.

— Très bien.

— Tu n'es pas fatiguée ?

— Non.

— Pas du tout ? En es-tu bien sûre ? C'est ta première grande guérison. Tu dois veiller à conserver tes forces.

— Je n'éprouve pas la moindre fatigue. Je me sens merveilleusement bien.

— Attention, n'essaie pas de te croire forte pour servir les autres. Si tu es trop fatiguée pour soigner Randwulf, tu te feras du mal.

— Je me sens très bien.

— Comment pourrait-elle se faire du mal ? demanda Jonathan.

Depuis ce qui s'était passé la veille, il se faisait du souci pour elle. Élaine tendit une main vers les siennes pour le rassurer. Jonathan fit un bond en arrière comme si ce contact l'avait brûlé.

Elle laissa retomber sa main sans le quitter des yeux. Il détourna le regard.

— Si elle est fatiguée mais continue à vouloir guérir les autres, sa constitution en pâtira, dit-il. Élaine est capable de donner toutes ses forces pour Randwulf. Elle est trop novice pour connaître ses limites. Elle serait capable de sauver au détriment d'elle-même.

Il affronta le regard de la jeune fille. Du bout des doigts, il effleura ses mèches blondes. Doucement, elle leva une main et la posa sur la sienne.

— Élaine, je ne voudrais pas qu'il t'arrive quelque chose.

— Je t'assure que je vais très bien, répondit-elle en pressant la main de Jonathan contre sa joue.

Il sourit. Elle se sentit merveilleusement bien.

— Alors guéris-le, mais sois prudente.

Élaine se tourna vers Randwulf.

— Est-il possible de soigner deux articulations à la fois ? demanda-t-elle à Silvanus.

L'elfe sourit, non sans une certaine amertume.

— Tu es ambitieuse, mon enfant, ne trouves-tu pas ?

— C'est une sensation que je trouve… merveilleuse.

Silvanus sonda ses yeux comme pour y lire un secret.

— Veux-tu dire que guérir te procure du plaisir ?

— Oui. Ne ressens-tu pas la même chose quand tu le fais ?

— Non, Élaine.

— Est-ce mal ?

— Pas du tout. Simplement, c'est rare.

— Très rare ? demanda Jonathan.

— Assez rare pour que je n'aie jamais rencontré ce cas-là, sauf dans les livres.

— Je ne comprends pas en quoi le fait que je me sente mieux après avoir soigné Frédric est une rareté.

— Au cours d'une bataille, tu pourrais traiter beaucoup plus de gens que moi. Je me fatigue assez pour que mon énergie vitale soit menacée. Si ton cas est bien ce que je crois, tu ne seras jamais épuisée. Tu seras toujours en état de guérir. C'est un don énorme.

— Assez de théorie, passons à la pratique, décréta Randwulf en tendant ses deux bras.

— Randwulf, tu es insolent ! dit Silvanus.

Le jeune homme sourit et fit un clin d'œil à Élaine.

— Si vous vouliez bien cesser vos palabres, cette beauté pourrait poser ses blanches mains sur ma peau nue. Comprenez que je sois impatient.

— Excuse-toi immédiatement, dit Averil, indignée.

— Mais non, ça ne fait rien, dit Élaine.

Nullement embarrassée, elle ne désirait rien tant que soigner, toucher la chair tuméfiée et la guérir. Ses doigts la démangeaient.

Elle les plongea dans les morsures. Randwulf tressaillit et poussa un petit cri.

Les doigts invisibles de la guérisseuse coururent le long des os avec une aisance déconcertante. Il était si facile de soigner ! Sans ménagement, elle referma les blessures.

— Silvanus ne m'a jamais fait aussi mal ! grimaça Randwulf.

— Mais moi, je ne suis pas une jeune fille sans défense, lança Silvanus.

— Je promets de ne plus la taquiner. Attention à ma nuque, elle me fait très mal !

— Si tu me laisses tranquille, je te promets d'être douce, dit Élaine.

— Parole d'honneur, répondit Randwulf, une main sur le cœur.

— Pourrais-tu ouvrir ton col pour que je puisse poser les mains sur ta blessure ? demanda Élaine.

Le jeune homme s'étendit sur le ventre et dénuda sa nuque. De petites boules de sang coagulées apparurent, coincées dans les morsures.

— C'est toi qui as guéri cela, n'est-ce pas ? demanda Élaine par-dessus son épaule.

— Oui, répondit Silvanus, je n'ai pas eu la force de continuer. J'ai traité la colonne vertébrale et les lésions profondes.

— Deux façons différentes de guérir les blessures ne risquent-elles pas d'aggraver les choses ?

— Je ne saurais le dire. Tu sembles saisir très vite ce qu'il y a à faire. Explore la plaie et tu verras bien.

Élaine passa les doigts sur les bords des lésions. Elle s'attendait à découvrir ce qui avait endigué le sang, mais elle ne trouva que des vaisseaux chauds et bien irrigués.

Le sang afflua et ruissela le long de ses doigts. Elle les enfonça dans la plaie. Randwulf tendit le cou et poussa un gémissement. D'une main, Élaine lui fit baisser la tête. Du sang coula sur les boucles brunes de Randwulf.

Les doigts invisibles caressèrent les vertèbres du jeune homme. Sur le cou, elle sentit une excroissance de cartilage. Deux vertèbres s'étaient soudées l'une à l'autre. Il n'était pas étonnant que Randwulf ait mal. S'il avait guéri dans cet état, il n'aurait jamais pu recouvrer sa liberté de mouvement.

Tout se passait comme si, dans son esprit, une fenêtre s'était ouverte pour lui permettre de voir des choses qu'elle n'aurait pas vues avant.

Elle tâta longuement les vertèbres. Il ne s'agissait plus de soigner une plaie. Les os étaient sains, mais il fallait trouver la faille. Le sang coulait sur ses mains, ruisselant dans le cou de Randwulf. Elle frotta l'excroissance jusqu'à ce que les vertèbres soient semblables. Ses ongles achevèrent de les séparer.

— Est-ce que ça fait mal ?

— Non, je ne sens rien, répondit Randwulf, étonné.

Le sang qui coulait sur les mains d'Élaine lui parut délicieusement chaud. En tombant sur la neige, il la faisait fondre, formant de petites flaques qui la fascinèrent.

— Referme la plaie, Élaine, dit Silvanus.

Son ton était calme, mais légèrement pressant.

Elle se tourna lentement vers lui. Elle n'avait pas envie de s'arracher à la contemplation du sang, ni qu'il cesse de couler sur ses mains.

Silvanus lui posa la main sur l'épaule.

— Je t'en prie, referme la plaie.

Elle regarda la nuque ensanglantée. On ne voyait plus les morsures. Le sang les couvrait, mais elle les sentait encore sous ses doigts.

Elle pénétra plus profondément dans le corps de Randwulf. Son énergie vitale devenait chancelante. Il était en train de mourir. Pourquoi ?

Élaine regarda le sang qui se répandait dans la neige.

— Je suis en train de le tuer, dit-elle dans un souffle.

— Oui, répondit Silvanus.

Chapitre 18

— Maintenant, il faut que tu refermes la blessure, répéta Silvanus.

Élaine resserra les doigts. Les deux lèvres de la plaie imitèrent son mouvement. Avec ses pouces, elle lissa les bords et gomma toute aspérité.

— Montre-moi ce que tu as fait, dit l'elfe comme on s'adresse à un enfant méritant.

— Randwulf va très bien, dit-elle.

Thordin lui prit les poignets et éloigna ses mains de la nuque du blessé.

— Tu peux me lâcher, Thordin, dit-elle.

Le guerrier regarda Silvanus. L'elfe, qui examinait le cou de Randwulf, releva la tête.

— C'est parfait. Tu peux la lâcher, Thordin. C'est sa première guérison importante. Elle s'est laissé emporter. Cela arrive.

Thordin lâcha Élaine et essuya ses mains ensanglantées dans la neige.

La jeune fille s'agenouilla et contempla le sang qui ruisselait de ses mains sur ses manches. Puis elle frotta ses doigts les uns contre les autres. La sensation du liquide se coagulant sur sa peau était... intéressante. Elle recommença.

— Arrête ! Arrête ça !

Elle leva la tête, étonnée. Jonathan s'était campé devant elle, rouge de colère.

— Tu te *dépraves*.

— Jonathan, au début, il est difficile de contrôler de tels pouvoirs, dit Silvanus. Elle apprendra en pratiquant.

— En pratiquant ? Elle a failli tuer ce garçon.

— Mais elle ne l'a *pas* tué.

— J'ai vu l'expression de son visage. Nous l'avons tous vue. Elle jouissait de ce qu'elle faisait. Regarde-la se barbouiller de sang !

Les larmes montèrent aux yeux d'Élaine. Comme c'était difficile, après toutes ces années… Quelques jours plus tôt, l'opinion de Jonathan lui importait plus que celle de Blaine. Elle avait besoin de lui pour préciser ses pensées et considérer un problème sous toutes ses facettes. À présent, elle voyait que le chasseur de mages se refusait à aborder certains aspects d'un problème particulier : le sien.

— Elle n'a rien fait de mal, maître Ambroise, dit Gersalius.

— Je ne l'ai jamais prétendu.

— Ta mine en dit plus long que tes mots.

Jonathan détourna la tête. Tereza était arrivée et elle avait rejoint son mari. Il la repoussa.

— Je ne peux pas changer…

— Jonathan, je t'en prie…

Élaine se leva et se déroba à la sollicitude de Blaine et du mage qui voulaient la réconforter.

— Pourquoi protestes-tu, Tereza ? Toi aussi, tu as peur de moi. Je le vois dans tes yeux.

— Élaine, nous t'aimons !

— Mais vous avez peur de moi.

Qu'importe les larmes, se maudit Élaine. Elle était adulte à présent. Quel besoin avait-elle de leur consentement et de leur approbation ? Elle les souhaitait, mais elle saurait s'en passer.

— Je sais bien que tu ne veux pas nous faire de peine, dit Tereza.

— Vraiment ? En es-tu convaincue ?

— Le Mal n'habite pas cette enfant, dit l'elfe.

— Nous n'avons jamais pensé cela, approuva Tereza.

— Ce n'est pas vrai, protesta Élaine.

Les larmes coulaient sur ses joues. Elle avait lu dans l'esprit de Tereza comme dans un livre. Celle-ci croyait que les pouvoirs d'Élaine avaient nui à Randwulf. Elle avait encore si peu de contrôle de soi.

Quant à Jonathan, il était aussi pour elle un livre ouvert. Méfiance, haine, peur, préjugés. Il avait de l'amour pour sa fille adoptive, mais la haine de la magie était trop profondément enracinée en lui. Comment pourrait-il se détacher de ce qui l'avait fait vivre jusque-là ?

— Je n'ai fait aucun mal à Randwulf, en tout cas pas volontairement. Je n'ai jamais fait de mal à personne. D'ailleurs, je ne saurais même pas utiliser la magie pour ça.

À mesure qu'elle parlait, elle comprit que c'était sans espoir. Ils ne la croiraient pas. Ils n'avaient plus confiance en elle.

— Quand nous rentrerons de Cortton, je quitterai la maison.

— Non ! dit Tereza en tendant la main vers elle.

Élaine fit le geste de s'en protéger.

— Je lis dans vos pensées, je sais comment vous me jugez.

Tereza l'empoigna fermement par le bras.

—Je n'exerce pas de contrôle sur ce que je pense, Élaine. Mais ne pars pas comme ça ! Jonathan et moi, nous apprendrons... Cela s'arrangera.

Élaine la tint à distance.

—Vous allez apprendre quoi ? À me tolérer ? À ne pas détester ce que je suis ? À ne plus avoir peur de moi ?

Elle fit un pas vers le mage.

—Gersalius, si tu es d'accord, nous pourrions aller habiter chez toi pour que tu m'enseignes ce que je dois savoir.

Elle s'avisa qu'elle aurait dû parler d'abord en privé avec le mage. Et s'il refusait ? Les larmes lui montèrent de nouveau aux yeux.

Gersalius se leva et lui prit la main.

—Tu es la bienvenue, Élaine Clairn, aussi longtemps que tu voudras.

—Et moi, Gersalius ? demanda Blaine.

Le mage haussa les sourcils.

—Tu as un sens de la nature et des animaux très développé, mais tu n'as rien d'un mage, que je sache.

—Je ne veux pas apprendre la magie, je veux vous tenir compagnie.

—Alors, tu es le bienvenu. Jonathan, Tereza, souvenez-vous que ce n'est pas la magie qui les pousse à partir, mais les préjugés.

Tereza tourna les talons et s'en fut vers les tentes. Jonathan semblait ne pas savoir que faire. Il était plus désemparé que jamais.

—Tu as pris des engagements, Blaine, finit-il par dire.

La confrérie. Élaine avait voulu s'y joindre, mais Jonathan l'en avait dissuadée. Elle ne connaissait rien aux armes et elle n'était pas capable de se défendre.

— Si Thordin a besoin d'un partenaire, il peut faire équipe avec Konrad, répondit Blaine.

— Konrad serait parfait, mais je n'ai pas besoin d'un partenaire, dit Thordin en se plaçant entre eux trois.

— Et qui sera ton nouveau partenaire, Blaine ?

— Moi, dit Élaine.

— Nous avons déjà parlé de cela, Élaine, dit Jonathan. Tu n'es pas…

— J'ai eu une vision hier, et je ne me suis pas effondrée. Gersalius est en train de m'apprendre à maîtriser mes pouvoirs.

— Mais tu n'as toujours aucun moyen de te défendre. Qui te protégera, si Blaine n'est pas là ?

Gersalius eut un petit rire.

— Élaine ne manque pas de ressources, chasseur de mages. Dès qu'elle sera une magicienne accomplie, elle se défendra toute seule.

— Tu vois, Jonathan, tes objections ne sont pas des arguments, dit Élaine avec une certaine satisfaction.

— Ce n'est ni le moment ni l'endroit pour discuter de cela, répliqua son père adoptif.

Il n'avait pas tort. Ils parlaient ouvertement d'une organisation secrète. Mais Élaine voulait qu'il comprenne sa colère. Et qu'il l'entende.

Je veux être la nouvelle partenaire de Blaine, pensa-t-elle.

Jonathan pâlit. Son pouls battit la chamade. Thordin passa un bras sous le sien pour le soutenir.

— Ça ne va pas, Jonathan ?

Il secoua la tête, trop troublé pour parler.

Tu entends ce que je dis, Jonathan, et cela ne saurait te faire de mal. Exprime-toi, je t'écouterai. Finissons-en, ici et maintenant.

Il était livide. Élaine le sentait terrorisé qu'elle s'impose ainsi à son esprit. Mais elle n'en avait cure.

— Réponds-moi, Jonathan, dit-elle tout haut.

— Tu ne vas pas faire ça ? demanda Thordin.

— Il lit dans mes pensées comme moi dans les siennes, c'est tout. Cela ne peut pas lui faire de mal. Seule sa peur est cause de souffrance.

— Élaine, non ! fit Blaine.

— Il le faut.

Luttant contre la nausée, Jonathan était au bord de l'évanouissement. Il se décida enfin. *La confrérie n'acceptera jamais quelqu'un comme toi. Nous avons déjà eu affaire à des sorciers.*

Il secoua la tête, comme pour se défendre. Soudain Élaine comprit qu'il ne parviendrait pas à la chasser de son esprit tant qu'elle le désirerait. *Ils ne t'accepteront pas. Je parlerai contre toi.*

Il avait repris contenance.

— Je ferai tout ce que je peux pour que les gens soient avertis que tu t'es corrompue.

Raide et solennel, il tourna les talons et s'éloigna.

— Tu n'aurais pas dû faire intrusion dans son esprit, dit Gersalius.

— Les petits jeux de cache-cache sont terminés, répondit Élaine. Je suis ce que je suis. Jonathan n'aurait jamais pu l'admettre.

— Avec le temps, qui sait ? Mais maintenant…

Le mage la regarda, l'air soucieux.

— Maintenant, je suis sûre qu'il me croit possédée.

— Oui, et pourquoi ?

— J'en avais assez de leurs regards, assez d'avoir à deviner ce qu'ils pensent réellement. Je ne sais pas ce qui m'a poussée à agir ainsi, mais c'est fait. Il ne me pardonnera jamais.

Les larmes lui brouillèrent la vue. Quelle sottise de pleurer pour ce qu'elle avait délibérément provoqué !

— En effet, tu as brûlé tous tes vaisseaux, comme on dit, fit Gersalius en la prenant par l'épaule. Ma maison n'est pas aussi somptueuse que la tienne, mais elle te permettra de devenir ton propre maître.

Élaine se tourna vers son frère :

— Je suis désolée, Blaine.

— Je ne t'avais jamais vue en colère, dit-il avec un sourire las. C'est impressionnant, mais pourquoi contre Jonathan, et pourquoi aujourd'hui ?

— Tu peux rester chez eux. Inutile que nous soyons deux à perdre notre foyer.

— Non, c'est toi ma famille. S'ils ne veulent plus de toi, ils se passeront de moi aussi.

— Konrad refuse de faire équipe avec qui que ce soit depuis la mort de sa femme, déclara Thordin. Vous pourriez avoir besoin d'un bras armé.

Élaine le regarda d'un air surpris.

— Viendrais-tu avec nous ?

— Jonathan est furieux, mais s'il vous arrive quelque chose, il ne se le pardonnera jamais. Ni moi non plus. Il vaut mieux que je vous accompagne, c'est plus sûr.

Blaine le serra affectueusement contre lui.

— Vieux sentimental !

— Gersalius, es-tu d'accord pour que Thordin vienne avec nous ? demanda Élaine.

— Eh bien, je n'avais pas prévu que mon foyer prendrait une telle expansion. Mais comment refuser l'épée qui me protégera ?

Thordin lui flanqua une grande claque dans le dos.

— Tu es un bon bougre, tout sorcier que tu sois !

Le rire d'Élaine mourut sur ses lèvres. Ils avaient été une famille, et à présent, tout était fini. Pourquoi avait-elle poussé Jonathan dans ses derniers retranchements ? Cela ne lui ressemblait pas. Était-ce à cause de la magie ? Jonathan avait-il raison, était-elle dominée par le Mal ? Et si elle était réellement dépravée, corrompue par la magie ?

Elle venait de faire éclater l'équipe la plus valeureuse qu'ait jamais eue la confrérie. Une maison divisée ne pouvait que s'écrouler.

Élaine ne se rappelait plus qui lui avait dit cela, mais elle espéra que c'était faux.

Chapitre 19

De gros nuages mauves obscurcissaient le ciel. La neige qui avait menacé de tomber toute la journée commençait à tourbillonner en une multitude de petits flocons. Le village de Cortton était niché au fond d'une étroite vallée. Çà et là brillaient quelques fenêtres éclairées et de la fumée s'échappait des cheminées, montant vers les nuages.

Une fois de plus, Jonathan tentait d'expliquer à Silvanus et à ses compagnons ce qui les attendait. Pour faire plus vite la route, il avait pris l'elfe en croupe.

— Une épidémie s'est déclarée dans ce village. Si tu tiens à la vie, tu ferais bien de gagner la ville la plus proche. Nous sommes à un jour de marche de Tekla.

— Puisqu'il y a une épidémie, je ne vois pas de meilleur endroit pour un guérisseur.

— Je ne conteste pas qu'un vrai guérisseur puisse s'y rendre utile, mais je voudrais que tu saches à quoi nous devons nous attendre.

— Je comprends ton souci, Jonathan, et je t'en remercie, mais ce n'est pas la première fois que nous sommes confrontés au Mal. Nous avons même eu affaire à des morts-vivants, et nous sommes encore là pour en parler.

Jonathan se retourna sur sa selle et plongea le regard dans les étranges yeux dorés de l'elfe. Silvanus était beaucoup trop confiant. Le chasseur de mages se souvint qu'il avait aussi été confiant et sûr de ses idées. Mais ce temps était révolu.

Il chercha des yeux Élaine. Ses cheveux blonds faisaient une tache claire sous la lumière crépusculaire. Blaine l'avait prise en croupe, après qu'elle eut cédé son cheval à Frédric. Comme si elle avait senti les yeux de Jonathan sur sa nuque, elle se retourna.

Jonathan évita son regard. Il n'avait aucune envie qu'elle lise dans ses pensées. Cette idée le fit frissonner. Elle n'avait pas le droit de violer ainsi son intimité. C'était odieux. Pourtant, il désirait mettre un terme à leur querelle, mais il ne savait comment s'y prendre.

À moins que ses dons de magicienne s'évaporent miraculeusement, Jonathan ne voyait pas comment les choses pourraient s'arranger entre eux. Il n'avait pas prévu que Blaine prendrait le parti de sa sœur, bien qu'il aurait pu s'en douter. Quel aveuglement ! Pour Thordin, sa surprise était totale. Le groupe qu'ils formaient avait remporté plus de victoires sur les monstres, les charlatans et les sorciers que le reste de la confrérie. Quelle magnifique équipe ils avaient été ! Que la puissance magique d'Élaine l'ait disloquée prouvait que ses pouvoirs étaient néfastes, voire dévastateurs.

Jonathan regarda les lumières du village. Leur dernière œuvre commune serait d'enterrer les morts de Cortton. Il était le chef de tous ceux qui appartenaient à la confrérie et vivaient sous son toit. Pourquoi ne parvenait-il pas à trouver une solution à ce problème ? C'était comme s'il regardait un chariot dévaler une pente et se jeter dans le vide pour s'écraser au fond d'un précipice sans faire quoi que ce soit pour l'arrêter.

Il se passait quelque chose de terrible sous ses yeux, mais il n'y pouvait rien. S'il ne réussissait pas à résoudre ses propres problèmes, il pourrait du moins secourir les gens du village. Jonathan préférait affronter une douzaine de zombies plutôt que la discorde dans sa famille. Peut-être parviendrait-il à faire les deux.

— Te fais-tu du souci pour Élaine ? demanda Silvanus.

Bien que Jonathan eût envie de répondre « non », il acquiesça.

— Averil est souvent très têtue. Nous nous disputons, mais nous finissons par nous entendre. Nos enfants ne cessent jamais de nous être chers, même quand nous sommes ulcérés.

— Notre conflit n'est pas loyal, répondit Jonathan. Elle s'est introduite dans mes pensées sans ma permission. Elle a prouvé qu'elle abusait de ses pouvoirs.

— Elle a dix-huit ans, n'est-ce pas ? C'est très jeune. Tu disposes de la patience et de la sagesse que confèrent les années. C'est à toi de trouver une solution, non à elle.

— Est-ce ainsi que tu agis avec Averil ?

— Oui, répondit l'elfe d'un ton las.

Jonathan se retourna. Élaine l'épiait toujours. Il soutint un instant son regard, puis détourna les yeux. Cherchait-elle à lui parler ? Désirait-elle mettre fin à leur querelle ? Alors pourquoi l'avoir provoqué ? Il pouvait passer sur beaucoup de choses, mais certainement pas sur l'intrusion dans ses pensées. Il fallait que ce soit clair pour elle.

— Je ne peux pas réparer le mal qui a été fait, dit-il.

— Tu ne le *veux* pas, répondit l'elfe.

— Je ne le veux pas, concéda Jonathan en éperonnant son cheval.

— La fierté est un poids mort, ami…

— Ce n'est pas de la fierté.

— Si ce n'est pas de la fierté, qu'est-ce donc ?

C'était de la peur, mais il ne savait comment l'expliquer à Silvanus. L'épouse de l'elfe était une sorcière humaine. Si l'*elfe* Silvanus avait pu élever et chérir un enfant métis, jamais il ne comprendrait la peur que ressentait Jonathan.

— Je t'en prie, Jonathan, tu as été si bon pour nous. J'accueillerai tes paroles avec un esprit ouvert. Sers-toi de moi pour exprimer toutes tes idées, jusqu'à ce que tu trouves un moyen de te rapprocher d'Élaine.

La proposition était raisonnable. Mais comment expliquer sa peur à quelqu'un qui ne la partageait en rien ?

Le dernier rayon du soleil embrasa de pourpre les nuages mauves. Tandis qu'ils descendaient le flanc de la colline, le crépuscule tomba. Konrad, qui chevauchait en tête, se fondit peu à peu dans la grisaille. Le paladin et lui étaient les seuls à ne pas partager leur monture.

— Mes parents ont été tués par la magie, dit Jonathan.

— Ma femme aussi, répondit Silvanus.

— Non seulement tués, mais dégradés, tourmentés, torturés.

— Parle-moi de cela, mon ami.

Jonathan n'en avait pas envie. Son chagrin était un secret trop intime. Même après quarante ans, la blessure restait ouverte. Sa mère était une Vistani, comme Tereza. C'était peut-être pour ça qu'il avait été immédiatement séduit par ses cheveux noirs et sa voix grave. Ne sommes-nous pas tous à la recherche du bonheur perdu ? Mais s'il n'avait voulu que cela, Jonathan ne serait pas entré dans la confrérie. Il ne serait pas non plus devenu chasseur de mages, se retirant plutôt avec Tereza dans un coin tranquille. Ce n'était pas ce qu'il avait fait, peut-être parce que le Mal aurait fini par le retrouver. Ceux qui ne cherchaient pas à abattre le démon le voyaient un jour ou l'autre fondre sur eux. Mieux valait l'affronter et en finir avec lui que d'être pris par surprise.

L'année de ses dix ans, un sorcier était venu chez ses parents. Son père élevait des moutons. Sa mère, dotée d'une belle voix de contralto, était une barde renommée. Elle aurait pu devenir *meistersinger*, mais ce n'était pas son ambition. Les Vistani avaient la particularité de ne pas tirer profit de leur talent, fût-il exceptionnel. Le bonheur leur importait davantage.

Leur petite ferme-relais accueillait de nombreux voyageurs. Le soir, sa mère chantait pour les hôtes. Dans la journée, son père s'occupait du troupeau, qu'il fallait rentrer au coucher du soleil. Les loups étaient capables de le massacrer en une nuit.

Le magicien était un grand gaillard d'une maigreur extrême. On aurait dit qu'il ne mangeait pas à sa faim, mais Jonathan se souvenait qu'il engloutissait sans grossir d'un gramme les énormes quantités de nourriture préparées par sa mère.

Timon resta chez eux une semaine. Jonathan et son frère n'avaient pas remarqué qu'il était magicien jusqu'au jour où une femme était arrivée à cheval. Elle était petite, délicate, une toison de cheveux roux l'auréolant.

Elle venait voir son vieil adversaire Timon pour le défier. Inquiète, la mère de Jonathan avait tenté de s'interposer.

La magicienne aux cheveux flamboyants avait levé les mains au ciel.

« — Écarte-toi de mon chemin, femme, c'est à lui que j'en veux !

— Je suis ici chez moi. Si vous voulez vous battre en duel, allez ailleurs, c'est tout ce que je vous demande.

— Si Timon est d'accord, j'accepte. »

Le grand homme maigre avait secoué la tête.

« — Je ne vais pas me déplacer pour me faire exécuter.

— Je t'en prie, Timon, avait dit la mère de Jonathan, sors de cette maison. »

— Je suis sur le point de trépasser, et tu ne te soucies que de ta maison. Tu la reconstruiras.

— Ma dame, Timon, je vous en prie !

— Laisse-nous tranquilles, femme, avait lancé Timon en la repoussant.

Sa mère était tombée sur le sol. Jonathan et son frère avaient couru vers elle.

« Non, n'approchez pas ! »

On l'avait entendue jusque dans la maison. Les voyageurs et les serviteurs s'étaient mis à la fenêtre avant de tirer vivement les enfants à l'intérieur.

Personne n'était venu au secours de sa mère. Personne.

Elle avait rampé à quatre pattes dans la poussière, mais la magicienne aux cheveux roux avait pointé un doigt sur elle, un éclair vert fondit sur la pauvre femme. À travers un nuage de lumière verte, les enfants avaient vu le corps de leur mère se dissoudre peu à peu. Bientôt, il n'était plus resté d'elle qu'un petit tas de vêtements.

Jonathan avait voulu courir vers elle, mais la cuisinière l'avait retenu en l'attrapant par les poignets, les serrant si fort que ses ongles s'étaient enfoncés dans sa chair. Depuis ce jour, Jonathan en portait la trace nette et précise.

Sans quitter des yeux la magicienne, Timon avait avancé vers le petit tas de vêtements et l'avait poussé du pied. Quelque chose avait remué sous l'étoffe.

Timon l'avait soulevée. Un chat était apparu, feulant, le poil hérissé. La bête avait bondi sur le sorcier, puis filé en direction de la maison pour s'y réfugier.

Jonathan n'avait pas compris que ce chat était sa mère. À dix ans, on ne pouvait concevoir des faits aussi absurdes.

La sorcière aux cheveux roux avait pointé un doigt sur le magicien ; une nappe de lumière vibrante l'avait enveloppé.

Sa mort avait été rapide…

« Timon a toujours été très distrait », avait dit la sorcière avant de repartir au galop.

Quand le père de Jonathan rentra à la maison, il s'enquit d'un magicien pour rendre à sa femme sa véritable apparence. En vain. Personne ne possédait ce pouvoir. Finalement, il décida d'aller trouver la sorcière aux cheveux roux, qui le tua aussi.

La mère du gamin fut écrasée par une charrette, un sort commun à beaucoup de chats du village.

Silvanus resta silencieux et ne demanda pas à Jonathan de lui raconter son histoire. Rares étaient les gens qui respectaient le mutisme des autres, mais les quelques elfes qu'il avait rencontrés avaient su tenir leur langue et ne pas l'abreuver de leurs conseils. Peu d'humains en étaient capables.

Tereza savait ce qui s'était passé ; cela suffisait.

Dans Cortton, les lampes brillaient à tous les étages des maisons et de la lumière filtrait par les fentes des moindres abris. Jonathan n'avait jamais vu une telle débauche d'éclairage. On aurait dit que la lumière rassurait et protégeait les habitants.

La rue principale était assez large pour laisser passer de gros chariots. La neige avait été déblayée et empilée devant les maisons. Le sol gelé était dur sous les sabots des chevaux.

Sans vérifier si les autres le suivaient, Konrad descendit la rue. Jonathan se demanda s'il se rendrait bientôt compte qu'ils s'étaient tous arrêtés, et qu'il chevauchait seul. Il agissait ainsi depuis que Béatrice était morte. Oh ! il faisait ce qu'il avait à faire, et il n'y avait pas à se plaindre de lui. Mais la façon dont il vivait trahissait son amertume.

Si Tereza avait été tuée, Jonathan doutait qu'il aurait pu réagir aussi dignement que le jeune homme.

Konrad tira brutalement sur les rênes. Une ruelle croisait la rue principale. Jonathan donna des éperons et partit en avant.

—Que se passe-t-il ? demanda Silvanus.

—Je n'en sais rien, avoua Jonathan.

Ils arrivèrent près de Konrad, qui scrutait la ruelle. Il semblait fasciné par quelque chose, au fond d'un passage très sombre. On n'y voyait goutte.

—Que regardes-tu, Konrad ? demanda Jonathan.

—Je ne saurais le dire. J'ai vu remuer je ne sais quoi, répondit-il, la main sur l'épée.

Jonathan sonda le passage jusqu'à ce que ses yeux fatiguent.

—Je ne vois rien.

— Moi non plus, dit Silvanus.

Tereza, qui chevauchait avec Averil en croupe, arriva près d'eux.

— Pourquoi nous arrêter ?

— Konrad croit avoir vu quelque chose.

— J'ai *bel et bien* vu quelque chose.

— Peut-être, mais ce n'est plus là. Allons à l'auberge, dit Jonathan.

Konrad resta en arrière et continua à scruter obstinément le passage.

Ils arrivèrent à une deuxième intersection. Jonathan s'arrêta pour inspecter la nouvelle rue. Il y régnait une obscurité totale.

Une enseigne qui dépassait des façades se balançait en grinçant sous les rafales du vent glacé qui s'engouffrait dans la rue. Elle représentait un oiseau blanc aux ailes déployées, le cœur transpercé par une flèche, et portait une inscription : *La Colombe sanglante.*

Un nom guère réjouissant, mais Jonathan avait rencontré pire. *L'Auberge du Démon lascif*, voilà qui l'avait particulièrement choqué.

— Jonathan !

Tereza avait dans la voix une inflexion de panique qui lui fit dresser les cheveux sur la tête.

Il se retourna. Sa femme avait les yeux rivés sur la rue sombre. Élaine était livide de terreur.

Un cauchemar.

Au bout de la rue, des silhouettes titubant comme des ivrognes avançaient en traînant les pieds. Jonathan avait vu assez de morts-vivants pour comprendre de quoi il s'agissait.

— Des zombies !

Au son des sabots d'un cheval, il se retourna. Konrad arrivait vers eux au petit trot. Il indiqua à Blaine et à Élaine de faire demi-tour. Le jeune homme hésita une seconde. Les zombies jaillirent de la ruelle qui les séparait de Jonathan et de ses compagnons.

Jonathan tira sur les rênes. Son cheval se cabra devant les créatures qui cherchaient à l'agripper. La hache de Konrad frappa à toute volée. En vain. Il fut contraint de reculer et s'efforça de calmer son cheval. Blaine avait dégainé son épée, mais ses mouvements étaient entravés par la présence d'Élaine. D'un bras, il la fit glisser à terre. Puis il éperonna son cheval, qui fonça dans la horde de zombies.

Devant Jonathan, le spectacle était d'une horreur indicible. Bientôt, la masse grouillante de zombies lui cacha les cheveux blonds d'Élaine. Blaine aurait-il oublié qu'il y avait une autre ruelle derrière celle-ci, et qu'Élaine était seule et désarmée ?

Il dirigea son cheval vers eux.

— Il y a assez à faire ici ! cria Tereza, qui avait repris son sang-froid.

Silvanus accroché à son dos, Jonathan fit volte-face.

Tandis que les morts-vivants continuaient à descendre l'avenue, une forme étrange s'était tapie à l'entrée de la ruelle. Elle se déplaçait de tache d'ombre en tache d'ombre, comme pour éviter la froide lumière de la lune. Mais le peu qu'on en distinguait ressemblait à une silhouette humaine.

Tereza avait dégainé son épée et ne perdait pas de vue la silhouette. Un zombie surgit de la ruelle et s'attaqua à son cheval, qui se cabra en hennissant.

Averil poussa un cri et s'accrocha au bras de Tereza. La silhouette fit un bond en avant. Le temps d'un éclair, Tereza et Averil entrevirent une face blafarde. Puis elles furent précipitées sur le sol. Les zombies se rassemblant autour d'elles, Jonathan les perdit de vue.

Il talonna les flancs de sa monture pour venir à leur secours. Un zombie se rua sur lui ; des mains s'agrippèrent à ses jambes. Il répondit par des coups de pied. La créature tituba. Ce qui avait été une femme saisit Jonathan par la taille.

L'unique bras de Silvanus percuta l'estomac de la morte-vivante. Mais un zombie au visage ravagé par la putréfaction s'accrocha à la tête du cheval. Les morts-vivants acculèrent l'animal à la porte de l'auberge.

Jonathan flanqua des coups de pied dans la porte.

— Ouvrez ! Par pitié, ouvrez !

Un zombie agrippa la jambe de Silvanus, qui préserva son équilibre en passant son unique bras autour de la taille de Jonathan. Cramponné au pommeau de la selle, celui-ci frappait des talons pour faire avancer son cheval et repousser les morts-vivants.

Thordin et Randwulf maniaient l'épée à tour de bras. La neige fut vite maculée de sang. La chair morte cédait facilement sous la lame, mais des mains continuaient à se tendre désespérément vers eux. Thordin montait un cheval habitué aux champs de bataille, ce qui les sauva. S'ils avaient été contraints de reculer, ils auraient été perdus. Comme Tereza et Averil.

Les doigts de Silvanus, noués autour de la taille de Jonathan, se desserrèrent. Il allait tomber. Jonathan le rattrapa par sa tunique.

Un grand zombie s'attaqua aux yeux du cheval. L'animal se pressa contre la porte, coinçant la jambe de Jonathan entre son flanc et le bois.

— Ouvrez !

Un rayon de lumière balaya la rue. Les zombies se recroquevillèrent, les mains devant les yeux. Serrant le manteau de Jonathan, Silvanus pendait au-dessus du sol, le front contre le jarret du cheval.

Gersalius était resté en selle et agitait ses mains entourées de flammes blanches.

— Dépêchez-vous, je ne pourrai pas les retenir bien longtemps.

Tereza avait hissé Averil sur ses épaules. Jouant de l'épée, elle taillait dans la masse de zombies pour se frayer un passage.

Éperonnant son cheval, Thordin le dirigea vers l'auberge. Randwulf continua à flanquer des coups de pied de tous côtés. Les zombies réagissaient mollement, comme s'ils ne sentaient rien.

Frédric éperonna sa monture pour lui faire traverser la meute.

— Élaine !

Le cri de panique de Blaine attira l'attention de ses compagnons. Le jeune homme luttait au milieu d'un groupe de zombies déchaînés.

— Élaine !

Konrad s'était avancé dans la zone d'ombre, derrière les morts-vivants. Cette fois, c'était lui qui avait crié « Élaine ».

La lumière blanche qui jaillissait des mains de Gersalius commença à faiblir.

— Vous n'avez plus que quelques minutes, c'est tout ce que je peux faire. Quoi que vous décidiez, faites-le vite !

Les zombies regardaient tranquillement les vivants, sans avidité ni impatience, comme s'ils avaient su qu'il leur suffirait d'attendre.

Jonathan se laissa glisser de sa selle et boxa la porte.

— Je suis Jonathan Ambroise, le chasseur de mages. Vous avez envoyé Tallyrand à ma recherche. Me voici !

Pas de réponse.

Gersalius donna des talons contre les flancs de son cheval. Sa lumière magique ne se réduisait plus qu'à quelques lueurs vacillantes.

— Mes pouvoirs ont fait ce qu'ils ont pu. À toi de jouer, chasseur de mages !

Les morts-vivants avançaient sans hâte. Leurs membres putréfiés griffant l'air, ils tentaient d'attaquer le mur invisible que Gersalius avait fait apparaître.

Jonathan pesa de tout son poids contre la porte. Elle avait au moins un pied d'épaisseur.

— Konrad, nous avons besoin de ta hache !

— Nous avons perdu de vue Élaine, cria le guerrier pour toute réponse.

Les zombies avaient encerclé son cheval. Il était totalement isolé.

— Si nous n'arrivons pas à ouvrir cette porte, nous mourrons tous, déclara Jonathan.

Cette constatation lui serra la gorge. La gravité de leur situation faisait battre follement son cœur. Il ne pouvait pas les laisser tous crever pour sauver Élaine. Tous, pour le salut d'un seul ?

Konrad laboura les flancs de son cheval. Les zombies résistèrent en se serrant contre l'animal. Bientôt, ils s'en prendraient à son cavalier.

—Nous ne pouvons pas abandonner Élaine! cria Blaine.

Il dirigea sa monture vers la ruelle où il avait déposé sa sœur.

—Blaine, non! hurla Tereza.

Konrad hésita à rejoindre le jeune homme.

—Konrad, nous avons besoin de toi! cria Jonathan.

Le guerrier se laissa glisser de son cheval. À coups de poing, il écarta les zombies pour rejoindre ses amis.

—S'il leur arrive quelque chose, ce sera ta faute! maugréa-t-il.

—Mais nous mourrons tous si nous n'arrivons pas à ouvrir cette porte!

Konrad le repoussa.

—Reculez-vous. Faites-moi de la place!

Une ultime lueur dansait encore sur la main de Gersalius. Un murmure monta de la masse de morts-vivants.

Konrad leva sa hache.

Les pieds des zombies raclèrent le sol, leurs mains décharnées se tendirent. La porte s'ouvrit.

Jonathan ne comprit pas comment elle s'était ouverte, mais quelle importance? Il poussa Konrad devant lui. Silvanus et Tereza se précipitèrent.

Thordin tentait de fendre la horde de zombies tandis que Randwulf tranchait leurs mains tendues. Un mort-vivant lui sauta dessus, mais il le manqua et s'embrocha sur son épée. Des griffes cherchèrent à atteindre ses yeux.

L'épée de Frédric fouetta l'air. La tête du zombie voltigea et retomba sur le sol. Le corps décapité continua à lacérer le visage de Randwulf. Les ongles avaient creusé des sillons sanglants dans ses joues.

Thordin saisit le corps décapité au collet et le jeta sur ses congénères. Des mains avides de chair facile se disputèrent la dépouille, mise en pièces et dévorée sur-le-champ.

La nuit s'emplit de craquements d'os et de claquements de mâchoires.

— À l'intérieur, vite ! cria Jonathan.

Thordin passa à cheval le seuil de la porte. Après un dernier coup d'épée, Frédric en fit autant.

Jonathan jeta un ultime coup d'œil alentour. Rien, sinon des morts-vivants. Son cheval se cabra, les rênes lui échappèrent. Un zombie avait planté ses dents dans la cuisse de sa monture. La créature qui avait renversé Tereza était en train de grimper sur la croupe de l'animal et enfonçait ce qu'il fallait bien appeler des crocs dans son encolure.

Des mains se saisirent de Jonathan et le tirèrent à l'intérieur de l'auberge. Les morts-vivants avancèrent, bras tendus.

Jonathan atterrit sur le plancher.

Frédric et Thordin repoussèrent la porte. Une femme à moitié décomposée introduisit son torse dans l'embrasure.

— Je n'arrive pas à fermer, dit Thordin.

Konrad brandit sa hache et l'abattit sur la créature, qui continua à se démener pour entrer. Randwulf lui flanqua des coups d'épée sur les bras. Le gauche tomba sur le sol comme un poisson crevé.

Une femme se précipita vers le bras sectionné et versa de l'huile dessus. Un gamin qui tenait une torche y mit le feu. La chair grésilla. Une fumée âcre s'éleva, remplissant la pièce d'une puanteur sulfureuse.

La femme aspergea d'huile les créatures qui se déchaînaient autour de la porte. Le gamin à la torche hésita. Jonathan la saisit et la tendit vers les zombies.

Des flammes s'élevèrent. Sous la morsure du feu, les morts-vivants rugirent. Leur chair putréfiée brûla à une vitesse surnaturelle.

Soudain, un homme apparut dans la pièce. Avec son aide, ils pesèrent sur la porte, écrasant les carcasses et les chairs carbonisées. Puis leur sauveur tira les verrous et les barres de sûreté. Haletants, les trois hommes s'adossèrent contre le bois pour reprendre leur souffle.

L'homme ôta son couvre-chef et salua la compagnie d'un geste théâtral.

— Je suis Harkon Lukas. Ravi de te rencontrer enfin, maître Ambroise.

Jonathan esquissa un vague salut.

Au-delà de cette porte, songeait-il, Blaine et Élaine étaient pris au piège de la nuit et de l'armée de morts-vivants.

Chapitre 20

Adossée à un mur, Élaine était protégée par le cheval de Blaine qui faisait rempart entre elle et les morts-vivants. Le jeune homme abattait son épée sur les zombies qui s'agglutinaient autour de l'animal. Des ventres fendus laissèrent échapper leurs viscères putrides, des mains sanguinolentes s'écrasèrent sur le sol. Un doigt coupé atterrit aux pieds d'Élaine et continua à gigoter au bord de ses jupes.

Elle se retint de hurler, craignant de détourner inutilement l'attention de Blaine. Cela risquait de lui coûter la vie. D'un coup de pied, elle envoya voltiger au loin le doigt sectionné. Il roula dans la ruelle derrière eux, puis *repartit* aussitôt dans sa direction.

Un zombie qui avait réussi à contourner le cheval braqua sur elle ses yeux éteints.

Deux créatures s'étaient jetées sur Blaine. Pour s'en débarrasser, il leur trancha les mains. Si Élaine l'appelait au secours, il ne pourrait pas la rejoindre ! Cerné, il parvenait tout juste à rester debout.

Des os blanchâtres apparurent sous la chair flétrie. Le zombie ouvrit la bouche ; un liquide visqueux et noirâtre s'en échappa.

Élaine détourna les yeux en ravalant sa salive. Si elle commençait à vomir, tout était perdu. Le dos toujours collé au mur, elle battit en retraite en direction de la ruelle qui se trouvait sur sa gauche. Soudain son pied buta contre quelque chose. Elle poussa un cri. Le doigt coupé tentait de remonter le long de son mollet. D'un coup de pied rageur, elle l'envoya rouler sous les sabots du cheval.

Son attention se fixa sur le zombie qui avançait vers elle. Sans arme, que pouvait-elle faire pour se défendre contre pareille créature ? Son seul avantage était la rapidité de mouvement et l'agilité.

D'un coup d'œil, elle constata que la ruelle était vide. Au moment où le zombie allait la toucher, elle atteignit l'angle du mur et se retrouva dans la ruelle. Par-dessus son épaule, elle vit que le mort-vivant claudiquait à sa poursuite.

Sa cape tourbillonnant autour d'elle, Élaine prit ses jambes à son cou. À l'instant où elle arrivait au bout de la ruelle, elle fut violemment projetée sur le sol. Une femme, penchée sur elle, fourra les mains sous sa cape.

Élaine crut d'abord que c'était une *femme*. Elle comprit à qui elle avait réellement affaire quand elle remarqua la chemise de coton blanc et le regard éteint du visage dénué d'expression.

C'était une créature morte-vivante.

L'autre zombie n'était plus qu'à quelques pas d'Élaine. Sans hésiter, elle dénoua les cordons de sa cape et s'en débarrassa, laissant en pâture à la femme une enveloppe vide.

Sans manteau, elle courait plus facilement. Sa peur était telle qu'elle ne sentait même pas le froid. Elle arriva dans une rue plus large. Il n'y avait personne. Empoignant ses jupes, elle la descendit à toute allure.

Les deux zombies se lancèrent à sa poursuite. L'homme avançait lentement, mais la femme courait presque aussi vite qu'Élaine. À la voir dévaler la rue, on n'aurait pas imaginé qu'elle soit une morte-vivante.

Une plaque de glace entraîna Élaine dans une glissade qui la propulsa contre une façade. Gesticulant pour ne pas perdre l'équilibre, elle remarqua de la lumière derrière des volets.

Elle gravit si précipitamment les marches du perron qu'elle en rata une et trébucha. Elle se rattrapa sur les mains. La douleur lui arracha un cri. Ses paumes égratignées la brûlaient. Elle frappa à la porte.

—Au secours!

Un bruit la fit se retourner. Trois zombies arrivaient à l'autre bout de la rue. Ils paraissaient dans un état de décomposition avancée; l'un avait déjà perdu un bras. Quant aux deux premiers, ils ne l'avaient pas lâchée. La femme était sur le point de la rejoindre. Élaine avait une seconde pour se décider. Repartir en courant ou tenter d'entrer dans la maison. Si la porte ne s'ouvrait pas, elle mourrait.

Elle dévala les marches et dépassa les trois nouveaux zombies. Malgré les plaques de glace qui la ralentissaient, la femme continuait à la poursuivre.

Deux autres morts-vivants déboulèrent d'une rue contiguë, lui barrant la route. Sans réfléchir, Élaine s'engouffra dans la première ruelle qu'elle trouva sur son chemin. C'était une erreur. Un cul-de-sac! Elle aurait dû y penser.

Elle rebroussa chemin et trouva la femme sur son passage. À pas lents, Élaine essaya de la contourner. Heurtant des poubelles, elle prit appui contre un mur pour garder l'équilibre, tâtant le sol du pied pour ne pas glisser, sans pour autant quitter des yeux la créature qui avançait vers elle.

Sans son terrifiant silence, la femme aurait eu l'air d'un être humain vivant. Mais ainsi vidée d'énergie propre, elle n'était qu'une caricature d'humanité.

— Dis quelque chose ! cria Élaine.

La zombie continua sa lente et inexorable progression.

— Parle-moi, je t'en prie ! Peux-tu me dire quelque chose ?

La zombie sembla hésiter.

— Tu comprends ce que je dis, soupira Élaine, partagée entre soulagement et résignation.

La femme secoua la tête comme si elle voulait dire non. Comprenait-elle vraiment, ou réagissait-elle en fonction des réflexes de sa vie passée ? Élaine ne le saurait probablement jamais.

Du dos, elle heurta un mur. Elle découvrit avec horreur que c'était le fond de l'impasse. Où courir pour se réfugier ?

— Je t'en prie, si tu comprends ce que je dis, arrête-toi ! Je t'en supplie !

Pourvu que la femme ne la touche pas, que sa chair morte et froide ne l'effleure pas ! Pourvu qu'elle ne la tue pas !

La femme ouvrit la bouche comme si elle allait parler. Un rayon de lune éclaira son visage. Entre ses dents, sa langue remua ; elle était verdâtre. Un son semblable au miaulement d'un chaton sortit de ses lèvres.

Élaine cria :

— Blaine !

Cette fois, personne ne vint à son secours. La tirade de Gersalius, disant qu'elle devait apprendre à se défendre elle-même, lui revint à l'esprit. Mais comment ? Aucun des sortilèges qu'il lui avait enseignés ne pouvait servir à cela.

Les autres zombies arrivèrent dans l'impasse. Ils restèrent à distance de la femme, mais ils étaient bel et bien là. Pourquoi la morte-vivante n'attaquait-elle pas ?

— Qu'est-ce que tu attends ?

La femme émit un nouveau miaulement. Essayait-elle de dire quelque chose ? Le faisait-elle parce que Élaine lui avait parlé au lieu de s'enfuir ou de se battre ? Était-ce simplement ça qui la faisait hésiter ?

— Essaies-tu de me dire quelque chose ?

La femme secoua la tête, mais ouvrit la bouche et fit une nouvelle tentative. Elle fut prise d'une violente quinte de toux, comme si un trop-plein d'air engorgeait ses poumons. Un liquide noirâtre lui coula des lèvres. Elle l'essuya du revers de la main.

Cette réaction indiquait qu'elle avait encore conscience d'une partie de son corps. Elle n'était pas une coquille complètement vide.

— Veux-tu me dire quelque chose ?

La femme opina du chef.

— Montre-moi, s'il te plaît.

La morte-vivante lui fit signe de la suivre et descendit la ruelle en direction des autres zombies. Voulait-elle l'attirer près d'eux ? Peu probable. Elle était prise au piège.

S'ils avaient voulu la tuer, ils l'auraient déjà fait. Il n'y avait pas de raison qu'elle lui tende un nouveau piège.

— J'ai peur d'eux, dit Élaine.

Comme si elle n'avait pas compris, la femme lui indiqua simplement de la suivre.

Les zombies s'effacèrent. Apparemment ils redoutaient la femme. Qu'est-ce qui pouvait effrayer des morts-vivants ? Élaine ne tenait pas à le savoir.

La créature voulait lui montrer quelque chose. Peut-être était-ce pour ça qu'elle était encore en vie. Si elle cessait de la suivre, la femme la tuerait probablement.

Les autres zombies avaient marché jusqu'à l'avenue et ils s'étaient postés de chaque côté du carrefour. En face d'eux, la femme s'arrêta et attendit.

Élaine hésita. Si elle poursuivait son chemin, elle passerait devant les zombies. Ils n'auraient qu'à tendre la main pour la toucher. Elle se refusait à affronter délibérément cette épreuve.

La femme eut un geste d'impatience. C'était son premier mouvement brusque. Si elle se fâchait, abandonnerait-elle Élaine aux griffes des zombies ?

Élaine respira un grand coup et se rua hors de l'impasse. Le mort-vivant manchot attrapa au vol le pan de ses jupes. Elle eut la désagréable impression qu'il se moquait d'elle. Mais comment des zombies auraient-ils eu le sens de l'humour ?

Elle vit les yeux brillants du monstre. Ils possédaient une vivacité que son corps n'avait plus. Ces yeux brillants dans un corps en décomposition l'effrayèrent plus que tout le reste. On aurait dit un être vivant muré en lui-même.

Élaine secoua la tête. Non, ce n'était pas possible. La zombie commença à descendre l'avenue. Élaine courut derrière elle pour la rattraper. Elle jeta un coup d'œil par-dessus son épaule. Les autres n'avaient pas bougé. Quand la femme atteignit le carrefour suivant, ils commencèrent à les suivre.

La femme ne s'était pas retournée une seule fois. Avait-elle oublié Élaine ? Pourquoi les autres lui obéissaient-ils ? Élaine l'avait lu dans les livres de Jonathan : les zombies n'étaient que des corps sans vie obéissant au sorcier qui les avait réanimés.

Au carrefour, la femme s'engagea dans une rue étroite et tortueuse. Les toits des maisons se rejoignant presque, l'obscurité devint quasi complète. La chemise blanche de la morte-vivante faisait dans la nuit une tache claire et mouvante. Cette forme blanche qui avançait sans hésiter rappela à Élaine les histoires de fantômes qu'elle avait lues. Était-ce un spectre qu'elle suivait ? La femme pouvait-elle être un fantôme ? Les fantômes se décomposaient-ils ? Élaine ne pensait pas que ce soit possible, mais il y avait tant de choses qu'elle ignorait…

À force d'arpenter les rues obscures, elle finit par avoir froid, et regretta sa cape abandonnée quelque part dans le village. Blaine s'était-il aperçu qu'elle n'était plus à son côté ? Elle savait qu'il n'avait pas été gravement blessé, car elle n'avait eu aucun signe avant-coureur d'une vision.

Elle entendit des gravillons rouler derrière elle. Se retournant, elle vit que l'avenue était remplie de zombies. Des grands, des petits, des minces, des gros, ils occupaient tout l'espace. Élaine pressa le pas, s'interdisant de courir.

Ils ne lui faisaient pas de mal, se bornant à la suivre. Du moins pour l'instant.

L'avenue menait vers le haut de la colline. Au sommet, la femme s'arrêta et attendit. Élaine crut qu'elle diffusait de la lumière, mais ce n'était qu'un effet de sa chemise blanche éclairée par la lune sous fond de ciel nocturne.

La zombie se trouvait à l'écart de toute habitation. Elle se campa devant une haute grille de fer aux barreaux munis de piques.

Élaine approcha de la grille. Elle clôturait un cimetière dont les pierres tombales ébréchées se dressaient vers le ciel comme des dents géantes.

— Pourquoi m'as-tu amenée ici ?

La femme pointa un index vers le cimetière.

— C'est un cimetière, je le vois. Veux-tu me montrer d'où tu viens ?

La femme secoua la tête, l'index obstinément pointé.

— Veux-tu que je franchisse la grille ?

De nouveau la femme secoua la tête.

— Je ne comprends pas ce que tu veux me dire.

Elle entendit des bruits de pas derrière elle.

Les morts-vivants avaient formé une haie autour des deux femmes. Le plus proche était un gamin qui ne devait guère avoir plus de sept ans. Tentée de lui demander ce qu'il faisait là, Élaine s'arrêta net. Le bout d'un os venait de percer la joue flasque du petit.

Reculant jusqu'à la grille, elle se cramponna au fer forgé glacé.

Une forme sombre gravissait la pente, avançant dans leur direction. Tout d'abord, Élaine ne put distinguer ce que c'était. Visiblement un être vivant, puisque cela bougeait… Soudain, elle comprit.

Le zombie était dans un état de putréfaction avancé. Il n'avait plus de jambes, et se déplaçait à l'aide des seuls moignons qui lui restaient. En se décomposant, ses chairs avaient pris toutes sortes de couleurs. Sa cage thoracique, frappant le sol gelé, rendait le son du métal heurtant du carrelage.

Élaine n'avait plus la force de pousser un cri.

Une horreur de plus parmi tant d'autres.

Une silhouette encapuchonnée contourna la haie de zombies pour arriver jusqu'à Élaine.

— Tout va bien ?

La voix était agréable, le ton étrangement mesuré et égal. L'homme tendit sa main gantée à Élaine.

— Viens, je vais te conduire en lieu sûr. Je ne pourrai pas les tenir bien longtemps sous le charme.

— C'était toi ? fit Élaine.

— Un petit sortilège de rien du tout… Il ne durera plus très longtemps. De loin, j'ai entendu des cris et je suis venu voir.

Élaine avança une main pour prendre celle qu'il lui tendait. Au même instant, la femme zombie fit un mouvement vers elle.

D'un bond, Élaine l'évita et saisit la main de l'inconnu. Le contact avec une poigne ferme et vivante lui fit du bien.

Ils s'éloignèrent du cimetière, non sans se retourner souvent.

— Dépêchons-nous, dit l'homme. C'est la première fois que je jette un sort à autant de sujets à la fois.

— Es-tu vraiment magicien ? demanda Élaine.

Elle avait le sentiment qu'il ne l'était pas.

— Non. Je suis allé voir une sorcière du coin pour me procurer un charme qui me permette de me déplacer dans le village. Les anciens ont envoyé chercher un chasseur de mages. Moi je prétends que c'est par la magie qu'on se bat contre la magie.

Élaine ne sut que répondre. Jonathan lui avait toujours dit que la magie était dans tous les cas à exclure, mais beaucoup de choses avaient changé ces derniers jours. Elle se demanda si Jonathan ne s'était pas trompé sur toute la ligne.

L'homme la conduisit à travers un dédale de ruelles qui lui semblèrent encore plus obscures qu'auparavant. Elle trébucha. Il la rattrapa de justesse.

— Tu es sûre que tu n'as rien ?

Le peu de clarté suffisait à faire briller ses yeux bruns. Son visage très pâle, aux mâchoires anguleuses, se détachait étrangement dans la nuit.

— J'ai simplement trébuché. Je vais très bien.

Il sourit.

— Alors allons-y. Il faut nous mettre à l'abri avant qu'ils nous rattrapent.

— J'ai frappé à une porte et je suis sûre qu'il y avait quelqu'un à l'intérieur de la maison. Personne ne m'a secourue !

— Ils ne t'ont pas ouvert la porte ? dit-il.

— Non.

— Les villageois se barricadent dès que la nuit est tombée. Ils n'ouvriraient à personne. Tu peux crier, hurler, tempêter, ils ne viendront pas à ton secours.

— Tu es bien venu, toi !

Il sembla à Élaine qu'il souriait.

— Je commence à en avoir assez d'entendre crier à l'aide sans que personne se manifeste. Alors j'y vais moi-même.

— Merci.

— Nous voilà arrivés.

Il s'arrêta devant une porte de bois clair qui ressemblait à toutes les autres et sortit une clé de sa poche. Quand il eut ouvert, il fit signe à Élaine d'entrer.

Elle s'arrêta net. La porte fermée, il faisait un noir d'encre dans la pièce, qui sentait le renfermé. Elle entendit la clé tourner de nouveau dans la serrure.

— C'est la seule façon d'éviter qu'ils entrent, expliqua son compagnon. Attends, je vais allumer une chandelle. Je ne suis pas venu à ton secours pour que tu te rompes les os à cause de l'obscurité.

Il y avait une pointe d'insolente désinvolture dans le ton. Élaine frissonna.

L'homme passa devant elle avec aisance, comme si on y voyait aussi bien qu'en plein jour. Les lieux lui étaient peut-être familiers.

L'odeur de renfermé devint oppressante. La jeune fille entendit un crissement suivi d'une odeur de soufre. La pièce s'illumina.

L'homme avait allumé la première chandelle du candélabre qui se trouvait sur la table. Il s'en servit pour allumer les deux autres. Les flammes se reflétaient dans un grand miroir au tain vieilli. Leur lueur était réconfortante.

— Comment t'appelles-tu ?

— Élaine Clairn. Et toi ?

Il releva la tête. Dans le miroir, elle ne vit qu'une partie de son visage. Quand il se retourna vers elle, il souriait. La lueur des chandelles se refléta dans ses yeux.

— Les morts n'ont plus de nom, Élaine Clairn.

— Quoi ?

Il abaissa sa capuche. De longs cheveux noirs apparurent autour de son visage ovale aux mâchoires saillantes, au nez fin à l'arête busquée.

Élaine avança pour le regarder de plus près. Non, l'arête de son nez n'était pas cassée, elle était en putréfaction.

Le sourire de l'homme s'élargit, ses lèvres se fendillèrent, du sang coula sur son menton.

— Je tombe en morceaux, Élaine Clairn, et tu vas me sauver la vie.

— Comment ? murmura-t-elle.

— Je vais boire ton sang...

Chapitre 21

Élaine recula jusqu'à la porte et tourna la poignée. En vain. Normal, elle l'avait entendu verrouiller la serrure...

Céder à la panique et boxer la porte en hurlant lui aurait sans doute fait du bien, mais c'était vraiment la dernière chose à faire.

Dominer la peur et réfléchir, ne pas cesser de penser...

Le zombie retira son gant. La peau qui couvrait ses os était friable comme du parchemin. Il trempa les doigts dans le sang coulant sur son menton et les porta à ses lèvres. Il avala goulûment.

Élaine tenta de faire abstraction de sa présence. Derrière la lumière du candélabre, le couloir donnait sur deux portes se faisant face. Si elle parvenait à dépasser le zombie, elle avait une chance de lui échapper. Une porte, une fenêtre, elle trouverait bien une issue quelconque pour s'enfuir. Tout valait mieux que de rester ainsi prise au piège, le dos au mur.

La porte d'entrée craqua, comme si quelqu'un la forçait. Élaine poussa un cri.

— Élaine ! Élaine ! Ouvre ! C'est moi, Blaine !

Elle se pressa contre la porte.

—Blaine! Je suis enfermée!

—J'aimerais bien l'être aussi! Les zombies ont dévoré mon cheval. Je n'ai pas attendu mon tour.

—Il y a un mort-vivant dans cette maison. C'est lui qui m'a enfermée ici!

Le zombie l'interpella.

—Qui est ce Blaine? demanda-t-il.

—Mon frère.

Il sourit en léchant le sang qui coulait des craquelures de ses lèvres.

—Il pourra t'écouter crier pendant que tu agonises. Ce sera un atroce délice!

—Blaine!

La porte trembla sous les coups de poing et d'épée.

—Le bois est trop épais! cria-t-il. Je vais trouver un autre moyen.

—Il n'y en a pas, dit le zombie. J'ai condamné les fenêtres et barricadé les portes. Il restera dehors avec les autres, et toi, avec moi!

Il y eut un bruit sourd contre la porte.

—Blaine? C'est toi, Blaine?

Le zombie éclata de rire.

—Ne t'inquiète pas pour ton frère, les autres se chargeront de lui.

Élaine tapa du poing contre le bois.

—Blaine! Réponds-moi!

Quelque chose de lourd ébranla l'huis, qui gémit sur ses gonds. Ce ne pouvait être Blaine. La poignée bougea, faisant cliqueter la serrure.

—Blaine!

—Il est parti avant toi, Élaine Clairn, dit le zombie en

avançant à pas lents, mais tu n'as plus de souci à te faire. Pour toi, le temps est venu !

Le candélabre dans une main, il avança, tendant l'autre bras.

Puis il se pencha sur Élaine comme pour lui donner un baiser. Elle posa la main sur la flamme d'une bougie et la retourna. La flamme dansa contre sa paume. Comme pendant ses visions, le feu continua à courir sur sa peau sans la brûler.

Le zombie eut un mouvement de recul.

— Qui es-tu, Élaine ? Une sorcière ? Je n'ai encore jamais goûté le sang d'une sorcière.

Elle approcha la petite flamme du visage du zombie pour qu'il puisse bien la voir. Elle gonfla ses poumons et souffla, souhaitant ardemment que sa peau parcheminée prenne feu et qu'il s'embrase.

Ce qui se passa.

Le zombie hurla. Saisissant à deux mains sa tête en feu, il s'enfuit en courant. Le candélabre roula sur le sol ; une chandelle s'éteignit. Élaine prit l'autre et courut jusqu'au bout du corridor. Arrivée à l'endroit où il faisait un coude, elle se trouva devant un escalier. Elle hésita. Fallait-il continuer ?

— Je te tuerai, Élaine Clairn ! Je te sucerai jusqu'à la moelle des os !

Élaine gravit les marches quatre à quatre. La flamme de la chandelle faiblit. Elle ne fut bientôt plus qu'une petite tache bleuâtre. Rester dans le noir en compagnie d'un zombie parut insoutenable à la jeune fille. Elle s'arrêta pour raviver la flamme.

Un halo de lumière se reformait autour d'elle quand le bruit mat d'une chute lui parvint. Elle se retourna. À la lisière de la lueur, elle vit la face décomposée du zombie. Son nez était tombé. Il ne subsistait de son visage que des ligaments rosâtres tendus sur les os. Le bel homme qu'il avait été se réduisait à un squelette que le feu avait mis à nu.

— Je voulais te rendre les choses le plus agréables possible, Élaine, mais c'est fini. Tu souffriras comme j'ai souffert, et je boirai ton sang pour survivre. Même le feu ne pourra plus rien contre moi.

Sa main gantée agrippant la rampe, il posa un pied sur l'escalier.

Élaine monta deux marches. Le zombie tomba sur les genoux et continua à quatre pattes pour aller plus vite.

Élaine accéléra.

En haut de l'escalier, une main l'agrippa. Sous le choc, elle lâcha la chandelle, qui roula sur le plancher et s'éteignit. Elle cria et frappa à l'aveuglette pour se débarrasser du zombie. Les mains s'ouvrirent, la laissant brutalement tomber sur le sol. Il faisait plus noir que dans un four.

Si elle ne voyait rien, elle entendait tout. Des mains et des pieds cognaient bruyamment contre les marches. L'ombre qui l'avait agrippée se penchait sur elle, mais il ne faisait pas un geste pour la toucher.

Le mort-vivant poursuivait sa progression, ponctuée par une respiration sonore. Un son plus aigu lui succéda, suivi d'une pluie chaude qui inonda le visage d'Élaine. Quelque chose roula par terre et vint rebondir contre le mur.

Des étincelles déchirèrent l'obscurité comme des myriades d'étoiles. C'était la lueur d'une lanterne. Au milieu d'un halo de lumière, Blaine apparut, à genoux sur le plancher.

Les larmes brûlaient les joues d'Élaine. De la main, elle s'essuya le visage et comprit que c'était du sang. Le corps décapité du zombie gisait en haut de l'escalier. Sa tête avait roulé sur le plancher.

Blaine se tourna vers elle :

— Es-tu blessée ?

Elle se contenta de hocher la tête et se releva pour se jeter dans ses bras. Ils restèrent enlacés, comme s'ils étaient seuls au monde.

Élaine releva la tête et le regarda.

— Comment es-tu entré ?

— La lucarne du grenier. Elle était fermée par des lattes pour laisser passer l'air. Il pensait que si tu ne la voyais pas, tu ne pourrais pas t'en servir pour t'échapper, je suppose.

— Il ne se doutait pas que quelqu'un se risquerait sur les toits par ce temps, en plein hiver.

Le corps du zombie se convulsa, sa main se leva.

— Avec tes jupes, te sens-tu capable de grimper sur le toit ? demanda Blaine.

Le zombie essayait de se hisser sur les coudes.

— Oui, j'y arriverai.

La lanterne levée, Blaine la conduisit au bout du corridor. Ils arrivèrent devant une petite porte au chambranle défoncé.

— Elle était fermée quand je suis arrivé, mais pas aussi solide que la porte d'entrée.

L'escalier en colimaçon était raide et étroit. En haut des marches, des tourbillons de neige brillant dans le clair de lune les accueillirent. Cette lucarne ouverte sur la nuit parut à Élaine la chose la plus merveilleuse du monde.

Blaine se pencha sur son paquetage abandonné et y cala la lanterne. Fouettée par la brise nocturne, Élaine guetta les bruits alentour. Apparemment, personne ne les avait suivis.

Elle regarda en bas, dans la rue. Le toit descendait en pente raide, puis c'était l'à-pic de la façade. Les semelles de ses souliers patinèrent sur la surface glacée. Blaine la retint au vol. Le cœur battant, elle s'efforça de reprendre son souffle, mais le vertige était le plus fort.

— Ne regarde pas en bas, Élaine !

Elle était assez près de lui pour voir battre les veines de son cou.

— Arriveras-tu à grimper jusqu'à la crête du toit ? demanda Blaine.

Elle estima l'espace juste assez large pour qu'elle puisse s'y asseoir, en prenant des précautions.

— Oui.

— Allons-y. Je ne pourrai pas nous retenir tous les deux très longtemps, dit-il d'une voix tendue.

Les doigts d'Élaine se refermèrent sur les tuiles. Elles étaient si froides qu'elles lui firent mal à la main. Mais avec des gants, elle n'aurait pu s'assurer d'aussi bonnes prises.

Rassurée, elle lâcha son frère. Elle comptait sur lui pour la tenir par les jambes au cas où elle glisserait. S'il perdait l'équilibre, la chute serait mortelle pour eux deux.

Les dents serrées, Élaine avança en se cramponnant.

— Libère-moi une jambe, mais tiens-moi bien ! recommanda-t-elle.

Il desserra son étreinte.

— N'aie pas peur…

Elle posa un pied sur le rebord. Le plus risqué restait à faire. Blaine la lâcha tout à fait. Les deux mains accrochées au toit, Élaine assura sa position. Elle entendit Blaine pousser un soupir de soulagement.

Se sentant plus sûre, elle grimpa. Blaine la poussa et elle atteignit la crête. Aussitôt elle s'assit pour souffler un peu.

Blaine arrivant derrière elle, il fallait qu'elle lui fasse de la place. L'espace était trop étroit pour deux. Devant elle, se trouvait un tapis de tuiles enneigées… Ce ne serait pas une partie de plaisir.

Pouce après pouce, elle progressa, éprouvant prudemment chaque tuile. Les mains de Blaine apparurent sur la corniche. Puis il poussa une exclamation étranglée. Une de ses mains disparut. Il ne tenait plus que par l'autre.

Élaine se mit à quatre pattes et se pencha vers lui. Elle n'était pas assez forte pour le retenir, elle le savait, mais elle lui tendrait la main. Ils tomberaient tous les deux dans le vide et ce serait aussi bien. Cela valait mieux que d'assister, impuissante, à la chute de l'autre.

Le zombie décapité avait attrapé Blaine par les pieds et le tirait à lui. À plat ventre, Élaine tendit la main vers son frère. Il ne l'attrapa pas, mais essaya de saisir le bord du toit.

— Prends ma main, je t'en supplie, Blaine.

Le regard de son frère parlait pour lui.

— Non !

Elle agrippa sa manche et tira. Le zombie s'accrocha de plus belle à sa proie. Les doigts de Blaine glissèrent de la corniche. Ses ongles enfoncés dans l'étoffe, Élaine hurla :

— Prends ma main !

Le mort-vivant se pendit à Blaine. Le jeune homme tint le coup. Élaine s'aplatit sur les tuiles et serra plus fort la manche de son frère.

L'étoffe se déchira. Blaine tomba dans le vide en criant :

— Élaine !

— Blaine !

Étendue le nez sur les tuiles, elle resta prostrée, un lambeau de tissu entre les doigts. Les flocons de neige continuaient à tourbillonner dans l'obscurité qui l'avait englouti. Elle regarda le vide où Blaine avait disparu, mais elle ne vit que la neige et les ténèbres.

Chapitre 22

Enfouie sous les couvertures, Tereza reposait calmement. Sa chevelure noire s'étalait sur l'oreiller comme une fourrure soyeuse. Le sommeil rendait son visage plus doux et plus ravissant que jamais.

On avait dû lui bander le bras gauche. Sa blessure avait tellement saigné que Jonathan avait craint pour sa vie.

Averil était gravement touchée. Le médecin avait annoncé qu'elle ne passerait peut-être pas la nuit. Un zombie l'avait mordue à la gorge.

On avait donné à Tereza une décoction de plantes soporifiques pour l'empêcher de partir à la recherche des jumeaux. Elle ne pourrait guérir que si elle prenait du repos.

Son mari était assis près d'elle, sa main dans la sienne. Même plongée dans un sommeil profond, elle la serrait fermement. Des larmes coulèrent sur les joues de Jonathan. Les jumeaux étaient-ils morts ?

Comment auraient-ils pu survivre dehors toute une nuit ?

Non, Jonathan savait qu'ils étaient vivants.

Il appuya sa tête sur la main de Tereza. Il avait dit qu'Élaine était souillée par le Mal, ou du moins par le surnaturel. Mais il aurait tout donné pour que cette querelle n'ait jamais eu lieu. La pensée qu'elle soit morte en croyant qu'il la haïssait, ou en le haïssant, lui était insupportable.

Tereza survivrait, même si le médecin ne garantissait pas qu'elle retrouverait l'usage de son bras. Elle n'en savait encore rien, et il ne le lui dirait pas avant d'y être contraint. Il n'en avait pas le courage.

On frappa un coup à la porte. Jonathan ne répondit pas. Après tout, il pouvait être en train de dormir. On frappa de nouveau. Il soupira.

— Oui ?

La porte s'ouvrit doucement. Thordin apparut. Son regard se posa sur Tereza.

— Elle se repose, dit Jonathan.

Thordin inspira profondément et se lança :

— La population s'est rassemblée. Le conseil de la ville désire nous parler. Je n'ai pas mentionné les liens qui unissent le chasseur de mages à Blaine et à Élaine. J'ignorais si tu voulais qu'ils sachent.

— Non, notre malheur ne regarde que nous. Blaine appartenait à la confrérie. Il connaissait les risques et les enjeux. Élaine…

La voix de Jonathan faiblit. Il se détourna pour ne pas infliger à son ami le spectacle de son chagrin.

— Ce n'est la faute de personne, Jonathan.

— Vraiment ?

Il tourna vers Thordin un visage plein de colère et de larmes. La culpabilité l'étouffait.

— Si je l'avais laissé partir avec le sorcier pour qu'elle apprenne la magie en toute quiétude, elle serait encore en vie.

— Rien ne dit qu'elle est morte, Jonathan.

— Elle n'avait pas d'armes, Thordin.

— Blaine est parti à sa recherche. C'est un bon combattant.

— Nous serions tous morts si Lukas n'avait pas ouvert la porte. Il nous a sauvé la vie.

— Quelqu'un d'autre aura ouvert une porte aux jumeaux.

— Thordin, il fait nuit, et les morts-vivants grouillent dans les rues. Personne ne prendra de risques pour venir au secours d'étrangers.

— Il y a toujours des bonnes gens, où qu'on se trouve.

— Non, Thordin, inutile de se faire des illusions. Il faut regarder les choses en face.

— Tu les enterres avant qu'ils soient morts, Jonathan. Tu abandonnes trop vite. Cela ne te ressemble pas.

— Peut-être ai-je compris qu'on pouvait se battre vaillamment toute une vie et mourir misérablement quand même.

— Tu penses à Calum Maîtrechant.

— Élaine a demandé si Silvanus pouvait guérir Calum. Cela ne m'était pas venu à l'esprit. C'est elle qui y a pensé.

— Élaine a un cœur d'or, dit Thordin.

Jonathan essuya ses larmes d'un revers de la main.

— Tu voulais me parler du conseil municipal...

— Oui, ils voudraient te rencontrer. Ils sont terrorisés ; voir le fameux chasseur de mages en chair et en os les rassurerait.

— Nous avons perdu quatre personnes en une heure dans cette bourgade. S'imaginent-ils que nous pouvons encore faire quelque chose pour eux ?

— Ta réputation est grande, Jonathan. Ils croient en toi.

— Je ne suis pas capable de chasser le démon par ma seule présence, marmonna Jonathan.

— Ils s'attendent sans doute à quelque chose de ce genre, mais pour ce soir, il suffirait que tu leur redonnes un peu d'espoir, si tu t'en sens le courage.

Jonathan était furieux que Thordin songe à lui demander cela. Devant l'expression désarmante du guerrier, sa colère tomba. Il était tout simplement épuisé. Si épuisé qu'il n'avait qu'une envie : s'allonger à côté de Tereza et la serrer dans ses bras, comme si cela aurait pu la mettre hors de danger.

Il baisa le bout des doigts de sa femme et remonta les couvertures sous son menton. Sa main caressa ses longues mèches noires.

— Allons-y, si cela doit réconforter les citoyens de cette ville ! dit-il.

Thordin rit.

— Dans notre travail, la psychologie compte pour beaucoup !

Jonathan jeta un dernier regard à Tereza avant que Thordin ferme la porte. Elle était si pâle… Il était vrai qu'elle avait perdu beaucoup de sang. Mais pas autant qu'Averil. Il jeta un coup d'œil par la porte ouverte de la chambre voisine.

Silvanus veillait sa fille. Si elle tenait jusqu'au matin, elle serait sauvée, avait dit le médecin. Si elle tenait…

On leur avait parlé d'une *épidémie* de morts-vivants, mais leur nombre dépassait celui des décès du village, cet hiver. Cortton n'était guère qu'un gros bourg. D'où sortaient tous ces zombies ?

Jonathan avait la ferme intention d'interroger le conseil.

Celui-ci se composait de l'aubergiste, du *meistersinger* et du fossoyeur. L'aubergiste, Belinna, était la femme qui avait aspergé d'huile les zombies. Elle était grande et solidement charpentée, avec des cheveux nattés dans le dos. Le gamin à la torche était son fils aîné. Grand, mince, élancé, il avait les mêmes yeux que sa mère.

Simon LeBec, le *meistersinger*, avait été un barde renommé dans son jeune temps. Jonathan l'avait entendu chanter plusieurs fois, il y avait une trentaine d'années de cela, lorsqu'il était encore adulé par les femmes. Ses cheveux étaient devenus tout blancs. Seuls ses yeux avaient gardé le même bleu d'acier que jadis.

Jonathan ne rappela pas à LeBec qu'ils s'étaient rencontrés. À l'époque, il n'était pas un chasseur de mages renommé, mais le simple Jonathan Ambroise, un aventurier dont la spécialité était de combattre les sorciers. Il n'existait pas de législation sur le sujet, ce qui faisait de lui un quasi-hors-la-loi. Il se souvenait de la détermination qui, à l'époque, lui avait servi de bouclier. Le doute ne l'effleurait pas.

Sur les visages anxieux qui l'entouraient, il vit la tension se relâcher, par la grâce de sa seule présence. Il était révoltant qu'on ait une telle confiance en lui.

Marland Ashe, le fossoyeur, était un grand homme maigre au teint laiteux et aux yeux bleu-violet typiques des natifs de cette contrée du Kartakass. Sa peau grêlée contrastait avec ses yeux magnifiques.

Tous trois avaient pris place à une longue table, dans la salle de l'auberge. Il y avait aussi quelques serviteurs ;

Jonathan et Thordin étaient les seuls invités. Les gens évitaient les villages maudits. S'ils y arrivaient par hasard, ils partaient avant la nuit.

S'il faisait déjà nuit... Eh bien Jonathan savait par expérience comment cela se passait... Ils succombaient.

— Qu'attendez-vous de moi, conseillers ? demanda-t-il avec une politesse toute diplomatique.

Jonathan fut surpris du ton presque aimable, voire enjoué, qu'il avait employé. Quel mensonge n'osait-on pas pour faire illusion !

— Nous voudrions savoir ce que tu as prévu pour nous aider, dit LeBec.

Le *meistersinger* était très calme. Trop calme. L'effort qu'il faisait pour cela tendait ses épaules et ses bras.

Jonathan eut envie de lui éclater de rire au nez. Que pouvaient-ils faire pour eux ? À peine arrivés, ils avaient été balayés comme des fétus de paille. Ils n'étaient pas préparés à ce qui les attendait.

— Votre envoyé nous a dit qu'un tiers des habitants de cette ville avait succombé à une épidémie, et qu'ils étaient réapparus la nuit dans les rues. Il y a des centaines de zombies. D'où viennent tous ces gens ?

Le *meistersinger* jeta un coup d'œil au fossoyeur.

— Le cimetière de la ville s'est vidé, répondit Ashe. Cortton a jadis compté une population nombreuse. Le cimetière contenait plus de morts que le village de vivants.

— Si on nous avait dit que nous serions accueillis par des centaines de zombies, nous ne serions pas arrivés de nuit.

— Nous n'avons pas pensé que cela importait, répondit l'aubergiste. C'est toi le chasseur de mages ! N'as-tu pas vaincu à Deccan ? Il y avait sûrement plus de zombies là-bas que chez nous.

— Vous ne devriez pas ajouter foi à tout ce que chantent les bardes, dit Jonathan.

LeBec soutint son regard.

— Je sais que certains de mes collègues exagèrent, mais pas à ce point. Nous pensions vraiment que vous arriveriez sains et saufs à l'auberge.

— Vraiment ? Alors pourquoi ne nous a-t-on pas ouvert la porte ? Les deux femmes qui reposent là-haut n'auraient pas été blessées si quelqu'un nous avait laissé entrer.

Personne n'osa l'affronter. Sa colère allait éclater, lorsqu'une voix l'interrompit :

— Ils avaient peur, chasseur de mages.

Jonathan se retourna.

Appuyé contre le mur, Harkon Lukas, les bras croisés sur la poitrine, souriait d'un air moqueur. Il était vêtu d'une tunique rouge sombre et d'un pantalon de velours noir. Son chapeau, assorti à la tunique, n'arborait pas moins de trois plumes noires. La lumière de la lampe, reflétée par son monocle, fit cligner les yeux de Jonathan.

— D'autre part, poursuivit-il, je suis indigné de t'entendre parler ainsi de notre profession. J'affirme n'avoir jamais chanté que la vérité.

— Ce soir, tu nous as sauvé la vie, et je t'en suis très reconnaissant.

Repoussant d'un geste ce témoignage de gratitude, Lukas avança d'un pas majestueux.

— Il aurait été saugrenu que le sauveur du village meure dans la grand-rue.

—Nous avons entendu les morts-vivants s'agiter derrière la porte, dit Belinna. Nous avions peur qu'ils l'enfoncent et nous tuent. Et tous ceux qui sont tombés, victimes de cette épidémie, sont revenus hanter les rues. J'aurais risqué la mort sans hésiter, mais subir cette transformation…

Jonathan pouvait difficilement la contredire.

—Je croyais que seuls réapparaissaient les gens qui avaient succombé à l'épidémie.

—Non, *tous*, sans exception.

—C'est bizarre. Si l'épidémie est due à un maléfice, seules les victimes de ce fléau devraient ressusciter.

—Comment interpréter le fait que tous les morts se réveillent ? demanda LeBec.

—Ce fléau n'est peut-être pas l'effet d'un sort. Il se pourrait qu'il n'ait rien à voir avec la magie habituelle.

—Je ne vois pas où tu veux en venir, objecta LeBec.

Jonathan n'était pas encore en mesure de s'expliquer. L'idée qui avait germé en lui n'était pas assez mûre pour être exposée. En tout cas, ce n'était pas le moment d'en discuter avec des gens à bout de nerfs.

—Je voudrais pouvoir me fonder sur quelques certitudes avant de parler, répondit Jonathan, suivant une tactique classique de repli.

Les trois conseillers marmonnèrent quelque chose qui devait être une approbation.

—Nous te comprenons parfaitement, dit LeBec. On ne porte pas à la légère des accusations pareilles. La magie noire…

Jonathan ne répondit rien. Une mine grave était parfois plus convaincante que des paroles. Surtout quand on n'avait rien à dire.

— Crois-tu pouvoir trouver rapidement une solution au problème de Cortton ? demanda Harkon Lukas.

Les poings sur les hanches, il se campa devant Jonathan avec une grâce féline qui évoquait davantage un danseur qu'un barde. Une lueur provocatrice brillait dans son regard.

Jonathan retint un sourire. Il acquiesça gravement ;

— J'ai déjà quelques soupçons.

— Peut-on les connaître ?

Sans répondre, Jonathan secoua la tête. Son sourire rentré n'échappa pas à Harkon Lukas, qui le considéra, l'air pensif.

— Je ne me risquerai pas à jouer aux cartes avec toi, chasseur de mages, ton visage reste indéchiffrable.

— Je n'ai guère le loisir de jouer…

— Dommage, c'est un excellent divertissement.

— Crois-tu vraiment ? demanda Jonathan, qui pensait de nouveau à Tereza et aux jumeaux. Je trouve que c'est gâcher un temps précieux.

— Il est vrai que tu as perdu deux de tes compagnons, et que leur temps est compté. Combien d'heures reste-t-il jusqu'à l'aube ? Pourront-ils résister si longtemps ?

Jonathan se détourna. Il ne supportait plus l'expression moqueuse du barde. L'homme ne mettait sûrement pas de mauvaises intentions dans ses propos, mais le résultat était le même.

— Harkon, tu manques de tact, dit LeBec.

Lukas prit une mine affligée et mit une main sur son cœur.

— Pardon, je suis désolé. Non seulement je suis étourdi, mais aussi inutilement cruel. Je pense déjà au chant que je composerai pour célébrer leur retour, quand ils auront tenu tête toute une nuit à une horde de morts-vivants. Dès qu'ils franchiront le seuil de cette maison, ils me raconteront leurs exploits.

Jonathan le considéra avec perplexité. Le barde le taquinait-il, ou pratiquait-il un sens de l'humour pour le moins bizarre ? Pourquoi vouloir le rassurer avec des histoires à dormir debout ? Les jumeaux n'apparaîtraient pas sur le seuil de cette auberge, en tout cas pas vivants.

— S'ils reviennent, ils se feront un plaisir de te raconter leur nuit par le menu.

— Surtout Blaine, ajouta Thordin en rejoignant Jonathan. Il adore faire le fanfaron.

— Je lui donnerai l'occasion d'en remontrer à un barde, ce que tout le monde au Kartakass rêve de faire.

— Vraiment ? demanda Jonathan. Pas moi. Je maintiens ce que j'ai toujours pensé. Les bardes recueillent nombre d'histoires mais ils n'en restituent pas la *vérité*. J'ai entendu des chants célébrant des exploits où seul mon nom était vrai.

— Simon, je crois qu'il nous traite de menteurs, fit Harkon en approchant.

Il examina Jonathan avec attention.

— Cela suffit, Harkon. Laisse nos hôtes tranquilles. Ils se font du souci pour les leurs.

— Et ils n'ont pas tort, dit le barde en regardant Jonathan. Je compose en ce moment un chant sur les zombies de Cortton, chasseur de mages. Les morts de ce village ne sont pas que des meurtriers, ce sont aussi des affamés.

— Que veux-tu dire, barde ? demanda Thordin.

— Les morts se repaissent des vivants. C'est pourquoi ils les tuent avec leurs dents.

Thordin poussa brutalement Lukas, qui trébucha mais ne tomba pas.

— Soit tu es fou, soit tu te moques de nous ! fit-il. Dans ce dernier cas, nous réglerons cela par le fer. La salle est assez grande pour qu'on s'y batte.

Le barde éclata d'un rire qui se voulait surpris.

— Un duel ? Tu me provoques en duel ?

— À moins que tu admettes que tu es un fou à la langue débridée, oui, je te provoque en duel.

Harkon Lukas partit d'un grand éclat de rire.

— Je suis un fou, seigneur guerrier, et ma langue est débridée. On s'occupe comme on peut…

Jonathan fut pris d'une violente envie de le frapper pour que cesse cette hilarité incongrue. Il avait dans la tête les images des horreurs suggérées par le barde.

Pas de quoi rire, vraiment…

— Si tu es incapable de tenir un langage décent, laisse-nous tranquilles, dit-il.

Le rire de Lukas mourut. Son expression devint indéchiffrable.

— Accepte mes excuses, fit-il en s'inclinant, balayant le sol avec les plumes de son chapeau.

Jonathan n'en crut pas un mot. Il était sûr que Harkon Lukas voulait les irriter. Sans aucune raison, il haïssait cet homme. Suggérer que les jumeaux avaient été dévorés vivants… Cela rendrait l'attente encore plus insupportable. Harkon Lukas le lui paierait. Si le chasseur de mages trouvait un moyen de lui rendre la vie dure, il n'y manquerait pas.

C'était une réaction mesquine et une bien piètre compensation. Mais en cette interminable nuit, le chasseur de mages faisait feu de tout bois.

Chapitre 23

Harkon Lukas gravit les marches, rugissant comme un fauve en colère.

Ambroise savait. Il savait ! Harkon se demandait dans quelle mesure. Néanmoins, l'homme était loin d'être aussi naïf qu'il l'avait supposé. Il l'avait invité ici pour se payer sa tête. Il aurait pu simplement s'emparer de Konrad Burn… Mais non, il avait fallu qu'il se livre à ses petits jeux favoris. Sa propre arrogance le stupéfiait. Comment avait-il pu croire que le membre le plus en vue de la confrérie était un parfait imbécile ?

Oui, c'est exactement ce qu'il avait pensé. La confrérie ne lui avait pas fait grande impression. Mais l'œil d'Ambroise brillait d'une sérénité confondante. Était-il venu pour jouer le jeu, non en innocent attiré dans un piège, mais comme un professionnel conscient que la source des maux du Kartakass se trouvait dans cette ville ?

Évidemment, si le chasseur de mages avait réellement su que Harkon Lukas était à l'origine de ces problèmes, de nombreux membres de la confrérie se seraient rendus à Cortton. Il aurait été le gibier d'une chasse plus importante.

Non, Ambroise avait des soupçons, mais il ne savait rien de précis. Était-il près de découvrir la vérité ? Harkon s'étonnait encore d'avoir eu à leur sauver la vie. C'était lui qui avait dû leur faire ouvrir la porte. Ces idiots de villageois les auraient laissé périr.

Il avait cru que ce geste le mettrait dans leurs bonnes grâces, mais le regard d'Ambroise l'avait détrompé.

Harkon estimait les gens circonspects. Mais là, c'était plutôt ennuyeux.

Konrad Burn sortit de la pièce voisine. Harkon s'arrêta en haut de l'escalier.

— Comment va la jeune femme ? demanda-t-il.

Konrad ferma la porte et s'éloigna à grands pas. Visiblement, il redoutait que la conversation soit entendue de l'intérieur. Les nouvelles ne devaient pas être bonnes.

— Elle est au plus mal, répondit-il en descendant les marches.

Harkon le prit par le bras. Il était bon de toucher les muscles qui lui appartiendraient bientôt.

— Est-ce à cause du sang qu'elle a perdu, ou sa blessure s'infecte-t-elle ?

Konrad posa les yeux sur la main du barde. Harkon sentit que ce n'était pas le moment d'être aussi possessif. Il lâcha sa proie.

— Elle a perdu trop de sang.

— Le médecin semblait croire qu'elle survivrait à cette perte de sang. Serais-tu d'un autre avis ?

— C'est un bon médecin, mais j'ai une plus grande expérience des blessures que lui.

— Crois-tu qu'elle va mourir ?

Konrad fronça les sourcils.

— Ta curiosité est bien mal placée, barde.

Harkon esquissa une révérence.

— Tu as raison, maître Burn. Je suis barde, et comme tous les bardes, une curiosité maladive me dévore. Comme je chanterai ses exploits pour immortaliser sa bravoure, je me renseigne sur les faits.

Il constata qu'il était nettement plus grand que Konrad Burn. Renoncer à sa haute taille le désolait, mais rien n'était parfait. Il se força à sourire.

— Tu vois que ma curiosité n'est pas totalement déplacée.

— Je ne crois pas que tu sois en quête d'un sujet épique. Tu es avide de te repaître des soucis des autres, répondit Konrad.

— Mais oui ! Tu as eu toi-même une perte cruelle à déplorer, n'est-ce pas ?

Konrad s'arrêta net et se retourna.

— Mes chagrins ne regardent que moi !

— Pardonne-moi, je te prie. J'ai parlé sans réfléchir. C'est un terrible défaut.

Konrad monta deux marches puis s'arrêta, une main sur la rampe. Il avait résisté à l'envie de se jeter sur le barde.

Harkon joua un instant avec l'idée de pousser à bout le jeune homme. Il n'avait qu'à rester où il était et continuer à sourire. Cela devait suffire. Quelle délicieuse perspective, et quelle ironie ! Mais Burn risquait d'être blessé, et son corps serait bientôt à lui…

Le plus difficile fut de ne pas laisser voir dans son regard qu'il pouvait tuer Konrad quand il voudrait.

Avec la détermination et la fierté de Burn, cela aurait été assez pour que le conflit éclate. Son futur corps ne manquait pas de tempérament.

— Une langue trop bien pendue peut vous coûter la vie, dit Konrad.

Le barde tenta de garder une expression calme et avenante. Konrad voulait se battre. Son chagrin s'était mué en colère et réclamait une cible.

Harkon souhaitait assister à un tel spectacle, mais il ne pouvait se permettre d'être cette cible. Il faudrait avoir Konrad à l'œil. Si cet imbécile se faisait tuer avant qu'il puisse lui voler son corps, tous ses projets tomberaient à l'eau.

— Je te demande humblement pardon, maître Burn. Je t'en prie, crois à ma vive sympathie.

— Tu parles de choses que tu ne connais pas, barde. Je n'imagine même pas qu'ils puissent être morts.

— Tu as raison d'être si confiant. Une bonne âme quelconque leur aura ouvert sa porte, comme je l'ai fait pour vous.

Soudain, Konrad parut embarrassé.

— Je ne t'ai pas remercié de nous avoir sauvé la vie.

Harkon esquissa un geste courtois.

— Maître Ambroise m'a remercié au nom de vous tous.

— Non. Sans toi, nous serions tous morts, répondit Konrad, la gorge sèche.

Harkon le regarda avec attention. Savait-il quelque chose, lui aussi ? Ses adversaires étaient-ils au courant de ses plans ? Calum Maîtrechant avait-il changé d'avis ?

L'aurait-il trahi ? Si Calum avait été capable de vendre ses plus chers amis, il pouvait *tout*. Car lui aussi voulait un nouveau corps. Harkon croyait que la chance de survivre qu'il lui avait offerte garantissait sa loyauté, mais il lisait de l'inimitié sur le visage de Konrad. Pourquoi mépriser un homme qui vous avait sauvé la vie ?

— Je t'en prie, ce n'était rien.

— La modestie te va très mal, barde.

— Elle n'est guère dans mes habitudes.

— Depuis quand es-tu à Cortton ?

Ce soudain changement de sujet prit Harkon de court. Il sourit pour cacher son embarras.

— Depuis peu. Je suis arrivé hier.

— L'aubergiste a dit que tu avais passé quelques semaines ici, et que tu étais parti quand les morts-vivants étaient apparus. Tu savais ce que tu risquais dans cette ville. Pourquoi es-tu revenu ?

— Je suis barde. Je chante les hauts faits et les grandes tragédies. Je pourrais passer ma vie à interpréter les ballades des autres, mais les meilleures, celles qui font une renommée, sont celles qu'on compose soi-même.

— Ainsi tu es revenu pour une chanson.

— Oui.

— Cela vaut-il d'y laisser la vie ?

— Oui.

— Tu fais bon marché de ton existence, Lukas.

Konrad tourna les talons et descendit l'escalier.

Pensif, Harkon le suivit des yeux. Il avait projeté de détruire tous ceux que Konrad avait aimés avant de prendre possession de son corps. C'était en partie la cause de l'épidémie.

À présent, il vaudrait peut-être mieux s'emparer de Konrad et laisser les autres s'occuper du désastre. Toutefois, si Ambroise le soupçonnait, il ne pouvait lui laisser la vie sauve.

Il fallait qu'ils meurent tous, comme prévu. Peut-être un peu plus vite. Ce ne serait pas aussi amusant, mais parfois les affaires passaient avant le plaisir.

Chapitre 24

Ses longs cheveux clairs répandus autour de sa tête, Blaine gisait dans la rue enneigée. De sous sa cape de fourrure blanche émergeait sa jambe, pliée de façon bizarre. Le sang noircissait la moitié de son visage.

Élaine était agenouillée devant son corps.

La clé de la porte d'entrée se trouvait sur le plancher du grenier. Un rayon de lune l'avait fait briller ; Élaine l'avait ramassée. Le zombie avait dû la laisser tomber quand il s'était attaqué à Blaine. Comment serait-elle sortie sans cette clé, elle se le demandait encore…

À présent, elle était là, devant le corps de Blaine, dont le sang serpentait en rigoles dans la neige. Élaine cria de douleur. Elle ne pouvait rien faire pour endiguer l'hémorragie.

Peut-être y avait-il un moyen ? Elle avait vu Silvanus ramener des morts à la vie. Pourrait-elle l'imiter ?

Élaine posa une main sur le visage de Blaine. Sa peau était tiède. Il était encore si proche de la vie.

Jonathan lui avait raconté des histoires de sorciers qui réveillaient les morts. Si elle échouait, Blaine reviendrait-il à lui sous forme de mort-vivant ? Ce serait pire que le néant, mais elle se devait d'essayer. Sinon, elle s'en voudrait toujours de n'avoir pas pris le risque.

Les flocons tombaient sur le visage du mort. Ils fondaient dans ses yeux ouverts sur le vide, ruisselant sur ses joues comme des larmes.

Élaine mobilisa tout ce qu'elle avait appris de Silvanus pour ramener son frère à la vie. C'était tout autre chose que de guérir une blessure.

Un bruit la fit se retourner. Deux zombies arrivaient. L'un titubait comme un ivrogne. Brusquement, ses genoux cédèrent. Il tenta de se relever, mais une de ses jambes se détacha de son corps et se décomposa sur la neige. Tant bien que mal, le zombie poursuivit son chemin sur le membre qu'il lui restait.

Une plaque de neige glissa du toit d'en face et s'abattit sur le sol. Élaine leva la tête et vit une grande silhouette se détacher au clair de lune. L'homme sauta du toit. Bras et jambes étendus, il plana dans le vide, puis atterrit lourdement dans la neige avant de disparaître entre les maisons.

Terrée dans l'ombre, la créature émettait une lueur livide et phosphorescente, comme les champignons vénéneux qui poussent la nuit. La créature braqua sur Élaine des yeux luisants comme de l'agate noire et émit un sifflement.

Élaine se releva doucement. Au bout de la rue, les zombies se rassemblaient. Comme ils s'étaient effacés devant la créature qui avait tué Blaine, ils attendaient devant celle-ci.

Serrant la clé dans la main, Élaine se demanda s'ils la laisseraient arriver jusqu'à la porte. Blaine était là, étendu sous ses yeux. Elle ne pouvait le quitter.

Non, c'était impossible !

La créature sauta et atterrit de l'autre côté du corps de Blaine. Élaine frissonna. Autrefois, cet homme aux cheveux bruns avait été un être humain comme tant d'autres ; à présent, ce n'était plus qu'une bête.

Il saisit un bras du cadavre. Élaine lui flanqua un coup de pied, comme à un chien méchant. Avec un grognement furieux, il sauta sur elle. Les bras levés pour se protéger, Élaine sentit des dents se planter dans sa manche et cria.

Les mâchoires se desserrèrent. Élaine s'attendit que le monstre lui saute à la gorge.

Rien de tel n'arriva. D'interminables secondes passèrent. De petits flocons continuaient à tomber. Entre ses bras levés, elle regarda le monstre.

Une paire d'yeux noirs luisant comme du charbon se riva dans les siens. Le regard n'avait rien d'humain ; c'était celui d'un chien intelligent.

La créature voulait sûrement quelque chose, sinon elle l'aurait déjà tuée. Le zombie qui avait assassiné Blaine désirait son sang. Et celui-là ?

Doucement, la créature rampa vers le corps de Blaine. Elle le saisit par la tunique et le chargea sur son épaule.

La main tendue, Élaine cria :

— Non !

Un grondement hargneux lui répondit. Des crocs trop acérés pour être humains apparurent sous les babines retroussées.

Élaine frissonna. La créature l'avait avertie ; elle voulait le corps. Il n'en était pas question ! En lui abandonnant Blaine, Élaine perdait toute chance de le ramener à la vie.

— Il n'est pas pour toi, dit-elle d'une voix qu'elle voulait aimable. Je t'en prie, laisse-le.

La créature poussa un grognement rauque. Les morts-vivants postés au carrefour avancèrent. Le sort qui les avait retenus jusqu'à présent n'existait plus. La bête avait dû les appeler.

Élaine tendit les bras vers le corps de son frère, toujours sur l'épaule du monstre.

— Je t'en supplie !

La créature s'éloigna en bondissant.

— Blaine ! Je t'en prie, arrête !

Elle courut sans pouvoir rattraper la bête. Un bruit de pas la força à se retourner. Les morts-vivants se dirigeaient vers elle. Ils n'étaient plus qu'à quelques pas de la porte. S'ils lui barraient le chemin, elle était perdue. Non, mourir ainsi était trop bête !

Élaine bondit vers la porte. Étonnés de la voir se ruer dans leur direction au lieu de s'enfuir, les zombies eurent un instant d'hésitation. Elle ouvrit la porte. Ils se remirent en marche.

Le bois du chambranle gémit quand l'huis se referma en claquant. La clé tourna dans la serrure.

La poignée oscilla ; les coups redoublèrent.

Sentant une force démoniaque se déchaîner contre la porte, Élaine se laissa glisser à terre. La tête sur les genoux, elle se recroquevilla sur elle-même.

Les morts-vivants donnèrent l'assaut.

Cédant à son chagrin comme quelqu'un qui se noie, Élaine éclata en sanglots.

Chapitre 25

Jonathan regarda par la fenêtre de la chambre. L'aube avait fini par se lever. Le ciel blafard ne cessait de déverser des flocons qui remplissaient peu à peu les empreintes de pas creusées dans la neige.

Les morts-vivants avaient hanté les rues du village jusqu'à une heure avant l'aube. Jonathan avait entendu le bourdonnement de leurs querelles. À propos de quoi les zombies se disputaient-ils ? Pourquoi restaient-ils dans une ville qui se défendait ?

Ils étaient toute une armée. À Cortton, les gens se cachaient dans les étages supérieurs tandis que le bétail était barricadé au rez-de-chaussée pour le protéger des loups. À présent, il n'y avait plus de loups. Même eux avaient peur des morts-vivants.

Qui avait voulu cela ? Pourquoi ? Quel que soit le responsable de cette abomination, il avait un plan, une logique, aussi perverse soit-elle. Il y avait dans cette histoire une bonne dose de magie, mais dans quelle intention ? Jonathan ne voyait pas ce que les zombies pouvaient rapporter au coupable.

Grâce au commerce, la ville avait été florissante ; maintenant, personne ne passait plus par là. Les marchands ambulants ne s'y risqueraient plus. Le *meistersinger* avait beau clamer qu'il n'y avait aucun danger le jour, Jonathan ne pouvait blâmer les gens d'éviter le village.

— Jonathan, appela Tereza d'une voix à peine audible.

Le bras qu'elle tendait vers lui était tremblant, mais son sourire le rassura un peu.

Il s'agenouilla au pied du lit et baisa les mains de sa femme.

— Comment te sens-tu ce matin, ma chérie ?

— Mieux qu'hier.

— Que puis-je faire pour toi ? Veux-tu manger quelque chose ?

— Blaine et Élaine sont-ils rentrés ?

C'était la question qu'il souhaitait ne pas entendre. Mais il lui était impossible de mentir en soutenant le regard de Tereza.

— Non.

— Il faut partir à leur recherche ! Nous devons aller à leur secours.

— Tereza, ou ils se sont réfugiés quelque part, ou il est trop tard pour les aider.

— Jonathan, je ne crois pas qu'ils soient morts.

— Tereza, je t'en prie…

Elle tenta de s'asseoir puis se laissa retomber sur ses oreillers. Son visage se couvrit de sueur.

— Tu es trop gravement blessée pour partir où que ce soit, dit Jonathan.

Elle retira sa main de la sienne et se tourna contre le mur.

— Pas question de renoncer, Jonathan.

— La nuit, il y a des centaines de zombies dans les rues. Je les ai observés par cette fenêtre. Cela ne leur laisse aucune chance d'avoir survécu.

— Alors trouve leurs corps…

Jonathan étudia le plancher pour éviter le regard de sa femme. Il était trop lâche pour lui dire qu'il n'y aurait pas de corps à retrouver…

— Qu'y a-t-il ? Que me caches-tu ?

— Tu sais bien que je n'ai jamais su te mentir.

— Oui, et tu ne vas pas commencer maintenant. Alors ?

— Les conseillers du village ont demandé à me parler, hier soir. Ils m'ont dit que tous ceux qui mouraient à Cortton revenaient hanter les rues la nuit.

— Ceux qui sont morts de l'épidémie, dit-elle.

— Non, mon amour, *tous ceux* qui sont morts à Cortton.

Il vit de la terreur sur le visage de Tereza. Elle prenait conscience de ce que cela signifiait pour leurs « enfants ».

— Non, Jonathan, tout mais pas ça. Qu'ils meurent est une chose, mais qu'ils deviennent des morts-vivants, je ne le supporterai pas. Je t'en supplie, Jonathan, tout mais pas ça.

Il la prit contre lui et la berça tendrement. Elle sanglotait. C'était lui qui avait insisté pour qu'Élaine vienne ici. Si elle était restée à la maison, Blaine n'aurait pas été obligé d'aller à son secours. C'était sa faute. Il ne se permettrait pas de pleurer, il ne le méritait pas.

Un cri de détresse qui exprimait toute la douleur du monde déchira l'air. Jonathan tressaillit, son cœur battit la chamade. Des pas retentirent dans l'escalier. Il se leva, laissant Tereza retomber doucement sur l'oreiller.

— Qu'est-ce que c'était ? demanda-t-elle.

Jonathan secoua la tête, redoutant d'avoir deviné juste. Il ouvrit la porte et vit une petite foule massée dans le corridor.

Il écarta les gens et gagna la chambre où on avait crié. Frédric était à genoux. En face de lui se tenait Randwulf, la mine éplorée. Silvanus était assis sur le lit, tenant Averil dans ses bras. Il la berçait comme un bébé, mais les bras de la jeune fille se balançaient comme ceux d'une poupée de chiffons.

Silvanus ne cessait de répéter des mots que Jonathan ne put entendre distinctement. Konrad était devant la fenêtre, les mains dans le dos.

Debout au milieu de la pièce, le vieux médecin semblait accablé. Jonathan entra dans la chambre et se dirigea vers Konrad.

— Qu'est-il arrivé ?

— Elle a perdu trop de sang. Ensuite, les plaies se sont infectées. La fièvre l'a dévorée vivante. Ni mes herbes ni mes potions n'ont pu la secourir.

— Et la décoction qu'elle avait avec elle ?

— Elle l'avait administrée à son père.

Jonathan jeta un coup d'œil vers le lit. Tous étaient incapables de réagir. En approchant de Silvanus, il comprit ce qu'il murmurait.

— Je n'ai pas pu la sauver. Je n'ai pas pu la sauver. Je n'ai pas pu la sauver…

Silvanus psalmodiait sa malheureuse litanie, exprimant un chagrin mêlé de culpabilité. Jonathan ne s'y trompa pas, lui que le remords taraudait sans cesse.

Il posa la main sur l'épaule de l'elfe, qui ne le remarqua même pas, continuant à bercer sa fille morte comme si rien d'autre n'existait. La main de Jonathan accentua sa pression.

— Silvanus ?

L'elfe leva les yeux vers lui. Des larmes ruisselaient sur ses joues comme du mercure, aussi argentées que ses cheveux étaient dorés. Les elfes pleuraient des larmes d'argent… Jonathan en fut stupéfait.

Le chagrin de Silvanus lui sembla insupportable.

— Silvanus…

Que dire ? Les mots lui manquaient. Signifier qu'il était désolé serait dérisoire. Prétendre qu'il avait du chagrin aurait été un mensonge. Il connaissait à peine Averil et il aurait sans hésiter échangé sa vie contre celle d'Élaine.

— Je ne trouve pas de mots pour te dire que je suis sincèrement désolé.

— J'ai essayé de la rappeler à la vie. Pendant des années, je l'ai fait sans difficulté. Mais cette fois, au moment où j'aurais donné mon âme pour avoir ce pouvoir, il m'a fait défaut. Pourquoi ?

— Je n'en sais rien, Silvanus, je n'en sais vraiment rien.

L'elfe serrait sa fille contre sa poitrine. Son bras avait encore repoussé, constata Jonathan avec un haut-le-cœur. La nausée le prit à la gorge. Il respira profondément et se maîtrisa. Inutile d'aggraver la situation avec ses propres angoisses.

— Il faut s'occuper des morts avant que la nuit tombe, dit le docteur d'une voix neutre, qui sembla terrible à Jonathan.

Silvanus secoua la tête et berça son enfant. Les mains d'Averil heurtèrent le bord du lit avec un bruit mat.

Randwulf se précipita et prit l'elfe et sa fille dans ses bras. Quand il les serra contre lui, l'horrible bruit cessa. La tête du jeune homme se posa sur l'épaule de Silvanus.

Jonathan remarqua une protubérance sur la colonne vertébrale du miraculé. Elle n'y était pas quand Élaine l'avait soigné.

Mais ce n'était pas le moment de le faire remarquer.

— Le fossoyeur ne va pas tarder, dit le docteur, nous l'avons appelé.

Silvanus leva un visage inondé de larmes.

— Non, pas si vite !

— Il faut qu'elle soit sortie d'ici avant la nuit, répondit le docteur.

— Pourquoi ?

Jonathan attira le médecin à l'écart.

— Je crois que nous devrions laisser Silvanus quelques instants seul avec son chagrin.

— Nous ne pouvons permettre qu'un cadavre…

— Je sais, mais le soleil vient juste de se lever.

Le docteur secoua la tête, les yeux écarquillés de peur.

— Le fossoyeur arrivera d'une minute à l'autre. Il faut que…

Jonathan poussa le médecin hors de la chambre. Dans le couloir, il l'interpella d'un ton impérieux :

— Mes amis ne savent pas que tous les morts de ce maudit village resurgissent la nuit, et ce n'est pas toi qui vas leur dire.

La bouche de l'homme s'arrondit de surprise.

— Il est de mon devoir de protéger cette ville.

— On peut dire que tu fais du joli travail, répondit Jonathan. Maintenant, fiche le camp.

— Je suis le médecin de ce village. C'est à *toi* de découvrir la cause du mal, et à *moi* de protéger les vies.

Thordin était apparu aux côtés de Jonathan et regardait le médecin en silence. Il n'y avait rien de menaçant dans son attitude, pourtant l'homme pâlit.

— Je crois que tu ferais bien de partir, dit Thordin d'une voix profonde.

Le docteur écarquilla les yeux et ne demanda pas son reste. Il dévala l'escalier.

— Tu es bien plus effrayant que je ne croyais, Thordin ! fit Jonathan.

— Le médecin se laisse facilement impressionner, c'est tout.

— Certainement. Il serait intéressant de découvrir pourquoi.

Ils se regardèrent. Les mots étaient superflus car ils se comprirent fort bien. Thordin partit sur les basques du docteur. Qui pouvait corrompre plus aisément les morts et les mourants ? Il n'y avait qu'un homme de l'art au village. Qui aurait osé le soupçonner ?

De la pièce voisine, la voix plaintive de Tereza parvint aux oreilles de Jonathan. Il ouvrit la porte en arborant un sourire de façade. La mort d'Averil lui rappelait cruellement la disparition des jumeaux.

— Elle est morte, n'est-ce pas ? demanda Tereza.

Jonathan hocha la tête.

— Il se peut qu'on ait besoin de moi à côté, dit-il en laissant la porte entrebâillée. Silvanus ne sait pas que…

— … Tous les morts se transforment en zombies, acheva Tereza. Il faut que nous retrouvions leurs corps, Jonathan. Nous les brûlerons pour leur éviter de revenir.

De nouveau, il évita son regard.

— Jonathan, regarde-moi.

— Tu as toujours eu plus de courage que moi.

— J'ai davantage de sens pratique, ce qui n'a rien à voir. À l'idée de… les voir brûler… Un zombie a l'air d'un être vivant, et nous aurions l'impression de les brûler vifs.

— Ils ne peuvent pas être encore en vie, Tereza.

— Nous devons agir pour le salut de leur âme, mais…

— Tu es trop mal en point pour quitter ton lit. Je ferai ce qu'il faut.

Elle serra sa main entre les siennes.

— Agis de même pour Averil.

— Ce que je n'arrive pas à comprendre, c'est pourquoi les villageois n'ont pas brûlé leurs morts.

— Ils ne savent peut-être pas que le feu détruit totalement les corps.

— Le fossoyeur devrait le savoir. Tous les gardiens de cimetières du Kartakass sont informés des manières d'empêcher les cadavres de revenir à la vie.

— Ce sont peut-être les anciens morts qui resurgissent dans les rues de Cortton.

— Aujourd'hui, j'en aurai le cœur net. Avant la nuit, j'aurai la solution de l'énigme.

— Si vite que ça ?

— En une nuit, nous avons été durement touchés. Je ne veux plus perdre personne. Nous trouverons qui se cache derrière tout cela.

— Tu as une idée, je le vois sur ton visage.

— Oui, je soupçonne quelqu'un.

— Qui ?

— Je te le dirai plus tard. Laisse-moi m'occuper d'abord de Silvanus. Quand je reviendrai, je te promets de te confier toutes mes théories. C'est toujours en te parlant que je mets mes idées au clair.

Elle sourit.

— Je le sais bien.

Il l'embrassa et quitta la pièce en refermant doucement la porte derrière lui.

Konrad avait chassé les curieux et montait la garde devant la chambre d'Averil. Soudain, sa gravité se mua en stupéfaction. Par-dessus l'épaule de Jonathan, il regardait quelqu'un monter l'escalier.

C'était Élaine. Jonathan se retourna. Il n'en crut pas ses yeux. C'était bien elle, indemne malgré ses vêtements déchirés et tachés de sang.

Elle posait le pied sur la dernière marche quand Konrad bondit à sa rencontre. Il la souleva dans les airs et la fit valser au milieu du vestibule. Quand il la reposa à terre, tous deux riaient.

Konrad riait ! C'était la première fois que Jonathan le voyait manifester un sentiment positif depuis la mort de sa femme.

À maintes reprises, il serra Élaine contre lui.

— Élaine ! Élaine ! Élaine !

Jonathan sentit des larmes couler sur son visage.

Les yeux bleus d'Élaine rencontrèrent les siens. Il ouvrit grands les bras. Elle courut s'y jeter.

— Je regrette tout ce que je t'ai dit, Élaine.

— Cela n'a plus d'importance.

Elle le regarda. Il y avait dans son regard une lueur qui effraya Jonathan. Il eut la sensation de recevoir une douche glacée.

— Où est Blaine ? demanda-t-il d'une voix étranglée.

Il se doutait de la réponse, la lisant dans ses yeux.

— Perdu…

Un seul mot, et pas celui qu'il voulait entendre.

— Tu es sûre ? demanda Konrad. Absolument certaine ?

Élaine acquiesça. Comme un coquillage vide échoué sur la grève, elle n'avait plus en elle de quoi pleurer.

Jonathan les avait crus morts tous les deux. C'était du moins ce qu'il avait dit. Il comprit qu'il avait menti. Il n'y avait jamais vraiment cru. Maintenant que l'un d'eux n'était plus, il n'arrivait pas à y croire.

— Comment ?

Élaine respira profondément et recula, les bras collés le long du corps comme pour ne rien toucher autour d'elle.

— Il est mort en tentant de me sauver la vie. Il est mort *pour* m'avoir sauvé la vie.

La haine que Jonathan lut dans ses yeux bleus lui déchira le cœur. Il savait que la culpabilité était la blessure la plus difficile à guérir.

— Nous nous étions enfuis par le toit d'une maison pour échapper à un zombie, et il est tombé, dit-elle. Je lui ai tendu la main, mais il n'a pas voulu la prendre. Pourquoi ?

Konrad approcha avec précaution, comme s'il s'était agi d'un animal blessé.

— S'il avait pris ta main, vous seriez sans doute tombés tous les deux…

Elle le regarda, puis se cacha la tête entre les mains.

— Oui, c'est ça, c'est exactement ça…

Konrad posa une main sur son épaule. Elle tressaillit mais ne le repoussa pas. Il l'enlaça.

— Tereza a besoin de te voir, dit Jonathan.

Elle leva les yeux vers lui.

— Devrai-je répéter mon histoire ?

— Montre-lui que tu es saine et sauve, ensuite, c'est moi qui lui annoncerai la triste nouvelle.

Élaine s'appuya contre Konrad. Elle semblait tirer des forces de son contact. Jonathan les vit comme il ne les avait jamais vus avant : c'était un couple.

Il ouvrit la porte de la chambre.

— Tereza, Élaine est saine et sauve.

Chapitre 26

— Ainsi, Blaine est mort, déclara Tereza.

Elle était la première à prononcer ces paroles définitives.

— Pourquoi le zombie a-t-il emmené son corps ? demanda Konrad, l'air soucieux. Et pourquoi n'a-t-il pas tué Élaine ?

Debout contre le mur, il avait repris ses distances et son air renfrogné. Le temps des effusions était terminé.

— Je n'en ai aucune idée, répondit Élaine. Le zombie aurait aussi bien pu me tuer ou laisser les autres le faire.

— Es-tu sûre que les morts-vivants obéissent à ceux d'entre eux qui sont le mieux préservés ? demanda Jonathan.

— J'ai observé le phénomène avec trois zombies différents. Les morts-vivants leur obéissaient.

— Pourquoi la morte-vivante a-t-elle entraîné Élaine au cimetière ? s'étonna Tereza.

— Pourquoi ? Mais pourquoi réveiller les morts ? Pourquoi tuer un tiers du village ? *Pourquoi ?*

— Il doit y avoir un fou derrière tout cela, dit Konrad.

Jonathan secoua la tête.

— Non. Même la folie a une logique. Une logique *particulière*, mais réelle.

— Aurais-tu une idée ? demanda Élaine.

— Possible…

— Jonathan, je t'en prie, pas de devinettes…, protesta Tereza.

— Et si c'était quelqu'un qui tente de créer *mieux* qu'un zombie ?

Trois paires d'yeux le dévisagèrent. Tereza éclata de rire.

— Jonathan, qui tuerait un tel nombre de personnes pour ça ?

— Rappelle-toi ce qu'a dit Konrad : nous avons affaire à un fou. Améliorer ses morts-vivants est peut-être sa manie…

Élaine secoua la tête.

— Non, je crois qu'il y a autre chose.

— Qu'est-ce qui te fait dire ça ? demanda Jonathan.

Elle le regarda gravement.

— Parce que Blaine est mort. Il doit s'agir d'autre chose que de créer un zombie parfait. Il serait vraiment dérisoire d'être mort pour ça.

— L'art de réveiller les morts appartient à la magie la plus noire, Élaine. Blaine est mort pour ce village. Il a péri en te sauvant la vie. Ce sont de bonnes et réelles raisons.

Les yeux baissés, elle dit doucement :

— Ce ne sont pas de bonnes raisons de *mourir*.

Il s'agenouilla près d'elle et prit ses mains entre les siennes. Elles étaient glacées.

— Élaine, tu sais qui nous sommes, et pourquoi nous nous battons. Anéantir le Mal est un but digne d'être poursuivi. Il est honorable de mourir pour ça.

Le regard qu'elle lui retourna le fit vaciller.

— Blaine signifiait plus pour moi que ce village maudit. J'ai frappé à une porte, j'ai appelé à l'aide, mais personne ne m'a ouvert, nul ne m'a secourue. Ils ne méritent pas qu'on leur vienne en aide.

— Élaine, nous ne venons pas à leur secours pour eux-mêmes, mais parce que c'est ce que nous devons faire. Nous agissons selon notre conscience, qu'importe que les autres le fassent ou non.

— En ce qui me concerne, ils peuvent crever.

Jonathan fut si dérouté par cette déclaration qu'il ne sut que répondre.

— Nous ferions mieux de découvrir qui a réveillé ces morts et d'en finir avec lui, dit Konrad.

Il s'agenouilla à côté d'Élaine et la regarda avec une douceur qui surprit Jonathan.

— Oui, nous trouverons le coupable et nous le tuerons, approuva Élaine.

— Nous sommes au service de la justice, non de la vengeance, dit Jonathan.

Élaine et Konrad le regardèrent avec la même expression. Selon eux, il était clair qu'il avait perdu la tête.

Jonathan s'était habitué à l'amertume de Konrad, mais la reconnaître sur le ravissant visage d'Élaine lui fit froid dans le dos.

— Nous poursuivons le même but, intervint Tereza d'une voix ferme. Tout ce que nous voulons, c'est en finir avec ce fléau et arrêter celui qui en est la cause.

— Nous ne sommes pas des bourreaux, répondit Jonathan. Si nous pouvons livrer à la justice le sorcier responsable de tout ça, nous ne manquerons pas de le faire.

Konrad et Élaine échangèrent un regard. Jonathan comprit qu'ils tueraient le coupable à la première occasion.

De la part de Konrad, cela ne le surprit pas. Un guerrier était formé pour tuer de sang-froid. Mais Élaine ? La petite Élaine pouvait-elle commettre un meurtre ?

Il rencontra ses yeux impavides et glacés à force de douleur et comprit que c'était possible. Une partie d'elle-même était morte en même temps que Blaine.

Si Jonathan la laissait agir, cette part d'elle-même ne revivrait jamais. Il ferait son possible pour l'en empêcher. Mais ces derniers temps, il n'avait guère réussi à préserver ses compagnons du danger.

On frappa à la porte. Elle s'ouvrit avant qu'on ait dit d'entrer. Gersalius se tenait sur le seuil.

— J'ai senti vos pensées et votre chagrin. Je compatis...

Dans la bouche du magicien, ces paroles banales prenaient un sens.

— Je te remercie, dit Élaine.

— Si tu te sens suffisamment bien, je voudrais te montrer un sort que je viens de découvrir.

— Comment ça, *découvrir* ?

— Des sorts ont été jetés sur presque tout, dans ce village. C'est assez délicat. J'ai pensé que Jonathan te croirait plus facilement que moi.

Élaine consulta son père adoptif du regard.

— Accompagne-le et reviens nous raconter ce que tu as vu.

— Ainsi, il y a quand même une place pour les magiciens dans la confrérie ? fit Élaine.

Surpris qu'elle tienne ce langage en présence du sorcier, Jonathan regarda Gersalius.

— Il lit dans mes pensées, dit Élaine. Dans ces conditions, il est difficile d'avoir des secrets.

— Je vous donne ma parole d'honneur que les secrets découverts par hasard ne sont jamais divulgués, dit le mage.

Visiblement, Élaine faisait confiance au sorcier, et Jonathan à Élaine.

— Très bien, allez-y. Mais revenez aussi vite que possible.

— Dans quelques heures, il fera nuit, souffla Élaine.

— Oui. Il nous faut des résultats avant.

— Jonathan, je pourrais guérir le bras de Tereza, dit-elle en regardant le lit.

L'homme échangea un coup d'œil avec sa femme. Malgré son affection pour Élaine, il ne la laisserait plus pratiquer de guérisons. C'était de la magie, et la magie appartenait au domaine du Mal. Il l'avait toujours cru et le croyait encore.

Mais c'était le bras de Tereza…

— Je te remercie, Élaine, ce n'est pas la peine, dit Tereza d'une voix aussi douce que possible.

— Je ne suis pas une personne malfaisante, soupira Élaine.

— Je le sais bien, ma fille, la consola Tereza.

— Disons que nous sommes d'accord sur notre désaccord, plaida Jonathan.

Il regarda Élaine avec des yeux qui la suppliaient de ne pas faire de ce sujet un objet de discorde. Il avait cru la perdre pour toujours. Maintenant qu'elle était là, il ne voulait pas la perdre de nouveau.

Élaine acquiesça :

— Très bien. Je pense que vous faites erreur tous les deux, mais c'est votre droit le plus strict.

Elle se pencha vers Tereza et l'embrassa sur la joue. Puis elle effleura des lèvres la barbe de Jonathan, lui donnant une chiquenaude comme lorsqu'elle était enfant.

— C'est un point sur lequel nous ne nous diviserons plus, déclara-t-elle.

Jonathan sourit.

— Non, plus jamais.

Élaine tendit la main à Konrad, qui la prit sans la baiser. Mais il l'appuya contre sa joue, un geste tout aussi intime.

Élaine se leva et suivit Gersalius. Jonathan la regarda s'éloigner et vit que Konrad la couvait des yeux. Au milieu d'un désastre, il y avait toujours une lueur d'espoir.

Il le savait, mais il était bon d'en avoir la confirmation.

Chapitre 27

Gersalius et Élaine se retrouvèrent dans la rue. La jeune fille s'aperçut alors qu'elle n'avait pas pris le temps de nettoyer le sang qui tachait ses vêtements, ni celui de déjeuner. Ce qui lui manquait, ce n'était pas la nourriture physique, mais le visage de Blaine, sa voix et ses gestes.

Konrad l'avait prise dans ses bras. La tendresse qu'elle désirait tant voir apparaître sur son visage s'était enfin manifestée. Qu'en aurait pensé Blaine ? S'en serait-il réjoui ? Aurait-il été jaloux ? À présent, elle aurait changé sans hésiter cet amour nouvellement conquis contre une chance de revoir son frère. Alors que Konrad répondait enfin à ses sentiments, le cœur d'Élaine n'était plus que cendres.

Gersalius la conduisit jusqu'à la place du village. L'eau de la fontaine avait ruisselé sur le pavage et gelé. Seul un filet d'eau murmurait sous la glace, brisant le silence.

— Autrefois, cette bourgade était une ville. Cette place témoigne de ses grands projets passés, commenta Gersalius.

De gros nuages bas maintenaient la cité sous une grisaille uniforme. Il faisait beaucoup trop froid pour qu'il pleuve. La morne lumière du jour reflétait l'humeur morose d'Élaine.

— Pourquoi m'as-tu amenée ici ?

— Je sais que tu ne vas pas me croire, mais avec le temps qui passe, tu souffriras moins.

— Pourquoi sommes-nous ici ? insista-t-elle.

— Nous sommes au cœur de la ville, là où se sont concentrées toutes les espérances. Une fontaine sur une grande place, c'est l'âme d'un village. C'est là que le sort a été jeté.

— Je ne vois rien de particulier.

— Regarde la fontaine, Élaine. Ouvre tes yeux intérieurs et concentre-toi sur ce que tu vois.

Cela lui demandait un tel effort qu'elle eut envie de refuser.

— Si nous arrivons à retrouver la trace du jeteur de sorts, tu tiendras ta vengeance.

La vengeance était-elle suffisante ? Non, rien ne l'apaiserait jamais. Mais c'était mieux que de céder au désespoir.

Élaine aspira l'air glacial et ferma les yeux. Elle retint sa respiration, désireuse de s'apaiser. Lentement, elle rouvrit les yeux. La fontaine étincelait, allumée d'une myriade de couleurs.

Les mains d'Élaine caressèrent la glace. Des lignes la zébraient. Une était vert acide, une autre d'un rouge de peau brûlée. Une troisième rappelait le violet de la chair tuméfiée. Élaine eut du mal à interpréter ce qu'elle voyait jusqu'à ce qu'elle se souvienne d'un noyé aperçu autrefois. La dernière ligne avait la couleur de sa peau, gonflée et putréfiée.

Le filet d'eau qui courait sous la glace prit la couleur d'une rivière roulant les alluvions de tous les champs qu'elle traversait. L'eau noire qui stagnait dans les poches de glace était assez profonde pour qu'on puisse y plonger un gobelet.

La surface était couverte d'une couche multicolore luisant d'un éclat qui ne devait rien à la lumière du jour.

— L'eau a été souillée.

Gersalius opina :

— Exactement.

— Par le poison ou par la magie ? Elle brille comme un sortilège.

— Les deux, répondit le mage.

— Si l'eau est à l'origine du Mal, pourquoi les morts se transforment-ils tous en zombies, étrangers compris ?

— Les étrangers ne meurent pas tous aussi vite que Blaine et Averil. La plupart ont le temps de boire l'eau avant de succomber.

— Donc Blaine ne reviendra pas.

— Non, dit Gersalius.

— Et Averil ?

— Je crains qu'on lui ait donné de l'eau pour faire tomber la fièvre.

Soulagée de savoir que Blaine aurait droit au repos éternel, Élaine songeait à Silvanus qui risquait de devoir affronter sa fille morte-vivante.

— Alors pourquoi avoir emmené le corps de Blaine, puisqu'il ne se transformera pas en zombie ? demanda Élaine.

— *Justement* parce qu'il ne se réveillera pas de lui-même.

— Je ne comprends pas.

— Si les gens qui n'ont pas bu restent dans leur tombe, la population risque de comprendre que c'est à cause de l'eau.

— Ah ! Ils ont pris son corps pour qu'on ne le découvre pas. Donc la personne qui tire les ficelles tient une partie des zombies sous sa coupe, et elle a ordonné à cette créature de récupérer le corps de Blaine.

Gersalius hocha la tête.

— Très bien ! Tu as parfaitement raison. Maintenant, essayons de remonter jusqu'à l'origine du sortilège.

— Je ne vois que de la glace. Sa surface est multicolore.

— Donne autre chose que tes yeux à la magie, Élaine. Pense à une fenêtre que tu voudrais ouvrir plus grand.

La jeune fille se renfrogna.

— Je me sers de mes dons. Je ne comprends rien à ce que tu dis…

— Tu es impatiente, Élaine, et ça ne facilite pas les choses. Au contraire, ça te complique la tâche. La magie n'obéit pas aux cris, mais aux murmures.

Élaine mourait d'envie de laisser éclater sa colère, mais elle se rendit compte que ce n'était pas Gersalius qui l'irritait. C'était son chagrin qui la déchirait, abîmant tout ce qu'elle faisait.

Elle poussa un soupir, évacuant les tensions. Non, elle ne laisserait pas le chagrin la dévorer : elle retrouverait le jeteur de sorts et le détruirait. Une piètre compensation, mais c'était mieux que rien.

— D'accord, je vais essayer d'ouvrir cette fenêtre.

Le sorcier ne lui avait rien fait. Pour l'instant, elle en voulait au monde entier et ce n'était pas près de finir.

Elle plongea au fond d'elle-même, jusqu'au cœur de la grotte qui contenait sa puissance de magicienne. Ses mains invisibles y puisèrent une lumière bleu-violet, la couleur commune aux sorciers et aux guérisseurs. Elle ouvrit les yeux et tendit la main au-dessus de la fontaine.

— Non, Élaine, dit Gersalius.

Il était trop tard.

La lumière jaillit de ses doigts et rebondit sur la glace, la faisant fondre. Là où elle touchait le poison, des éclats volaient dans les airs.

La lumière envahit l'eau noire, qui frémit à gros bouillons. La glace semblait avalée par quelque monstrueux animal.

— Arrache à la terre la force que tu as détectée, Élaine, trouve-la et arrache-la ! dit Gersalius.

Elle referma la main sur un rai de lumière qui la baignait d'une lueur violacée. D'un geste, elle la lâcha vers le ciel, où elle s'envola comme un épervier.

Des étincelles retombèrent sur le sol et dévalèrent la rue comme un nuage de sauterelles prises de folie.

— Suivons-les, dit Gersalius. Tu as assaini la fontaine ; en même temps, tu as détruit le sortilège. Nous n'arriverons plus à retrouver sa trace.

Il partit en courant. Élaine en fit autant.

Les étincelles filaient comme des petites comètes. Arrivé à la lisière du village, Gersalius s'arrêta contre une façade et, trop essoufflé pour parler, fit signe à Élaine.

Elle se retourna et recommença à courir. Son sang, battant contre ses tempes, faisait un vacarme digne du tonnerre. L'épuisement aidant, de petites lueurs noires dansaient devant ses yeux, troublant sa vue. À bout de souffle, elle faillit s'arrêter. Un point de côté la força à se plier en deux.

Mais il fallait continuer. Gersalius avait dit qu'ils n'auraient pas de seconde chance. S'ils perdaient de vue la piste d'étincelles, ce serait sa faute.

Alors, sa vengeance lui échapperait.

Au pied de la colline, Élaine tomba à genoux. Autour d'elle s'alignaient les dernières maisons, et au sommet de la butte, elle aperçut le cimetière qu'elle connaissait déjà. Les petites lueurs violacées s'infiltrèrent entre les arbres qui dominaient les tombes.

Glissant et trébuchant, Élaine gravit la pente verglacée. Les hautes grilles munies de piques acérées pour arrêter les loups se dressèrent devant elle, semblant infranchissables. Hors d'haleine, elle s'arrêta le temps d'apercevoir une flamme violette dansant parmi les caveaux.

Prenant son élan, Élaine empoigna les barreaux pour escalader la grille. Ses jupons restèrent accrochés à une pique. Avec un bruit d'étoffe qui se déchire, elle sauta à pieds joints dans la neige et se rua à la poursuite de la flamme.

Le feu follet poursuivait sa course à travers le cimetière. *Reste là, surtout reste là*, implora Élaine.

La flamme s'était arrêtée au-dessus d'une pierre tombale. Alimentée par un combustible invisible, elle continuait à danser dans l'air.

La tombe ressemblait à toutes les autres. Élaine ne lui trouva rien de particulier. À mains nues, elle fouilla le tapis de neige.

Tandis qu'Élaine continuait à creuser dans l'humus glacé, la flamme faiblit. La jeune fille retint un cri.

— Élaine ! Élaine !

Quelqu'un l'appelait, mais elle n'y prêta pas attention. Des mains saisirent ses poignets, l'empêchant de creuser. Elle se débattit.

— Élaine ! Regarde-moi !

Dans un brouillard, elle vit Gersalius, à genoux sur la neige, qui la tenait par les poignets. La flamme violacée avait disparu, les nuages aussi. Le soleil brillait, baignant le cimetière d'une intense luminosité. Gersalius regarda les mains d'Élaine.

Ses ongles étaient cassés et le sang coulait de ses doigts écorchés.

— Sens-tu quelque chose ? demanda le mage.

Élaine n'arriva pas à articuler un mot. Elle se borna à le regarder.

— Mon enfant, réponds-moi ! Parle !

— Il faut trouver ce qu'il y a dans cette tombe. La flamme violette s'est arrêtée au-dessus d'elle.

Le son de sa voix lui parut normal, mais à voir le visage du mage, elle comprit que ce n'était pas le cas.

— Nous allons creuser, mais nous le ferons avec des pelles. Auparavant, nous trouverons un moyen de réchauffer le sol, répondit Gersalius en lâchant les poignets d'Élaine. Ça va mieux, maintenant ?

Un rire rauque échappa à la jeune fille.

— Mieux ? Comment pourrais-je aller mieux ? Tu ne comprends donc pas ? Blaine est mort. Et je suis incapable de le rappeler à la vie.

— Ce n'est pas sûr, répondit le mage.

— Qu'est-ce qui n'est pas sûr ?

— Si nous retrouvons son corps, il se peut que tu puisses le réveiller.

— Son cadavre est froid, à l'heure qu'il est.

— Si tu as assez de puissance, cela importe peu.

— Tu crois vraiment que je pourrai le ramener à la vie ? fit-elle, serrant le bras de Gersalius. Tu en es sûr ?

— J'ai vu se lever des hommes morts depuis plusieurs jours.

— Alors je dois retrouver son corps, il le faut !

— Nous le retrouverons, mon enfant, dit le mage en se libérant de son étreinte. Voyons qui est l'hôte de cette sépulture.

Il balaya de la main la neige qui couvrait l'inscription.

— « Melodia Ashe, À ma chère épouse, emportée par la mort, et perdue pour l'éternité. » Ce nom te dit quelque chose ?

— Non.

— À moi non plus, mais demandons aux gens du village. Ma vieille carcasse n'est vraiment plus en état de gambader dans la neige. Viens, Élaine, retournons à l'auberge chercher des pelles et des costauds pour creuser le sol gelé.

— Je reste ici. Je monterai la garde.

— Élaine, personne ne touchera rien. Le sol est aussi gelé pour les autres que pour nous. Plus vite nous irons, plus tôt nous aurons la solution de l'énigme.

À contrecœur, elle prit la main qu'il lui tendait. Elle n'avait aucune envie de s'éloigner de cette tombe. La quitter lui paraissait une désertion.

— Je t'en prie, mon enfant, je sens mes vieux os se transformer en glaçons.

Elle se laissa faire par le mage qui la prit par la main et la guida à travers les tombes. Au contact de sa chaleur, les doigts d'Élaine s'animèrent et la douleur revint. Sentir ses ongles arrachés et ses écorchures la ramena à la réalité.

Quand elle était concentrée sur son chagrin, elle ne pouvait laisser de place à rien d'autre. Si elle parvenait à retrouver le corps de Blaine, elle le ramènerait à la vie.

Non, il n'était pas vraiment mort ! Et elle ne lui ferait pas faux bond une seconde fois.

Chapitre 28

Quand ils arrivèrent à l'auberge, ils furent accueillis par des cliquètements d'armes et des vociférations. Élaine se précipita vers l'escalier.

— Mieux vaut être prudente, mon enfant, avertit Gersalius.

Elle passa outre son conseil. Les seules personnes qu'il lui restait se trouvaient dans cette auberge ; elle tenait à être avec elles. Un pan de sa jupe déchirée la fit trébucher. Elle tomba sur les genoux. La douleur la cloua sur place. Dominant le tumulte, une voix forte poussait des rugissements. Ce devait être celle de Frédric. Pourtant, le paladin n'était pas homme à s'exciter facilement.

Traînant sa jambe endolorie, Élaine arriva en haut des marches. Dans le vestibule, tout le monde se battait. Sur le seuil de la chambre d'Averil, un homme jouait de l'épée, bouclier tendu devant lui.

— Arrière, bande de rustres ! Reculez ou je vous mets en pièces !

C'était Frédric.

Élaine s'appuya sur la rampe et tenta de se servir de sa jambe meurtrie. Du sang coula sur le sol, mais elle n'en eut cure. Elle avança en boitant.

— Que signifie ce tapage ? demanda Gersalius, qui arrivait derrière elle.

La voix de Jonathan retentit :

— Silvanus, tous les gens qui meurent à Cortton se transforment en zombies. Tous ! Tu ne souhaites pas ça à ta fille, non ?

Dans le vestibule, Frédric continuait à ferrailler. L'homme contre qui il se battait cria :

— Mon brave, je suis capitaine des gendarmes de la ville, et je fais mon devoir. Je ne te veux aucun mal. Nous avons tous perdu quelqu'un dans cette épidémie. Je respecte ton chagrin, mais je dois emmener le corps.

— Il te faudra passer d'abord sur le mien ! répondit Frédric.

— C'est possible, mais je préférerais ne pas avoir à le faire.

Frédric éclata d'un rire énorme.

— Cela ne risque pas, car je ne t'en laisserai pas le temps !

Élaine vit la sueur perler sur le front du gendarme. Il savait sa mort certaine, mais il ne reculerait pas d'un pas.

— Si tu me tues, je veux que mon corps soit brûlé. Je n'ai aucune envie de me réveiller en zombie. Tu ne peux souhaiter ça à tes amis non plus ! Les regarder se décomposer lentement, nuit après nuit ! Laisse-nous brûler son corps !

Le doute envahit Frédric. Son bras mollit, il hésita. La voix de Silvanus monta de la chambre :

— Ils ne l'auront pas.

Frédric brandit son épée.

— Tu l'as entendu ?

— Silvanus, elle a succombé, laisse-le faire.

C'était la voix de Jonathan.

— Tu devrais nous envoyer Élaine. Elle pourrait rappeler Averil à la vie. Je sais qu'elle en est capable.

— Non, elle ne le peut pas. Thordin dit que seuls les maîtres guérisseurs y parviennent. Elle commence tout juste à apprendre.

Élaine approcha du chef de la police. Il jeta un coup d'œil sur elle puis revint à Frédric, qui mobilisait toute son attention.

— Je suis Élaine Clairn, et je crois que Silvanus m'attend.

— Élaine, cria Frédric, ces imbéciles veulent brûler le corps d'Averil !

— Élaine ! cria Silvanus. Viens par ici !

Frédric et son adversaire se mesurèrent du regard. Aucun ne voulait céder un pouce de terrain.

— Laisse-moi entrer, capitaine. Soit je serai capable de faire ce que Silvanus demande, soit j'échouerai. Mais laisse-moi au moins essayer. La nuit approche.

L'arme au poing, l'homme lui céda le passage.

— Vas-y, entre, mais je n'attendrai pas longtemps.

Frédric la laissa passer et reprit sa position. Gersalius resta sur le seuil de la porte. Élaine lui jeta un regard anxieux.

— Je vais rassembler une petite équipe pour creuser…, lui dit-il.

— Il faudrait que je sois présente !

— Je peux faire ça, et même plus. Mais toi seule peux sauver Averil, Élaine Clairn. Toi seule.

Elle acquiesça. Comme toujours, il avait raison.

Il n'y avait guère de place dans la pièce. Silvanus était penché sur Averil. Randwulf se tenait au pied du lit et Jonathan debout devant la fenêtre.

Élaine s'assit au bord du lit.

— Comment dois-je m'y prendre ?

Au premier abord, on aurait cru qu'Averil dormait profondément. Mais il y avait dans son corps un abandon et une raideur qui ne trompaient pas. Ni le sommeil ni l'inconscience ne produisaient pareil effet.

Silvanus s'agenouilla au pied du lit.

— Pose les mains sur elle, soit sur la blessure qui l'a tuée, soit sur son cœur. Là où tu sens la vitalité la plus forte…

Élaine grimaça de douleur.

— Tu es blessée, dit Silvanus, tu as mal.

— Ce n'est rien du tout…

Il releva le bas de sa robe. Du sang coulait de son genou.

— Soigne d'abord ça. Sinon, tu ne pourras pas te concentrer.

— Non. La douleur m'aide plutôt.

Il la regarda d'un air bizarre.

— Comme tu voudras. Chaque guérisseur travaille à sa façon. Si tu commences par sa blessure, tu peux la soigner, puis passer à autre chose.

— Comment guéris-tu la mort ?

— Traite les blessures qui l'ont tuée, et le corps se remettra à fonctionner. Il reprendra vie. Je ne sais comment l'expliquer autrement. Soit tu comprends, soit…

Élaine savait ce que cela signifiait : si tu ne comprends pas, Averil restera morte. Blaine aussi, en admettant qu'elle retrouve son corps.

Elle réussirait. Il le fallait. Elle le voulait.

— Je te laisse procéder à la guérison, Élaine, déclara Jonathan en se dirigeant vers la porte.

Elle fut tentée de le rappeler, mais ils s'étaient promis de ne plus se quereller sur le sujet. Aussi longtemps que Jonathan ne serait pas confronté à la magie, ils resteraient une famille unie. Ce n'était pas trop cher payer.

— Va voir Gersalius, dit-elle. Il se peut que nous ayons découvert quelque chose.

Il acquiesça sans se retourner.

Élaine défit les bandages qui enveloppaient la gorge d'Averil. Autour de la morsure, la peau avait verdi, et la plaie s'était infectée. La gangrène avait commencé ses ravages. Ce n'était pas normal. Une morsure ne dégénérait pas aussi rapidement. De quelle nature était ce poison ?

Élaine passa les doigts sur les bords de la blessure. La peau était brûlante. Dans un corps déjà mort, pourquoi cette lésion était-elle comme vivante ?

Sa main repassa sur la chair. Tout ce qui comptait, c'était de sentir les tissus à vif. Elle enfonça les doigts dans le trou. C'était un corps mort, qui ne souffrait pas, il ne fallait pas flancher. Elle pouvait en faire ce qu'elle voulait, le cadavre ne se plaindrait pas. Il s'agissait d'une blessure à la gorge, d'une hémorragie, et d'une morte.

Comme elle l'avait fait la première fois, elle réduisit les lésions les plus profondes. Ligature d'artère et de veines. Ses doigts passèrent et repassèrent jusqu'à ce que la peau se reconstitue parfaitement. Mais Averil n'avait pas repris vie.

Elle s'accroupit sur les talons et contempla le corps que ses mains effleuraient à peine.

— J'ai soigné la blessure, dit-elle en retirant ses mains. Je ne sais plus quoi faire.

— Elle est vidée. Tu dois la remplir. Emplis-la de vie, dit Silvanus.

— Comment ?

Silvanus poussa un soupir.

— Je ne saurais te l'expliquer, Élaine. Bon nombre de guérisseurs n'apprennent jamais à ramener un défunt à la vie. Je crois que c'est une incapacité à comprendre la mort, à la *visualiser* comme n'importe quelle autre blessure.

— Son corps est en parfait état. Je ne peux pas le guérir davantage. C'est déjà fait.

Les doigts de Silvanus s'enfoncèrent dans sa chair.

— Élaine, je t'en prie. Il faut que tu trouves en toi-même. Je ne peux le faire à ta place.

Si elle ne réussissait pas à réveiller Averil, Blaine était mort pour toujours. Mais elle avait beau essayer, elle ne sentait qu'un corps mort où il n'y avait plus rien à guérir.

— Je t'en supplie, dit Silvanus.

Élaine recommença. Les mains posées sur le cadavre, elle chercha. Elle élimina une cicatrice qu'elle trouva sur un rein et les vestiges d'une maladie. Les doigts invisibles s'activèrent jusqu'à rendre Averil plus parfaite qu'à sa naissance.

Cependant, ce n'était toujours qu'un cadavre. Élaine ne parvenait pas à guérir ce qui tout simplement n'existait pas. L'étincelle, ou l'âme, quel que soit le nom qu'on lui donne, qui faisait d'Averil autre chose que des os liés par de la chair et des nerfs, n'y était pas.

Et Élaine ignorait comment la lui restituer.

Elle éprouvait du plaisir à toucher ce corps, à explorer ses organes, mais c'était *jouer* plus que *guérir*.

En pliant la jambe, elle sentit une douleur. Sans même regarder, elle sut qu'elle saignait de nouveau. Elle se mit alors à l'écoute de sa douleur. Puis elle se concentra sur les écorchures de ses mains, sur ses ongles arrachés et sur son genou blessé.

L'ultime sensation qu'elle capta fut le chagrin. Sa solitude coula de ses mains comme de l'eau et se mêla à la douleur. Elle la transmit au cadavre auquel elle ne pouvait rendre la vie. Sans comprendre pourquoi, elle lui offrait sa colère, son chagrin et sa souffrance.

Le corps se raidit sous ses mains puis retomba comme une masse. Élaine s'effondra sur le plancher. Soudain Averil se redressa ; ses yeux dorés s'ouvrirent.

Silvanus se précipita.

— Averil ! Averil !

Il la serra contre sa poitrine. Elle n'eut aucune réaction.

— Averil, parle !

Elle ouvrit la bouche. Une plainte animale en sortit.

Silvanus la prit par les épaules et la secoua. Mais elle semblait ne rien voir, ne rien entendre.

— Averil ! Averil !

Il la gifla. Le cri continua. Il lui administra une claque assez forte pour qu'elle retombe sur le lit. Les poings serrés, comme raidie de douleur, elle resta étendue, exhalant son horrible plainte.

— Qu'as-tu fait, Élaine ? demanda Silvanus. Que se passe-t-il ?

— Tu m'as demandé de la remplir. C'est ce que j'ai fait.

— Mais avec quoi, grands dieux ?

— Ma douleur…

Silvanus tomba à genoux devant le lit où gisait ce qui n'était pas sa fille.

— Tuez cette créature !

Randwulf cria :

— Mais que racontes-tu !

— Tuez cette créature ! Tuez-la ! Grands dieux, tue-la !

Randwulf hurla pour se faire entendre :

— Non !

Sur le seuil, Frédric se retourna.

— Non, Silvanus !

— Regardez ça ! Ce n'est pas Averil ! Cela n'a rien d'humain. Tuez cette créature, je vous en prie.

Frédric s'avança vers le lit. Le regard d'Élaine allait de l'un à l'autre. Ses intentions étaient pures. Elle n'aurait rien pu faire d'autre.

— Je suis désolée…

Les deux hommes ne lui accordèrent aucune attention.

— Frédric, dit Silvanus en saisissant la main du paladin, nous le ferons ensemble.

Il resserra son étreinte.

La main de Silvanus sur un bras, celle de Randwulf sur l'autre, Frédric leva son épée. Le jeune guerrier pleurait.

Élaine recula. Désemparée, elle s'accroupit sur le sol et se recroquevilla sur elle-même. Son intervention avait été plus néfaste que si elle n'avait rien tenté du tout.

La pointe de la lame s'enfonça dans le cœur d'Averil, clouant sur le lit son corps gracile. Le sang jaillit tel un geyser, sombre et épais comme du velours. Si Élaine avait réussi, Averil aurait vécu.

Silvanus fut le premier à se détourner. Il interpella la foule massée dans le vestibule :

— Nous vous donnerons le corps dans quelques instants. En attendant, laissez-nous tranquilles.

Sans répliquer, le capitaine des gendarmes ferma la porte.

Le regard de Silvanus tomba sur Élaine. Prostrée, elle ne savait quel parti prendre. Fuir lui semblait lâche. Quand son regard affronta celui de l'elfe, elle regretta de ne pas l'avoir fait.

— Maintenant, Élaine Clairn, voyons en quoi nos manières de guérir diffèrent.

— Que veux-tu dire ?

— Frédric, montre-moi tes bras. Je voudrais voir les plaies qu'Élaine a soignées.

Frédric remonta ses manches en silence. Il était encore sous le choc.

— C'est ce que je craignais, fit Silvanus.

Lentement, Élaine se releva.

L'expression de Frédric avait changé. Une horreur grandissante se peignit sur ses traits.

Les yeux d'Élaine se posèrent sur ses bras du paladin. Les traces des morsures avaient disparu, la peau avait cicatrisé, mais elle avait changé d'aspect. Quelque chose qui ressemblait à d'épaisses écailles vertes commençait à couvrir les chairs.

Élaine tendit la main. Personne ne l'arrêta. Les écailles étaient lisses et leurs arêtes coupantes. Toute la partie du bras qu'elle avait soignée en était couverte.

Précipitamment, Randwulf retroussa ses manches. Sa peau était intacte. Son soupir de soulagement troubla le silence.

— Montre-moi ta nuque, dit Silvanus.

Les yeux de Randwulf s'arrondirent. Les mains collées le long du corps, il semblait redouter de toucher son cou.

Silvanus souleva les cheveux bruns du jeune homme, rabattit son col et soupira. Il y avait une excroissance au sommet de la colonne vertébrale. Elle ressemblait à une réplique d'être humain assez petite pour tenir dans la paume d'une main. Ses yeux gros comme des têtes d'épingle s'ouvrirent et contemplèrent l'assistance.

Élaine recula en poussant un cri.

— Qu'y a-t-il ? demanda Randwulf d'une voix étranglée par la peur.

— Une excroissance, répondit Silvanus.

Personne n'ajouta rien. Aucun des hommes n'osait dire tout haut la vérité.

Silvanus saisit l'étoffe qui enserrait son moignon.

— Aide-moi, dit-il à Frédric.

D'un coup de poignard, le paladin découpa la manche. Recouvert d'une peau lisse et dorée, le bras avait repoussé jusqu'au coude, mais son extrémité était noirâtre. L'intérieur du membre était blanc comme le ventre d'un poisson et couvert de ventouses.

— Qu'est-ce que j'ai sur la nuque ? demanda Randwulf. Dites-le-moi !

Un petit son plaintif s'éleva. Une sorte de cri aigu, mais très faible. Randwulf tendit le cou pour voir ce qu'il avait dans le dos. La miniature avait la bouche ouverte et elle criait.

Randwulf fit de grands mouvements pour arracher la protubérance de sa nuque. Un bras tomba sur le sol. Un filet de sang s'en échappa. Le minuscule membre fut agité de soubresauts. Trop pétrifié pour parler, Randwulf le regarda.

— Coupe ça, ordonna Silvanus. Coupe le bout ! fit-il en montrant son moignon difforme.

D'un coup d'épée, Frédric trancha le tentacule naissant. Un suc verdâtre et sirupeux en suinta, ruisselant sur le sol.

Randwulf continuait à se contorsionner pour tenter d'arracher la chose qui parasitait sa nuque. Soudain le tentacule sectionné sauta sur Frédric.

C'en fut trop pour Élaine. Elle ouvrit la porte et s'élança dans le vestibule désert. Au pied de l'escalier, le gendarme montait la garde.

— Le moment est-il venu ? demanda-t-il en la voyant.

Elle passa devant lui sans s'arrêter et sortit de la maison. Une seule pensée tourbillonnait dans son esprit : Jonathan avait raison ! Elle était corrompue ! C'était même pire que ça ! Souillée ! Pervertie par la magie !

Élaine courut droit devant elle. Elle ne savait pas où elle allait, mais qu'importait... Il fallait fuir loin de cette pièce, et de ce qu'elle avait fait. Dire qu'elle avait pris du plaisir à guérir ! Même quand elle tentait de rappeler Averil à la vie !

Et comme elle aurait aimé caresser la petite figurine, jouer avec elle ! Toucher aussi le tentacule qui s'était formé au bout du bras de Silvanus...

Elle voulait se convaincre qu'elle était horrifiée, mais au fond de son cœur, l'attirance l'emportait.

C'était ce qui l'avait poussée à fuir. Une part d'elle-même désirait jouer avec ce qu'elle avait créé.

Chapitre 29

Debout devant la tombe, Gersalius tendit les mains. Les flammes qui en jaillirent embrasèrent l'huile répandue sur le sol.

Rapidement, la terre gelée fut assez amollie pour que Konrad et Thordin puissent creuser. Dès que le sol devenait trop dur, Gersalius recommençait l'opération.

Jonathan réprouvait cette utilisation éhontée de la magie, mais il devait se plier aux diktats de la logique. Le temps pressait. On était déjà au début de l'après-midi. Dans quelques heures, il ferait sombre.

Gersalius baissa les mains. Çà et là les flammes achevèrent de consumer l'huile puis s'éteignirent. Konrad sauta dans la fosse pour continuer à creuser. Il enfonçait la pelle dans la terre meuble quand il rencontra quelque chose de dur.

— Je crois que nous avons touché le cercueil, annonça-t-il.

À quatre pattes, il déblaya la terre. Thordin en fit autant de l'autre côté. Le couvercle d'une bière apparut. Son bois pourrissant s'émietta entre les doigts de Konrad.

Thordin mit au jour un cercueil plus petit, dont le fond s'était désintégré. Du bord de la fosse, Jonathan jeta un coup d'œil dans la tombe. Le soleil éclairait des ossements blanchis et les restes d'une robe à fleurs.

Thordin tendit la main à Jonathan, qui le hissa hors de la fosse. Au fond, il n'y avait pas assez de place pour qu'on puisse ouvrir le cercueil.

Konrad dut enlever le couvercle morceau par morceau, car le bois lui restait entre les doigts. Des cheveux étaient encore collés au crâne du cadavre. L'étoffe de la robe, bien que rongée par la moisissure, était de qualité ; elle avait résisté à l'humidité et au manque d'air.

— Pourquoi la femme du fossoyeur ne s'est-elle pas transformée en zombie ? s'étonna Thordin.

— Il faudrait peut-être se demander pourquoi le maléfice qui ressuscite les morts commence à partir de cette tombe, dit Gersalius.

— Aurais-tu découvert quelque chose, sorcier ? demanda Jonathan.

Gersalius haussa les épaules.

— De simples suppositions, et je vois sur ton visage que tu les partages…

— Il faut que nous parlions au fossoyeur, c'est ma conviction. Thordin, où est le sac que je t'ai demandé d'apporter ?

— Le voilà, répondit Thordin, lui tendant un grand sac de jute.

— Konrad, passe-nous les ossements.

— Jonathan ! C'est trop ! Nous avons déjà violé cette tombe !

— J'avais l'idée que tout cela visait à créer un zombie amélioré. Peut-être est-ce partiellement vrai. Et si Ashe avait cherché à ramener sa femme à la vie ? Élaine a parlé de zombies assez similaires aux vivants. Les villageois disent que les morts récents se transforment en zombies ordinaires et se putréfient, mais que les défunts de plus longue date sont mieux préservés. Ashe attend que son sortilège soit parfaitement au point pour s'occuper de sa femme.

— Mais pourquoi faut-il que nous emmenions les ossements ? demanda Konrad.

— Nous nous en servirons d'*otages*, répondit Jonathan.

Gersalius sourit.

— On ne peut pas rappeler un mort à la vie sans avoir son corps…

— Exactement, renchérit Jonathan.

Konrad contemplait le crâne aux cheveux clairsemés.

— Je n'approuve pas les agissements d'Ashe, mais je comprends ce qu'il voulait faire. La mort de Béatrice m'a tué, moi aussi.

— Mais il y a Élaine, qui attend ton retour à l'auberge, dit Gersalius.

Konrad eut l'air surpris. Puis un sourire éclaira son visage.

— Oui.

Pour Jonathan, ce seul mot marquait la fin d'une époque de souffrance et d'amertume.

Konrad sortit les ossements du cercueil. Thordin les rangea dans le sac de jute.

* * *

Embusqué au pied de la colline, Harkon Lukas écoutait. Malgré le soleil d'hiver, rester immobile dans la neige lui glaçait les os. Ainsi ils avaient découvert le secret d'Ashe plus vite qu'il aurait voulu. Il avait été pris de court ! Ambroise étant connu pour sa haine de la magie, Harkon ne pouvait pas prévoir qu'il y aurait ce sorcier…

Lukas n'aimait pas l'imprévu. S'ils questionnaient le fossoyeur, celui-ci risquait de leur révéler que le sortilège et le poison étaient son idée… Harkon l'ayant convaincu que sa chère moitié n'était pas nécessairement condamnée à finir putréfiée et rongée par les vers !

Il était hors de question qu'Ashe leur dévoile toute l'histoire. Il était Harkon Lukas, un barde renommé, et non un serviteur du Mal notoire ; il avait une réputation à défendre. Si la confrérie découvrait sa véritable nature, tout serait fini.

Tuer Ashe aurait été une solution, mais il avait également besoin de Konrad. Peut-être devrait-il plutôt voler au secours du fossoyeur ? Oui, il lui restait encore des possibilités. Il pouvait soutenir Ashe tout en le trahissant, voler le corps de Konrad, et devenir un héros.

Quelle idée formidable il venait d'avoir !

Il descendit paisiblement la colline. Pas le temps de peaufiner ses plans. D'abord, il lui fallait Ashe vivant, le temps de le piéger, puis mort, pour qu'il ne parle pas. Il se présenterait comme un ami d'Ashe qui avait finalement pris parti contre lui. Un stratagème sans faille, s'il parvenait à ne pas se couper. Et quand on se nommait Harkon Lukas, cela ne posait pas de problème !

Chapitre 30

Élaine se laissa tomber devant la façade d'une maison. Elle avait réussi à revenir dans le village. Sur la place, l'eau de la fontaine continuait à bouillonner. Un enfant transi de froid serré contre ses jupes, une femme y avait plongé son seau. Quand il fut plein, elle repartit, tâtant précautionneusement du pied les pavés glacés. Grâce à la magie d'Élaine, l'eau était de nouveau claire et pure.

Mais tous les villageois avaient été contaminés. S'ils venaient à trépasser, même de mort naturelle, ils se réveilleraient. Il fallait trouver un antidote. Gersalius devait en connaître un. Appuyée contre le mur de pierre froide, la jeune fille se demandait que faire. Après ce que ses talents de soi-disant guérisseuse avaient provoqué, elle n'avait aucune envie d'affronter le regard de Jonathan. Qu'elle soit fascinée par son « œuvre » aggravait les choses. Elle savait que la petite figurine issue de la nuque de Randwulf se serait tôt ou tard détachée, et qu'elle l'aurait adoptée comme un jouet ou un animal de compagnie…

C'était sa création, et elle avait eu envie de la toucher, de la serrer dans ses mains, de garder tout ce qu'elle avait mis au monde. Ces choses étaient horribles ! Elle en avait conscience ; malgré cela, elle avait désiré les avoir à elle.

Si elle parlait à Gersalius pour lui demander l'antidote, il lirait dans ses pensées. Verrait-il ce qu'elle tenait à cacher ? Saurait-il à quel point son âme était pervertie ? Non, elle ne le supporterait pas. Mais elle ne pouvait pas abandonner le village à son sort.

La tête entre les mains, elle frissonna. La nuit allait tomber. Si elle restait dans la rue, les morts-vivants la tueraient, et elle deviendrait comme eux.

Les yeux pleins de larmes, Élaine releva la tête et regarda le ciel.

Un passant au visage émacié et aux cheveux bruns s'arrêta devant elle.

— Tout va bien ? demanda-t-il.

Elle ne méritait pas qu'on soit bon avec elle.

— Tout va bien, merci.

— Je suis Ashe, le fossoyeur. Tu es Élaine Clairn, n'est-ce pas ?

Elle acquiesça.

— Tu trembles de froid, dit-il en lui tendant sa cape.

Le vêtement sentait les herbes médicinales. Cela lui rappela Konrad. Ne sachant quelle attitude adopter, elle le prit.

— J'ai entendu dire que tu cherchais un cadavre aux cheveux blonds comme les tiens. Celui d'un homme : ton frère.

Élaine fit un pas en avant. La cape balaya le sol couvert de neige.

— Aurais-tu retrouvé Blaine ?

— Oui. Quand on découvre un cadavre, au village, c'est à moi qu'on l'apporte, pour que je fasse le nécessaire. Veux-tu lui rendre les derniers hommages ? Avant la tombée de la nuit, je devrai brûler tous les morts. Le crépuscule ne va pas tarder.

—Je te suis, répondit-elle.

Il passa un bras autour de ses épaules et releva la cape, qui traînait dans la neige.

—Je ne voudrais pas que tu tombes, avec ces plaques de glace partout...

Cette soudaine promiscuité ne convenait guère à Élaine, mais l'homme allait l'emmener voir Blaine. Cela valait de supporter ses familiarités.

Il la guida à travers les rues que le crépuscule envahissait peu à peu. Une brume bleutée s'étendait sur le village.

Soudain, l'homme sortit une clé de sa poche.

—Les morts-vivants vont bientôt grouiller. Rentrons!

Élaine acquiesça. Il la poussa devant lui et ferma la porte à double tour.

—Ouf! Maintenant, nous sommes en sécurité, fit-il avec un soupir de soulagement.

Le sol de la pièce était couvert d'un tapis aux ramages pastel, les murs étant marquetés de bois précieux. Du velours couvrait les fauteuils et les divans. La lumière tamisée des lampes conférait une atmosphère douillette et chaleureuse à la pièce. Au centre, sur des socles drapés d'une étoffe, plusieurs cercueils étaient disposés.

Chacun était d'un bois et d'une couleur différents: l'ocre chantant du merisier, le brun profond du chêne, le blond clair du pin. Certains avaient des poignées en or, d'autres en vil métal. Un seul était cerclé d'argent. C'était la bière d'un enfant.

—Ils ne servent plus à grand-chose, dit le fossoyeur. Je n'ai plus qu'à mettre les corps dans un linceul et les brûler.

Il faut croire que le feu les empêche de se transformer en zombies…

Il aida Élaine à retirer sa cape et la jeta négligemment sur le cercueil de bois clair, où elle sembla parfaitement à sa place. Prenant une lampe accrochée à un mur, il gravit les marches d'un grand escalier recouvert de tapis.

— Montons voir ma pièce secrète, dit-il.

Le vestibule desservait plusieurs portes. Il s'arrêta devant la dernière, à sa gauche, et tourna la clé dans la serrure.

— J'ai découvert qu'une porte verrouillée retient les morts-vivants, à l'intérieur comme à l'extérieur. J'ai fermé à clé par prudence, c'est tout.

Après avoir erré la nuit dans les rues de Cortton, Élaine ne discuta pas ces précautions.

Ashe poussa la porte et entra en brandissant la lampe. Le halo de lumière fit apparaître une masse de cheveux blonds.

Élaine en eut le souffle coupé. Elle ne voyait pas le visage, mais la chevelure lui suffisait. Blaine était là, sur une table couverte d'un drap blanc. Les dernières lueurs du soleil d'hiver venaient de se retirer, abandonnant la pièce à la grisaille du crépuscule.

Le souffle d'Élaine formait comme une brume. Elle frissonna. Il faisait aussi froid que dehors.

Cette pièce était aménagée pour conserver les cadavres.

Elle avança comme dans un rêve. Elle avait vu mourir Blaine, mais sa fin lui semblait encore abstraite. C'était peut-être un bienfait. Ce qu'on ne juge pas réel fait moins mal.

Sa chevelure blonde en bataille, Blaine avait les mains jointes sur la poitrine. L'étoffe blanche et fine qui l'enveloppait ne laissait rien paraître de ses blessures. Ashe s'était bien acquitté de sa tâche. Sous cette lumière, Élaine s'attendit presque qu'il ouvre les yeux. C'était impossible, elle le savait. N'ayant pas bu l'eau de la fontaine, il était mort pour toujours.

Une idée traversa l'esprit de la jeune fille. Elle savait que Blaine ne ressusciterait pas, mais comment le fossoyeur pouvait-il en être sûr ? Il faisait déjà presque nuit. Pourquoi ne brûlait-il pas le corps ?

Ashe lui sourit.

— Je suis allé à l'auberge juste après ton départ. Le capitaine des gendarmes m'a raconté que tu avais rappelé à la vie la fille de l'elfe.

— Non, pas vraiment…

— Je sais que cela n'a pas fonctionné comme tu l'espérais. J'ai le même problème depuis des semaines.

Élaine dévisagea le fossoyeur.

— Que veux-tu dire ?

— J'ai perdu ma femme. Toi, c'est ton frère. Mais tu aimerais bien qu'il soit encore vivant, n'est-ce pas ?

Élaine fit oui de la tête.

— Moi, je veux que ma femme revienne. J'ai réussi à ramener quelques corps à la vie, mais le résultat n'a jamais été très bon. Ensemble, nous pourrions peut-être trouver une solution à nos problèmes.

— Tu as empoisonné l'eau de la source et déclenché l'épidémie. C'est pour ça que tu n'as pas brûlé les cadavres…

— J'ai tenté de parfaire mon sortilège. Récemment, on a eu l'idée de brûler les morts. Je savais que cela les tuerait pour de bon, mais ce n'était pas ce que je voulais.

Son visage gardant une expression avenante, l'homme avait l'air content de lui. Jonathan ne se trompait pas, cet homme était fou, complètement fou. Ashe tentait de créer un zombie parfait. Ou plutôt, il voulait ressusciter sa femme pour la récupérer telle qu'elle était *avant*.

— Je suis capable de rappeler des corps à la vie, mais pas leur esprit. Si tu as vu la personne que j'ai… traitée, tu as dû t'en rendre compte.

Ashe posa la lampe sur la table. Le visage de Blaine brilla sous sa lumière.

— Tu en es à tes premières guérisons. Avec le temps, tu feras des progrès, comme moi depuis que je travaille sur les cadavres.

Élaine regarda ce visage souriant et resta sans voix. Que dire à un aliéné ? Cet homme avait vu les désastres qu'elle avait causés, et il désirait pourtant qu'elle continue ?

Des craquements montèrent du rez-de-chaussée.

— Je crois que nous avons de la visite, dit Ashe.

Il n'avait pas l'air effrayé. Sans quitter des yeux Élaine, il recula jusqu'à la porte. Apparemment, il ne se fiait pas à elle.

— Garde un œil sur ton frère, je vais voir ce qui se passe. Quand je reviendrai, tu me diras si tu es prête à tout pour le ressusciter. Mais je crois connaître la réponse, dit-il en refermant la porte.

La clé tourna dans la serrure.

Élaine resta seule, enfermée avec le cadavre de Blaine.

Chapitre 31

Jonathan enjamba les débris de la porte défoncée. Thordin l'avait précédé, brandissant son épée, qui étincela sous la lumière des lampes. Gersalius et Konrad les suivirent. Grâce à l'intervention du sorcier et à la hache du guerrier, la porte avait cédé.

Jonathan jeta un coup d'œil par l'ouverture béante hérissée d'échardes.

— Si nous passons cette porte, les morts-vivants pourront en faire autant. Il ne faudrait pas qu'ils nous coupent la retraite, déclara-t-il.

— Alors nous ferions bien de nous dépêcher, répondit Gersalius. Ashe tient sûrement des zombies sous sa coupe.

— Tu ne nous avais jamais dit cela, souffla Konrad.

Gersalius prit l'air embarrassé.

— Je viens d'y penser à l'instant.

— Le sorcier a raison, dit une voix du fond du couloir, les morts-vivants sont sous ma coupe !

Quelque chose remua derrière Ashe. C'était la créature que Tereza avait vue la nuit de leur arrivée, et qui se déplaçait à une vitesse folle. Jonathan la voyait nettement.

Sa peau lisse et décolorée était marbrée d'étranges zébrures qui faisaient penser à un serpent. Un sifflement jaillit de son gosier.

Ashe lui tapota distraitement la tête comme s'il s'agissait d'un chien. Aussitôt la créature se nicha contre ses jambes, apparemment satisfaite de l'attention qu'il lui témoignait.

— Voilà le premier de mes zombies qui a pu garder un peu de cervelle. Comme vous le voyez, il n'a pas progressé. Il restera une bête fidèle. Vous avez perdu votre benjamin, le blondinet, n'est-ce pas ?

Konrad brandit sa hache et avança.

— Où est Élaine ?

— Je l'ai trouvée en pleine détresse, errant dans les rues. Elle est là-haut avec son frère. À sa manière, elle ne manque pas de talents. Savez-vous ce qu'elle a fait pour vos amis ?

Jonathan pensa à ce qui les attendait quand ils rentreraient à l'auberge. Ils y étaient passés avant de se rendre dans la maison du fossoyeur, espérant que Frédric et Randwulf se joindraient à eux pour leur prêter main-forte.

Ce qu'ils avaient vu, c'était surtout du sang ; il y en avait partout ; l'air empestait la chair carbonisée. Randwulf était étendu sur le ventre, une masse noirâtre et sanglante en guise de nuque. Frédric s'était creusé le bras jusqu'à l'os dans l'espoir de se débarrasser des écailles implantées.

Clouée par une épée sur son lit, Averil semblait morte pour la seconde fois.

Silvanus gisait sur le sol, l'extrémité de son bras coupé noircie par le feu. Il s'était agrippé au manteau de Jonathan et lui avait murmuré : « Elle ne l'a pas fait exprès. C'est un accident. »

Jonathan avait fui la pièce pour retrouver Tereza brûlante de fièvre. Il l'avait laissée sans savoir si elle avait eu conscience de sa présence. La plaie s'était infectée. Après ce qu'il avait vu dans la pièce d'à côté, il était heureux qu'elle ait refusé les soins d'Élaine.

Bien décidé à en finir, Jonathan était parti vers la maison d'Ashe. Il n'avait pas eu le temps de se mettre à la recherche d'Élaine, et il n'était pas sûr de vouloir le faire. En découvrant cette pièce sinistre, ses craintes s'étaient confirmées.

— Je crois qu'Élaine et moi, nous allons travailler ensemble, dit Ashe. L'association de nos pouvoirs devrait nous permettre de ramener les morts à la vie.

— Élaine ne fera pas une chose pareille, dit Konrad.

— Oh ! On ne sait jamais. Enfermée dans une chambre avec le cadavre de son frère en train de se décomposer, elle pourrait changer d'avis.

— Tu es plus monstrueux que tous tes zombies ! dit Konrad.

Il s'élança vers Ashe, mais Thordin le retint d'une main ferme.

— Ce n'est pas le moment.

Il lâcha son ami pour ouvrir la petite fiole qu'il avait dans l'autre main. Jonathan et Gersalius prirent la gourde accrochée à leur ceinture et la débouchèrent. Konrad jeta la fiole sur Ashe. Elle se brisa aux pieds du fossoyeur, l'éclaboussant d'huile. L'homme poussa des cris aigus tandis que sa créature attaquait.

Thordin tomba à la renverse, le monstre au-dessus de lui. Son épée étant devenue inutile, il tenta de dégainer son poignard.

Konrad vint à son aide, abattant sa hache sur le dos de la bête. Elle hurla de douleur, se débattant comme un beau diable. Thordin lui plongea son poignard dans le ventre. Loin d'être vaincue, la créature rugit de plus belle. Des deux pieds, Thordin la repoussa, l'envoyant rouler jusqu'aux pieds d'Ashe.

D'un bond, elle fut de nouveau sur ses jambes, prête à se battre.

Le fossoyeur éclata de rire.

— On va voir ce que vous savez faire avec les autres zombies !

Les couvercles des cercueils s'entrouvrirent. Des cadavres en sortirent.

Aussitôt Jonathan et Gersalius les aspergèrent d'huile.

— Attendez, cria Konrad. Où est Élaine ?

Jonathan secoua la tête. Avec sa pierre à feu, il enflamma l'huile.

La créature tournait autour de Thordin et de Konrad, prête à leur bondir dessus. Ashe en profita pour détaler.

Konrad se lança à sa poursuite, laissant Thordin aux prises avec la bête.

— Konrad, non ! N'y va pas ! cria Jonathan.

Mais c'était trop tard. Des flammes commencèrent à monter des flaques d'huile, dégageant une chaleur infernale. Rapidement, ils furent cernés par le feu.

Thordin cloua au sol le premier zombie et lui vida une fiole d'huile dessus. Le mort-vivant se contorsionna en hurlant. Ces zombies-là étaient-ils sensibles à la douleur ?

Les autres morts-vivants se laissèrent retomber dans leurs cercueils où ils se consumèrent sans un soubresaut ni un gémissement.

Les flammes avaient gagné les tapis et commençaient à lécher les murs. Le vestibule n'était plus qu'un mur de flammes. La chaleur du brasier contraignit les trois hommes à reculer vers la porte qu'ils avaient enfoncée.

— Jonathan !

La voix le fit sursauter. Il se retourna.

Tereza était debout devant la porte, le visage en sang. Le feu gagnant, les lambris des murs s'enflammèrent, poussant les trois amis vers la sortie.

Jonathan enjamba les restes déchiquetés de la porte et se retrouva dehors. Il prit sa femme dans ses bras.

— Tu saignes !

— Ce n'est pas mon sang, le rassura-t-elle en souriant.

— Tu n'aurais pas dû venir. Tu sais, nous sommes capables de nous battre seuls.

Elle regarda les murs en feu. Gersalius et Thordin étaient encore dans la maison. Leurs regards se portèrent sur le deuxième étage, que les flammes n'avaient pas encore atteint. C'était là que devaient être Konrad et Élaine...

Les bras autour du cou de son mari, Tereza se blottit contre sa poitrine. Elle ne savait pas encore... Elle avait pu venir le rejoindre, mais elle ignorait qu'Élaine était dans la maison.

— Il faut faire quelque chose ! dit Thordin.

Tereza se serra plus fort contre Jonathan. Il tenta de se dégager pour la regarder contre lui ; il la sentait toute froide. Sa fièvre était sans doute tombée.

— Tereza ? appela-t-il doucement.

La tête enfouie dans son cou, les lèvres sur sa peau, elle murmura :

— Jonathan, j'ai faim.

Ses dents se plantèrent dans le cou de son mari. Il cria et tenta de la repousser, mais elle était comme soudée à lui. Les mâchoires rivées à sa gorge, elle cherchait sa jugulaire.

Thordin la prit par les cheveux et la tira en arrière. Tereza retomba sur le sol couvert de neige. Il n'y avait rien de changé en elle, sinon le sang qui lui maculait le visage.

Gersalius l'aspergea d'huile.

— Jonathan ! hurla-t-elle.

— Non ! cria Thordin, retenant son ami.

Gersalius claqua des doigts. Une étincelle vola dans les airs et retomba sur l'huile, qui s'enflamma aussitôt.

Tereza hurla le nom de son mari.

Jonathan perdit connaissance. Thordin le prit dans ses bras et le posa doucement sur le sol.

Tereza n'était plus qu'une torche vivante. La peau que Jonathan avait si souvent caressée noircit et se recroquevilla.

— Jonathan !

Elle s'effondra dans la neige, une main carbonisée tendue vers l'homme qu'elle avait toujours aimé.

Chapitre 32

Harkon Lukas était tapi dans l'ombre, près de la dernière porte, sur la droite. Ashe était passé devant lui en courant, Konrad à ses trousses. Tout avait mieux fonctionné qu'il ne l'avait prévu. Seul Konrad s'était lancé à la poursuite du fossoyeur. Maintenant, Harkon attendait les autres.

— Où est Élaine ?

Konrad avança, hache à la main, prêt à le frapper.

— Ne compte pas sur moi pour te l'apprendre, répondit Ashe.

— Dis-moi où elle est, et je ne te ferai aucun mal.

— Tu ne me feras rien du tout ! lança Ashe en reculant vers la cachette de Harkon. C'est toi qui vas mourir !

D'un geste théâtral, il tira un rideau damassé.

Harkon apparut, souriant. Il affectionnait ce genre de coup de théâtre.

— Le barde ! Que fais-tu ici ? s'exclama Konrad.

Il brandissait toujours sa hache, prêt à s'en servir. Bien que surpris, il ne s'était pas laissé décontenancer. Au moindre geste menaçant, il tuerait sans hésiter.

Impatient que le spectacle commence, Ashe accueillit Konrad avec un sourire éblouissant.

La lame de Harkon transperça le dos du fossoyeur, qui tomba à genoux. Ses mains se crispèrent sur la pointe de l'arme qui émergeait de sa poitrine, puis il tomba en avant, terrassé.

Harkon s'avança.

— Nous n'avons pas de temps à perdre. Je vais te conduire à Élaine.

— Que faisais-tu donc ici, avec le fossoyeur ?

Ce délicieux Konrad était décidément très soupçonneux. Cela ne manquait pas de piquant !

— Quelque chose me dit que nous devons faire vite ! Elle est enfermée dans une de ces pièces et elle va brûler vive.

Konrad eut un instant de doute.

— Je soupçonnais Ashe d'être le coupable, poursuivit Harkon, mais j'avais besoin de preuves. Quand il a fait irruption ici, je me suis caché. J'ai été content de te voir arriver.

Konrad abaissa sa hache mais la garda à la main.

Harkon Lukas rengaina son épée.

— Dépêchons-nous, dit-il, sans ton aide, elle ne pourra pas s'en sortir.

Il avança vers Konrad, les bras ballants, signalant qu'il était désarmé.

— Elle est de l'autre côté du vestibule, fit-il en pointant un doigt sur la porte ouverte.

Konrad se retourna vers l'endroit qu'il lui indiquait. Harkon en profita pour lui plonger son poignard dans le cœur.

Konrad ouvrit la bouche, mais pas un son n'en sortit. Sa hache lui glissa des mains et tomba sur le sol.

Penché sur le mourant, Lukas saisit son amulette et la lui détacha du cou.

— Dors, mon suspicieux ami, dors pour l'éternité.

Quelque chose le frappa à la poitrine. Harkon baissa les yeux et vit la garde d'un couteau dépasser de ses côtes. La main de Konrad, qui venait de lâcher l'arme, tomba sur le sol en même temps que lui.

Harkon saisit le couteau pour tenter d'enrayer l'hémorragie. Il l'arracha de sa poitrine sans pouvoir retenir un cri. Le sang bouillonna, ruisselant sur ses mains. Un voile lui obscurcit les yeux.

Le barde tomba à quatre pattes. Il tenta de se transformer en loup-garou, mais il était trop tard. L'agonie avait commencé. Il allait mourir. Non, il *était* mort.

Ce fut sa dernière pensée avant que les ténèbres submergent son esprit.

* * *

Ses petits poings frappant le plancher, Élaine poussait des cris stridents. La fumée s'infiltrait par tous les interstices de la pièce. Soudain, la porte s'ouvrit. Elle recula précipitamment.

Émergeant de la fumée qui l'aveuglait, Konrad apparut devant elle.

Il la prit par la main et la tira jusqu'à la pièce voisine. De la fenêtre ouverte pendait une corde faite de draps noués ensemble. Elle était assurée à un énorme coffre.

— Par là ! dit-il.

Élaine s'exécuta sans poser de questions. Elle saisit la corde et commença sa descente.

Arrivée à mi-longueur du trajet, elle entendit la voix de Thordin. Konrad avait enjambé la fenêtre à son tour, il s'apprêtait à descendre.

— Saute, Élaine, je t'attraperai dans mes bras ! cria Thordin.

Elle respira un grand coup et se jeta dans le vide.

Une seconde plus tard, les bras solides du guerrier se refermèrent sur elle. Ils roulèrent tous deux sur le sol.

Les pieds à hauteur du rez-de-chaussée, Konrad lâcha la corde et atterrit en douceur sur la neige. Élaine se précipita vers lui et sauta à son cou. Il referma les bras sur elle. D'épais nuages de fumée s'échappaient des fenêtres de la maison.

La maison s'effondra. Le corps de Blaine disparaîtrait dans le brasier, connaissant une fin plus douce que la plupart des morts de Cortton.

La main noire de suie de Konrad ne cessait de caresser les cheveux dorés d'Élaine. Il souriait. Ses lèvres se posèrent sur les siennes et il l'embrassa sauvagement, comme s'il voulait entrer en elle.

L'amulette qu'il portait brillait au milieu des flammes. Élaine ne se souvenait pas d'avoir jamais vu un bijou à son cou.

Près d'eux, Thordin et Gersalius regardaient brûler la maison. Élaine chercha des yeux Jonathan et le trouva accroupi près du corps carbonisé d'un zombie.

— Jonathan !

Il ne réagit pas.

Gersalius prit Élaine par le bras.

— Tereza était devenue une morte-vivante. Nous avons dû la brûler.

Élaine regardait la silhouette recroquevillée de Jonathan. Elle aurait aimé courir vers lui et lui dire que tout irait bien. Au fond de son cœur, elle savait que ce n'était pas vrai.

Chapitre 33

La *Taverne du Bouc d'Airain* était pleine. Le nouveau barde attirait du monde.

Kelric était mince, de taille moyenne et large d'épaules. Il jouait de la guitare, de la harpe et du clavecin, ses longs doigts effilés devant leur agilité davantage à la pratique du vol à la tire qu'à l'étude. La souplesse et l'habileté de ses mains lui servaient désormais à la musique. En quelques mois, Kelric Coupe-bourse était devenu Kelric Voix d'Or.

À vingt ans, il avait la vie devant lui pour conquérir la gloire. De plus, sa voix avait un timbre clair et aigu qui plaisait à Calum. Il lui suffirait de choisir des chants adaptés à sa nouvelle tessiture pour prendre un nouveau départ, dans tous les sens du terme.

Harkon Lukas avait conduit Kelric au chevet de Calum. Il avait passé l'amulette au cou du jeune homme ; quelques mots avaient suffi pour que la transmutation s'opère. Calum ne se souvenait de rien. En un éclair, il était passé de son état de grabataire à celui d'un gaillard vigoureux debout devant un vieillard gisant sur son lit de souffrance.

Il y avait si longtemps qu'il ne s'était pas regardé dans un miroir qu'il avait eu un choc en voyant ce qu'il avait été. Sa peau parcheminée pendait sur ses os décharnés. Elle glissait de son crâne comme de la cire fondue. Seuls ses yeux lui semblaient familiers. C'était l'unique chose dont il gardait le souvenir. Calum Maîtrechant était mort depuis longtemps sans qu'il s'en soit jamais rendu compte.

Les yeux s'étaient levés sur lui, la bouche restant figée sur un cri muet. Kelric s'était porté volontaire pour jouer un rôle dans cette affaire, mais il n'avait pas compris de quoi il s'agissait. Personne ne pouvait expliquer ce qu'était la douleur. Il la criait en silence. Sa langue cognait contre son palais édenté, mais les mots ne sortaient plus de ses lèvres.

« — Je ne peux pas, je ne peux pas, avait-il crié. Grands dieux, délivrez-moi !

— Qu'en penses-tu, Calum ? Veux-tu faire l'échange entre vos deux corps ? » avait demandé Harkon en tâtant le biceps puissant de Maîtrechant.

Calum avait contemplé le corps agonisant, les yeux douloureux et pleins d'effroi qui avaient été les siens. Il lui suffisait de dire un mot…

Harkon arborait un large sourire de serpent repu. De sa démarche chaloupée, il s'était avancé vers le lit.

« — Je vais supprimer tes douleurs, Kelric, et te débarrasser de ton fardeau, avait-il dit. Viens, Calum, marche autour de la pièce sans le quitter des yeux, c'est très important. »

Calum s'apprêtait à refuser mais l'expression de Harkon l'avait arrêté. Il s'était placé dans la même perspective que lui pour regarder son vieux corps comme seul un autre pouvait le voir.

Il s'était aperçu que ce n'était pas seulement l'âge et la maladie qui lui rendaient son visage étranger, mais son expression. Ces traits-là reflétaient la personnalité de Kelric.

À genoux devant le lit, Harkon avait tapoté doucement

les joues du vieillard en lui souriant, comme pour lui souhaiter bonne nuit. Calum attendait que Harkon lui demande de fermer les yeux, mais le barde avait tiré un poignard de son fourreau et fait de grands gestes.

« — Mais tu m'avais promis… »

Calum s'était demandé ce que Harkon avait bien pu promettre. Qu'aurait-il eu à offrir en échange de ce qu'il proposait ?

« — Non, je t'en supplie ! »

Le vieillard regardait fixement Calum, désormais propriétaire d'un corps tout neuf. Il avait tendu vers lui une main décharnée.

« — Viens à mon secours ! »

Allongé près du vieillard, Harkon avait posé la lame de son poignard sur le drap.

« — Il y a quelque chose que tu ne sembles pas avoir compris, mon cher Kelric. Il veut garder ton corps. Calum n'a jamais eu l'intention de te le rendre. »

Kelric avait compris qu'on l'avait trahi. Ses lèvres s'entrouvrirent ; Calum s'était préparé à des récriminations.

Mais la lame du poignard glissait vers la peau fragile du cou de l'homme.

« — Finissons-en, avait dit Calum, fier de sa nouvelle voix de jeune homme.

— Et comment expliquerons-nous sa gorge tranchée ? » avait demandé Harkon.

Il avait tiré l'oreiller de sous la tête du vieillard. Rengainant son poignard, il avait pressé le duvet sur le visage de sa victime.

Les mains frêles du vieil homme s'étaient agrippées désespérément aux manches de Lukas.

Harkon avait maintenu sa pression sur l'oreiller bien après que les mains de Kelric furent devenues inertes. Il avait regardé Calum dans les yeux, un sourire sardonique aux lèvres.

Depuis, ce sourire hantait les cauchemars de Calum.

Mais la nouvelle de la fin de Harkon Lukas, à Cortton, lui était parvenue. Le barde était mort en héros, brûlé en tentant de sauver le village…

Kelric Voix d'Or salua le public et quitta la scène de la taverne. Le patron du *Bouc d'Airain* lui tapa amicalement dans le dos.

— Jamais je n'ai vu autant de monde, dit-il. J'aimerais te prendre sous contrat.

Calum sourit en hochant la tête.

— Je te remercie de ton offre, mais je tiens à rester libre d'aller et venir à ma guise.

Une deuxième tape dans le dos le fit se retourner. Konrad Burn se tenait devant lui. Sur le point de le saluer comme il l'avait toujours fait, il se retint à temps. Désormais, ils étaient des étrangers. Pour s'épargner tout contact avec le passé, il évitait les contrées où il avait vécu. Konrad était le premier visage connu qu'il revoyait.

— Tu me rappelles un vieil ami, un barde renommé s'appelant Calum Maîtrechant. L'as-tu entendu chanter autrefois ?

Calum faillit s'étrangler. Il reposa sa chope en secouant la tête.

— Je voudrais t'offrir un verre, dit Konrad. J'aimerais que tu chantes la *Ballade d'Omartrag*. C'était l'une des préférées de Calum.

— Je ne la connais pas, l'ami.

Le sourire de Konrad s'évanouit, mais de la bienveillance reparut bientôt sur son visage. Calum ne put s'empêcher de le questionner :

— Dis-moi, l'ami, tu as l'air bien joyeux. Quelle est la raison de cette gaieté ?

— Je me suis fiancé.

Calum dut faire appel à tout son sang-froid pour ne pas laisser éclater sa surprise.

— Avec qui ?

— Tu ne peux pas la connaître…

— Dis-moi son nom, je composerai peut-être une chanson sur elle.

Konrad rit. Oui, il *riait* vraiment.

— Élaine Clairn. Ce n'est pas un nom très poétique pour la plus jolie fille du monde.

— Un homme devrait toujours voir en sa fiancée la plus belle femme du monde, répondit Calum.

Il aurait voulu embrasser Konrad, lui dire combien il était heureux qu'il ait fini par retrouver l'amour. Et de surcroît, avec la petite Élaine… Il aurait voulu la féliciter aussi. Mais il ne pouvait prendre le risque de les revoir.

Konrad et Calum burent un verre ensemble. La métamorphose de son ami stupéfia le barde.

Calum aurait aimé claironner sa satisfaction que Harkon Lukas soit mort alors que Konrad était vivant, et enfin heureux. Au lieu de cela, il chanta pour les clients de la taverne. Après quelques heures, il ne désira plus rien d'autre que la quitter.

Abandonnant Konrad et la foule de fêtards, il retrouva la tiédeur d'une nuit de printemps.

Dans la cour pavée de l'auberge, il huma les senteurs des prairies qui s'étendaient alentour. Un bruit de pas le fit se retourner.

C'était Konrad. Il s'arrêta à côté de lui ; côte à côte, ils contemplèrent le paysage au-delà des remparts.

— Crois-tu vraiment que je suis mort à Cortton ?

C'était la voix de Konrad, mais les paroles n'étaient pas siennes.

Calum le regarda, reconnaissant son visage, mais pas le sourire qui flottait sur ses lèvres…

— Harkon !

Le sourire s'élargit.

— Pour te servir…, fit Harkon en le saluant de son geste habituel.

Le cœur de Calum battit la chamade.

— Es-tu réellement fiancé à Élaine ?

— Hélas non. Konrad est devenu étrangement distant envers la jeune demoiselle Clairn.

Calum se sentit soulagé. Au moins, Élaine avait été épargnée.

— Tes pérégrinations hors du Kartakass t'ont satisfait ?

— Pas davantage. Je suis resté des jours durant à la frontière, mais je ne suis pas sorti du pays. Je me suis vite aperçu que le corps de Konrad n'était qu'une forme de plus que je pouvais adopter. Très bientôt, Harkon Lukas sortira de sa retraite et reprendra sa place parmi les bardes du Kartakass. J'espère que tu es plus content que moi du corps que tu as endossé.

— Oui, je le suis. Kelric n'est pas très costaud, mais j'ai au moins vingt ans devant moi pour manier l'épée. La pratique, comme tu le sais…

— Oui, je sais, dit Harkon avec bonne humeur. Je suis content pour toi. Tu sembles t'accommoder fort bien de ta nouvelle vie.

— Oui.

— Très bien.

Ils restèrent un moment sans parler. Calum avait envie de retourner à la taverne, au milieu des éclats de rire et des chansons. Rester dans le noir en compagnie de Harkon Lukas était la dernière chose qu'il souhaitait.

— Je retourne dans la salle. Ils attendent d'autres chansons.

Harkon se tourna vers lui en souriant. Sa main se leva trop vite pour que Calum ait le temps de réagir. Le poignard l'atteignit sous les côtes. La douleur le cloua sur place.

— Si je ne peux obtenir ce que mon cœur désire, tu ne l'auras pas non plus.

Le sourire de Lukas s'élargit. Il avait eu le même devant l'agonie de Kelric. C'était celui qui avait hanté les cauchemars de Calum jusqu'à ce qu'il apprenne sa mort.

Maîtrechant tomba sur les genoux. Harkon accompagna son mouvement, la main sur la garde du poignard.

— Adieu, Calum.

La lame remonta vers le cœur. Le sourire moqueur de Harkon plongea Calum dans les ténèbres.

BRAGELONNE – MILADY,
C'EST AUSSI LE CLUB :

Pour recevoir la lettre de Bragelonne – Milady annonçant nos parutions et participer à des rencontres exclusives avec les auteurs et les illustrateurs, rien de plus facile !

Faites-nous parvenir vos noms et coordonnées complètes, ainsi que votre date de naissance, à l'adresse suivante :

Bragelonne
35, rue de la Bienfaisance
75008 Paris

club@bragelonne.fr

Venez aussi visiter nos sites Internet :
http://www.milady.fr
http://www.bragelonne.fr

Vous y trouverez toutes les nouveautés, les couvertures, les biographies des auteurs et des illustrateurs, et même des textes inédits, des interviews, des liens vers d'autres sites de Fantasy et de SF, un forum et bien d'autres surprises !